NOM▲DES
Les littératures du monde

« L'humour sans quartier de Monique Proulx a cette qualité de savoir montrer que la réalité la plus plausible est la plus farfelue. Que ce que nous préférons fantasmer comme réalité convenue ne tient pas à la face des étoiles. On dit que les meilleurs romans sont ceux qu'on souhaiterait avoir écrit soi-même et c'est exactement ce que je pense ! »

Jean-Roch Boivin, Lettres québécoises

« Monique Proulx avait fait la preuve qu'elle excellait dans le récit court. La construction nous fait glisser, à la fin de ses chapitres, sur des chutes dignes des meilleures nouvelles. »

[s. a.], Nuit blanche

« Le Sexe des étoiles est aussi roman initiatique, en ce sens qu'il raconte la quête de tous ses personnages, quête de ce qu'ils ont de plus important et de plus secret : leur identité. »

Jacques Saint-Pierre, Moebius

De la même auteure

Ce qu'il reste de moi, Boréal, 2015.
Les Aurores montréales, Boréal, 1996/2014.
Champagne, Boréal, 2008.
Le cœur est un muscle involontaire, Boréal, 2001/2004.
Sans cœur et sans reproche, Éditions Québec Amérique, 2002.
Homme invisible à la fenêtre, Boréal, 1993/2001.
Le Sexe des étoiles, Éditions Québec Amérique, 1987.

Monique Proulx

Le Sexe des étoiles

NOM▲DES

Conception : Julie Villemaire et Nathalie Caron
Mise en pages : Pige communication
Lecture de sûreté : Sabrina Raymond et Flore Boucher
En couverture : photographie de Zastolskiy Victor / shutterstock.com

Québec Amérique
329, rue de la Commune Ouest, 3e étage
Montréal (Québec) Canada H2Y 2E1
Téléphone : 514 499-3000, télécopieur : 514 499-3010

Nous reconnaissons l'aide financière du gouvernement du Canada par
l'entremise du Fonds du livre du Canada pour nos activités d'édition.

Nous remercions le Conseil des arts du Canada de son soutien. L'an
dernier, le Conseil a investi 157 millions de dollars pour mettre de l'art
dans la vie des Canadiennes et des Canadiens de tout le pays.

Nous tenons également à remercier la SODEC pour son appui financier.
Gouvernement du Québec – Programme de crédit d'impôt pour l'édition
de livres – Gestion SODEC.

Canada | Conseil des arts Canada Council du Canada for the Arts | SODEC Québec

**Catalogage avant publication de Bibliothèque et Archives
nationales du Québec et Bibliothèque et Archives Canada**

Proulx, Monique
Le sexe des étoiles
Nouvelle édition.
(Nomades)
Édition originale : 1987.
ISBN 978-2-7644-2956-3 (Version imprimée)
ISBN 978-2-7644-3004-0 (PDF)
ISBN 978-2-7644-3005-7 (ePub)
I. Titre.
PS8581.R688S49 2015   C843'.54   C2015-941016-9
PS9581.R688S49 2015

Dépôt légal, Bibliothèque et Archives nationales du Québec, 2015
Dépôt légal, Bibliothèque et Archives du Canada, 2015

Moi qui passe et qui meurs,
Je vous contemple étoiles ;
La terre n'étreint plus
l'enfant qu'elle a porté.
Debout, tout près des dieux,
dans la nuit aux cent voiles,
Je m'associe, infime, à
cette immensité,
Je goûte en vous voyant
ma part d'éternité

Ptolémée

(traduit par Marguerite Yourcenar)

1.

Voilà donc ce que l'on ressentait à faire souffrir les autres : une sorte d'ennui, somme toute confortable, composé de torpeur, de morosité et d'un gringalet fantôme de culpabilité – la culpabilité de n'en point éprouver, en fait –, mixture finalement bénigne qui n'empêchait pas Gaby d'apprécier la densité ocre de la lumière de ce midi d'automne, ni son estomac de borborygmer d'inanition, hélas.

Les choses se passaient mal.

Ils étaient attablés tous deux près de la fenêtre de la cuisine – quoique « attablé », en ce qui concernait René, constituât un euphémisme plus que douteux, écrasé sur lui-même qu'il était, comme énucléé de sa propre colonne vertébrale… – et René sanglotait. Cela provenait vraisemblablement d'un de ses lobules pulmonaires, écorchait au passage son diaphragme ratatiné sous l'effort, remontait par saccades asthmatiques le long de sa trachée-artère et explosait enfin, geysers intarissables et gargouillants, par maintes ouvertures de sa tête ; cela durait depuis des heures et cela avait perdu, il faut bien le dire, de son initiale aptitude à émouvoir.

Gaby se contraignait néanmoins à ressentir quelques frémissements navrés ou, du moins, à en donner l'apparence. Après tout, elle avait longtemps aimé cet homme, avec une démesure névrotique qu'il ne lui avait jamais rendue, d'ailleurs, mais tant pis, le temps n'était plus à la plate comptabilité. Le temps était à la rupture, unilatéralement décrétée par Gaby, ce qui en compliquait le processus, même amorcé depuis un mois.

Et puis il y avait le fromage, troisième protagoniste non négligeable dans la cuisine, un gorgonzola parfaitement à point, nappé d'une humidité bleuâtre, moirée, odorante. Cette fermentation bactérienne voisinait en toute amitié sur la table avec un pain croûté que Gaby avait préalablement découpé en tranches dans l'espoir d'accommoder icelui avec l'autre, et vice-versa. Or, la chose, pour simple qu'elle parût, se montrait difficilement réalisable. On ne mange pas à côté de quelqu'un qui pleure : ça n'est guère poli, et c'est très certainement monstrueux. Et tandis que René, allégorie vivante de l'ontologique détresse humaine, se convulsait dans un désespoir sans borne, Gaby, elle, lançait des regards désolés au gorgonzola et se haïssait d'avoir faim – mais que peut-on contre la viscère lorsqu'elle est vide, et que Tantale était un pauvre homme.

Il y eut tout à coup accalmie lacrymale : le corps de René réintégra son espace longiligne coutumier, sa voix redevint parlante, ses yeux, presque secs. Gaby allongea la main vers le fromage.

— Je veux savoir son nom, éructa René.

— Le nom de qui ? fit stupidement Gaby, la main suspendue dans l'atmosphère.

— Prends pas ton p'tit air imbécile. Le gars avec qui tu couches.

Il n'y avait pas d'autre gars, personne, aucun motif extérieur à blâmer, rien qu'une très ordinaire petite mort amoureuse, celle qui germe inéluctablement dans l'âme de celui des partenaires qui depuis toujours se fait flouer par l'autre, «rien qu'une très banale insurrection de négresse, mon amour», lui avait-elle pourtant expliqué trente jours auparavant, déjà… Mais il ne la croyait pas, ne la croirait jamais, personne ne veut d'une vérité chétive qui n'a pas le panache des flamboyantes tromperies.

— Je vais le tuer. Lui d'abord, toi ensuite.

Et il recommença à pleurer, parce qu'il disait des choses ineptes qui n'arrivaient pas à soulager son désarroi. Pendant tout ce temps, la camionnette de Bertrand, frère mineur et très patient de René, attendait dehors, chargé de ses maigres effets personnels ; il vivait, en fait, agrippé à ses choses à elle depuis des années, comme une sorte de ténia. Bertrand klaxonna timidement. Gaby en profita pour soupirer : ce rôle de Gorgone tortionnaire lui devenait un fardeau, à la longue, il y avait là redondance, excès de masochisme et situation méchamment vaudevillesque. En outre, son estomac renâclait si fort qu'il enterrait les sanglots de René.

— Tu ferais mieux de t'en aller, dit-elle décisivement, exaspérée par la faim, et elle osa se beurrer une gigantesque tartine de gorgonzola, les yeux plissés par la luxure.

Cela eut un effet inespéré. René les couvrit un instant d'un œil sidéré, elle et sa tartine, puis il se leva doucement, replaça la chaise sous la table avec des délicatesses d'Oriental et se tint quelque temps penché au-dessus de Gaby comme pour l'étreindre – mouvement ô combien familier qui réveilla chez elle une vieille trémulation de tendresse. Elle tourna la tête vers lui pour l'embrasser, et c'est ce moment qu'il choisit pour lui expédier très adroitement au visage un crachat volumineux qui recouvrit la totalité de son œil et une partie de sa joue gauche. Puis, il quitta l'appartement. Gaby écouta, pétrifiée, les ronflotements de la camionnette décroître dans la rue. Après quoi, elle s'essuya le visage à même la nappe et avala les trois quarts du gorgonzola sans prendre la peine de l'étendre sur du pain.

* * *

Elle arriva en retard à CDKP, la station radiophonique la plus batifolante en ville, dixit le leitmotiv de la publicité. Mme Wagner, à l'entrée, momifiée dans sa cage de verre au-dessus de son exemplaire d'*Allô Police*, la lippe inférieure flageolant d'émoi au gré de sa lecture sanguinolente, ne leva pas les yeux sur Gaby lorsque celle-ci passa en flèche dans le corridor en lui criant bonjour – elle ne saluait que les animateurs et les hommes cadres de la boîte qui, eux, ne lui accordaient guère plus d'intérêt qu'à une fiente de mulot. L'existence est ainsi faite, de sens uniques et de fourvoiements.

Les invités de Gaby l'attendaient dans le réduit qui servait de bureau aux recherchistes à tour de rôle et qui fleurait ferme le pipi de chat en rut assaisonné de Florient-rose-printanière, puisque c'est avec cette fragrance douloureusement inefficace que l'on tentait d'anéantir la première, imprégnée dans l'âme même des matériaux par le locataire précédent, un féroce félinophile selon toute apparence.

Les invités du jour étaient deux hommes, M. Cayouette et M. L'Heureux, gras tous les deux mais l'un beaucoup plus que l'autre, avec une cascade de chairs moutonnantes qui lui faisaient trois ou quatre tours de taille successifs au-dessus d'une unique ceinture.

— Bonjour, dit Gaby, pressée. Lequel de vous est M. Cayouette ?

— C'est moi, dit l'homme au quadruple abdomen, et il se dressa sur ses pieds avec une célérité surprenante.

— Pardon, objecta le moins gros, qui n'avait qu'un repli ventral, bien que confortable, mais j'étais là avant. L'Heureux. Guillaume L'Heureux.

Il se leva, plus lentement que l'autre.

— Peut-être, fit M. Cayouette avec un bon sourire. Mais la dame, c'est Cayouette qu'elle a demandé. Arthur Cayouette.

— Je suis arrivé une heure avant vous, ça fait une heure et demie que j'attends, dit M. L'Heureux, son visage poupin soudain tout chiffonné comme s'il allait pleurer.

— Ça ne fait rien, pacifia Gaby. De toute façon, vous passez en ondes dans deux minutes, tous les deux.

— Ensemble ? s'insurgèrent au même moment les gras.

— L'un après l'autre. C'est M. Mireau qui décidera de l'ordre. Bon, vite, récapitulons, nous sommes très en retard. D'abord, la thérapie par… euh… la graisse…

— C'est moi, dit M. Cayouette avec un roucoulement ravi. J'ai apporté mon livre : *Obèses et Heureux*.

— Gros tas de marde, soupira l'autre, s'affalant, vaincu, sur sa chaise.

— Je vous en dédicace un exemplaire, si vous voulez.

— J'en ai déjà un, déclina Gaby. Vous le donnerez à M. Mireau. Pour l'entrevue, je vous deman…

— Mais je lui en ai donné, un livre, envoyé par la poste, messageries prioritaires, dix piasses et quatre-vingt-quinze que c'est rendu. Il ne l'a pas reçu?

— Une heure et demie que j'attends, geignait M. L'Heureux, répandu sur sa chaise. Mes limaces vont crever, c'est sûr.

Gaby, inquiète, jeta un bref regard circulaire dans la pièce.

— Ah oui, les limaces guérisseuses. Où… où sont-elles?

— Des limaces guérisseuses? s'esclaffa M. Cayouette. Qu'est-ce qu'elles guérissent?

— Je t'ai rien demandé, toi, baleine, jappa M. L'Heureux. Sont ici, dans ma poche. Enveloppées dans de la salade, pauvres p'tites chounes.

— Il faudrait peut-être les aérer un peu, admit Gaby, qui commençait à avoir mal à la tête.

— NAN! Elles aiment pas la lumière du jour.

— Des LIMACES! n'en revenait pas M. Cayouette. Qu'est-ce qu'elles guérissent, petit Jésus toasté?…

— Le cancer et les maladies vénériennes, dit Gaby. Au sujet de vos petites bêtes, lors de l'entrevue, il faudrait peut-être…

— CORONARIENNES! rectifia M. L'Heureux avec hauteur. Pis c'est pas de ses affaires à lui, c'te paquet de chair branlante qui arrive en retard pis qui prend la place des autres!

— Mon dou mon dou, je vous trouve bien agressif, mon pauvre vous, déplora M. Cayouette avec un sourire navré. Je vous enverrai un de mes livres, pour vous apprendre la sérénité.

— T'en as l'air, d'un serin!

— Grossier individu!

— Gros charlatan graisseux !

— Tête de limace crétine !

La scripte survint à propos et les emmena au studio avant qu'ils ne se pourfendent tout à fait. Bref, ce n'était qu'une journée comme les autres, qui débutait dans l'allégresse.

L'émission s'appelait *Pas si fou* et racolait une quantité ahurissante d'auditeurs : il s'agissait, pour Gaby, d'exhumer de l'anonymat les créatures les plus étranges qui se puissent trouver et de les traîner au studio de CDKP où Bob Mireau, le célèbre animateur, se chargeait de les cuisiner plaisamment. Quelques-uns de ces invités se révélaient d'authentiques détraqués, chargés de lubies si imaginatives qu'elles ne pouvaient que susciter l'admiration. Mais la plupart, hélas, n'étaient que des fous très ordinaires, avec de petites marottes insignifiantes qui les distinguaient à peine du commun des mortels. En vérité, ô signe des temps, la Folie, la belle, soyeuse et pétaradante folie, subissait une dégénérescence implacable et s'acheminait vers l'extinction.

Lorsque l'enregistrement fut terminé, que l'éleveur de limaces et le thérapeute obèse eurent réintégré les rangs de la plèbe silencieuse, Bob Mireau vint s'asseoir à côté de Gaby, qui entretenait une conversation parallèle avec trois interlocuteurs différents, au moyen de trois appareils téléphoniques et d'une technique avant-gardiste mise au point par elle. Il l'embrassa dans le cou, comme il le faisait toujours, en profita pour lui tâter le sein gauche tandis qu'elle reposait le dernier récepteur sur son socle.

— Il me semble que tu maigris un peu, ma poulette, lui dit-il gentiment.

— Je baise trop. Ça mine.

— Ô baise, heureuse, soupira Bob – qui avait donc effectivement pris connaissance du chef-d'œuvre de M. Cayouette.

C'était un être superficiel et charmant, qui ne retenait de la vie que l'arachnéenne légèreté – manger, boire, coucher avec de belles femmes, gloser joyeusement sur des sujets futiles… –, et peut-être après tout était-ce là l'essentiel, ne pouvait s'empêcher de constater Gaby à le voir ainsi évoluer dans l'existence, paisible et florissant. Ils avaient déjà fait l'amour ensemble une couple de fois, puisque c'était l'unique façon d'établir avec lui un contact un peu intime, et Gaby s'en souvenait comme de moments faciles et sans conséquence : il la forait avec enjouement tout en lui racontant des blagues, et il ne ronflait pas, après.

— Quelle gibelotte nauséabonde es-tu en train de me concocter ?…

— Des morceaux de choix, mon beau. Une fille qui lit l'avenir dans les articulations des genoux. Un motard qui s'est converti à la foi baha'ie. Pis la semaine prochaine, une transsexuelle.

— Une transsexuelle. Miam miam. Couilles et tétons : c'est un mélange qui m'a toujours excité.

— Navrée de te décevoir. Tétons seulement. Kaput, les couilles.

Dans les yeux de Bob Mireau défilèrent soudain une meute de petits nimbus angoissés. Il contempla Gaby avec une gravité qu'elle ne lui connaissait guère.

— Tu veux dire que le pauvre type se les est RÉEL-LEMENT fait couper?…

— ELLE se les est fait couper. Oublie pas de lui parler au féminin.

— Diable de diable, maugréa Bob Mireau en se relevant. Ce siècle est bourré de choses monstrueuses.

Il allait retourner au studio lorsque Gaby le retint par la main.

— Ça me tente d'aller chez toi, ce soir, dit-elle avec une impassibilité calculée.

— Impossible, poulette. J'ai déjà un rendez-vous.

— Décommande-le.

— Décommande-LA, veux-tu dire…

Il haussa un sourcil éloquent en direction de Priscille – vingt ans, la chevelure brasillante, des courbes à faire pâlir d'insignifiance les montagnes russes et un contrat de dactylo avec CDKP en instance d'expiration – qui venait de traverser leur aire de vision de son pas languide et caoutchouteux.

— Ah? s'étonna Gaby. C'est pas déjà fait, ça, avec Priscille?

— Pas encore. Je suis un homme très occupé.

— Trop jeune. Je suis sûre qu'elle baise comme un pied.

— Probablement. Mais quel cul. Ô Mammon, ô miséricordieux Astaroth, ô Belzébuth tout-puissant! Et quelles boules prodigieuses! Hein? As-tu déjà vu des boules comme ça?

— Super boules, en effet, convint Gaby, magnanime. Ça doit être un problème de glandes.

Il fallait bien lui en accorder le mérite: depuis que Bob Mireau gravitait dans l'entourage professionnel de Gaby, il lui avait fait acquérir des habiletés considérables, notamment dans la manipulation désinvolte du propos cru et salace. Elle, que la moindre blague cochonne faisait auparavant rougir comme une amanite tue-mouche, discutait maintenant sans sourciller de tumescence de queues et de déliquescence de chattes, et regardait les hommes qu'elle rencontrait pour la première fois directement là où cela importe, c'est-à-dire entre les cuisses. Ainsi s'estimait-elle mieux armée que jamais pour la vie – sans pouvoir toutefois déterminer de quelle exacte façon.

— Bonne soirée, alors, espèce de cochon. Utilise des condoms, au moins, au lieu de disséminer ta descendance dans n'importe quel trou béant.

— Tut tut. Si je te connaissais pas si bien, toi, je dirais que t'es jalouse.

— Pas jalouse, frustrée. Ça fait un mois que j'ai pas forniqué, même avec moi-même.

— Mauvais pour la santé, ça, Gabichette. Au fait, t'aurais pas vu mon porte-mine en argent ? Je le cherche partout depuis une heure, saleté de mémoire sénile…

— Non, dit Gaby en retournant prestement dans ses papiers pour dissimuler l'incarnat léger qu'elle sentit affluer à ses pommettes.

— Tant pis. C'était un cadeau. Encore une qui va vouloir me tuer… Je vis dangereusement, mais c'est ma vie. Tchao, poulette.

Bob Mireau s'en fut, après lui avoir embrassé la nuque. Gaby l'entendit qui soliloquait dans le corridor, puis qui s'immobilisait près de quelqu'un, manifestement Priscille, pour lui susurrer quelque inaudible plaisanterie. La pénombre gagnait déjà le petit bureau infâme. Gaby n'alluma pas tout de suite : c'était l'heure hésitante des demi-teintes, des angles mollement gommés, et des commencements d'angoisse, si l'on n'y prenait pas garde. Elle regarda dans son sac, mue par un détestable pressentiment : le porte-mine en argent, évidemment, s'y trouvait.

* * *

Il était vingt et une heures trente quand Gaby se décida à glisser ses deux clés rondes dans les deux serrures à triple pivot indestructible et inexpugnable qui la garantissaient, elle et ses avoirs, contre la malveillance du monde. Elle fit exprès de crier : « C'est moi ! » pour constater à quel point cela ne lui faisait rien que personne ne lui réponde. L'appartement était beau, propre et glacé comme un château désaffecté. Il y flottait une odeur subtile de talc, ou de végétation.

Elle mit de la musique : les odes de Papathanassiou, psalmodiées par la belle voix dramatique d'Irène Papas. Elle marina dans un bain à l'huile d'avocat. Un peu de temps passa. Après, elle regarda bouger les lèvres de Bernard Derome, à la télévision, puis celles de Pierre Nadeau, de Simon Durivage, et d'une quantité d'autres individus dont elle ne connaissait pas le nom mais qui paraissaient unanimement anxieux de lui communiquer quelque chose d'important. Elle éteignit la télévision. L'odeur végétale, maintenant, sinuait autour d'elle. Elle alla jusqu'à la cuisine, jeta les restes liquéfiés du gorgonzola à la poubelle, ouvrit toutes grandes les fenêtres. L'odeur vacilla légèrement sous la fraîcheur de l'air, mais revint en force, opiniâtre comme un encens.

Gaby s'enferma dans la salle de bains. Il n'y avait rien à faire contre cette odeur, puisque c'était celle de René et de six années de vie commune, remugles persistants de rage, de folie, et d'amour, fatalement, petit tas d'ossements friables qui n'évoqueraient plus rien dans quelque temps – que la passion humaine est dérisoire… Elle commença à mâchouiller les nombreux somnifères qu'un pharmacien complaisant lui avait procurés. Elle aperçut tout à coup quelque chose, dans le miroir, qui l'immobilisa : il y avait, sur le visage triangulaire de cette fille qui l'observait fixement, une ricanante envie de vivre. Elle cracha les somnifères dans la toilette, regagna la cuisine, et comme elle avait faim, dévora sur-le-champ trois sacs entiers de croustilles au vinaigre.

2.

Ce n'était pas la faim, cependant, qui faisait s'agiter les mâchoires de Dominique Larue. Il mastiquait, certes, car, comme par télékinésie, les restes exsangues de la bête anonyme qui croupissait dans son assiette, au milieu d'une verdure émaciée, se retrouvaient inexplicablement à croupir dans sa bouche, et il fallait bien s'en débarrasser. C'était l'heure du dîner, la pièce était remplie de nombre de mâchoires mastiquantes qui parvenaient en même temps à émettre toutes sortes de paroles audibles, fait admirable en soi. Non moins admirables étaient d'ailleurs les propriétaires de ces mâchoires polyvalentes, puisqu'il s'agissait d'écrivains notoires, réunis à Montréal dans le cadre d'un colloque international. Dominique Larue était invité, donc écrivain, c'est-à-dire qu'il avait perpétré, douze ans auparavant, un roman de trois cents pages qui avait connu un fort succès d'estime auprès des critiques et de 3 202 lecteurs. Depuis, il n'avait plus rien exsudé, nichts, tipota, nada, niente, not a single ligne.

Il mastiquait par terreur, en fait, pour ne pas se mettre à claquer des dents. Dans quelques minutes, sitôt le repas communautaire expédié, les ultimes flatulences cérébrales lâchées, les grands esprits se transporteraient dans une salle attenante, plus ou moins précédés de leurs carcasses appesanties, et là, ils attendraient son allocution. Il devait parler, voilà l'horrible, il devait prouver à tous ces Goncourt en puissance qu'il était un des leurs. Aussi bien tenter de s'identifier à un iule précambrien, ou à une cabine téléphonique. Qui plus est, le thème obligatoire de l'exposé – *La fonction du spasme dans l'écriture* – lui avait irrémédiablement échappé, il s'en rendait compte maintenant mais un peu tard, c'est de spasme existentiel qu'il aurait fallu parler, de secousses sismiques psycho-conscientes dans l'âme du créateur dilatée au contact de l'objet en voie de création, c'est du moins ce qu'avait suggéré l'autrice polonaise qui avait allocutionné quelques instants auparavant et elle avait été beaucoup applaudie, ce qui devait prouver quelque chose.

Depuis le début du colloque, Dominique ployait sous les propos édifiants, l'édifiant des autres l'abasourdissait et le tenait aussi coi qu'un éperlan surgelé. Il n'aurait jamais dû accepter de venir, bien sûr – c'est ce que se dit aussi le quidam que l'on prie courtoisement de prendre place sur la chaise électrique. La faute en incombait une fois de plus à Mado, puisque c'est elle qui l'avait enjoint dramatiquement, des trémolos de chagrin dans la gorge, de ne pas refuser l'honneur qu'on lui faisait enfin et qui lui revenait d'ailleurs de toute éternité. Elle continuait de voir en lui un rejeton balzacien à qui l'on aurait inoculé des gènes d'Albert Cohen et de Réjean Ducharme à la naissance, sorte de monstre tricéphale au génie il va sans dire dévastateur et méconnu, alors que lui savait depuis longtemps qu'il n'était qu'un erg déshydraté près duquel le Sahara faisait office de jardin botanique.

Étaient assis à la même table 1) un homme chauve aux yeux charbonneux qui s'appelait Giacomo Luzzi et qui avait écrit 42 romans et 15 essais traduits en quelque 12 langues toutes très vivantes, 2) une romancière québécoise qui s'appelait Violette Bouvier-Paradis, qui éditait à Pââris et qui semblait inconsolable de n'y être pas née, 3) un petit Yougoslave dont le nom était impossible à prononcer qui faisait dans la dramaturgie néo-épique et dont l'œuvre deux fois avait failli rafler le Nobel, 4) un petit baveux prolixe qui s'appelait Guillaume Triche et qui, LUI, était né à Pââris, 5) une Américaine qui s'appelait Mary Beck et dont les incisives étaient aussi longues que la bibliographie, 6) le fantôme de Dominique Larue, blanc et aphone comme il se doit.

La conversation portait sur l'immixtion des systèmes informatisés de traitement de textes dans le processus d'écriture et la vie de l'écrivain : fallait-il y voir, de la part des sociétés capitalisantes, une odieuse incitation à la productivité, une tentative récupératrice de transformer l'Auteur en machine-à-excréter-les-livres comme déjà pressenti par Marx dans *L'État et le Capital*, ou bedon s'agissait-il d'une formidable soupape libératrice qui branchait enfin le créativant sur l'instantanéité de ses flashes tout en lui épargnant les fastidieuses contingences pratico-pratiques reliées à la ponte manuelle des mots – *liquid paper*, rubans de machine à écrire, encre de plume et autres instruments néanderthaliens ?… That was the question, and it was a tough one, man. Violette Bouvier-Paradis était d'avis que Giacomo Luzzi avait raison, peu importe que le grand littérateur fût plus porté vers la divagation coq-à-l'ânienne que vers la prise de position claire, Guillaume

Triche soutenait avec lyrisme la modernité comme si elle eût été en voie d'extinction, Mary Beck n'ayant pas l'occasion de placer un mot se contentait d'agiter férocement ses grandes dents cliquetantes, le petit Yougoslave soliloquait à voix basse en serbo-croate, ce qui le rendait difficilement intelligible, Dominique opinait deçà delà, pour avoir l'air de penser quelque chose, ou plutôt, d'être quelque part.

Il se trouvait, en fait, replongé vingt-cinq ans en arrière, dans la peau tremblotante du petit garçon qu'il avait été ; le cours d'éducation physique tirait à sa fin, il devait exécuter sur le cheval allemand, dans quelques menaçantes secondes, ce double saut périlleux auquel les autres se mesuraient avec ferveur, dans une sorte d'apesanteur gracieuse, et qui, lui, l'épouvantait totalement. Il fermait les yeux, il suppliait de toutes ses forces une déité obscure de lui épargner le plongeon vers la mort, bref de faire un miracle, et le miracle, invariablement, survenait. Le petit Tougas se cassait la gueule devant lui sur le tremplin, il fallait mander urgemment l'ambulance, il y avait soudain exercice de feu, toute l'école galopait vers la sortie, le prof succombait subitement à une rage d'explications théoriques, et la cloche stridulait avant que Dominique y passe… Une déité obscure, et compatissante.

— Hévoukanpansévoumézieularrhu, dit soudain Guillaume Triche en regardant dans sa direction, et les têtes des autres suivirent docilement l'exemple parisien, se retrouvant toutes à darder des yeux d'octopode affamé sur Dominique, lequel réintégra instantanément sa peau d'adulte tirebouchonnée par l'angoisse : qu'est-ce qu'ils me veulent, j'ai rien fait ! – à moins que ce ne fût une question, dans lequel cas l'horreur ne connaissait plus de bornes et l'euthanasie s'imposait.

C'était une question.

— C'est-à-dire que, risqua Dominique, dans la mesure où toute chose étant relativement perçue…

(À ce moment, une brigade palestinienne pro-Kadhafi bardée de gandouras et de vestes pare-balles déboulait dans la salle à manger, kalachnikov fumantes au poing, ils hurlaient des imprécations en mauvais français tout en mitraillant quelques convives israéliens déguisés en scribes ; touché par erreur, Guillaume Triche était le premier à s'effondrer dans la verdurette de légumes et cela coupait court à la question.)

— Je crois, continuait cependant Dominique, stoïque jusqu'à la sainteté au milieu de l'épouvantable attention générale, je crois finalement que je crois que, bref, oui, hé hé, il faut essayer d'être, en fait, heureux.

La tablée garda un silence affligé quelques secondes – là n'était évidemment pas le propos – puis un début de titillement d'intérêt gagna la colonne vertébrale du grand Giacomo Luzzi.

— Heureux, soupira-t-il avec intensité. Heureux-heureux-heû-rreû-heû-rrheû…

Il semblait, après tout, y avoir des possibilités dans ce mot-là, tout bête qu'il paraisse à première vue, et le débat renaquit de plus belle. Le bonheur constituait-il un obstacle méphistophélique à la créativité de l'écrivant, annihilant en lui les grandes zones douloureuses et sombres desquelles tigent, comme on le sait, les rhizomes précaires de la névrose et du génial, ou bedon le créativant, tout chargé de mission qu'il fût, héritait-il d'un devoir naturel sacré auquel il ne pouvait se dérober, semblable en cela à la bête la moins hominienne et à l'éboueur le plus crasseux, à savoir la morale obligation d'essayer d'être heureux?…

Entre temps, menu branle-bas underground, des serviteurs sans nom avaient remplacé les reliefs immangés par d'autres victuailles. Dominique se retrouva à dépecer et à enfourner avec la même impassibilité de bovidé une meule entière de bleu d'Auvergne – ce n'est qu'après l'avoir fait enfin disparaître de son assiette qu'il se rappela qu'il exécrait le fromage et qu'il avait d'ailleurs avalé le papier d'emballage.

(À ce moment, il s'écroulait par terre, victime d'une ingurgivite aiguë ou d'autre chose – n'importe quoi ferait l'affaire –, et les grands esprits eux-mêmes, apitoyés et bouleversés, le renvoyaient chez lui dare-dare *special delivery* avec des mots encourageants et des tapotements fraternels.)

Le temps passait avec une lenteur obtuse, mais inéluctable. Il y avait du café, maintenant, sur la table, Dominique Larue buvait des gallons de café en pensant qu'il allait mourir dans quelques instants de honte de confusion d'insignifiance, il allait mourir et il était abominablement seul avec cette douleur agonique de ceux qui vont mourir, ô mes frères, mes pairs, mes impairs, il aurait donné n'importe quoi, même si en cet instant il ne lui restait plus rien, pour sentir autour de lui des relents de sollicitude, sentir s'exhaler au-delà des mots si pleins d'intelligence un peu d'humanité. Mais les gens se levaient, l'heure du café trépassait dans le brillant, le verglaçant quant-à-soi général, il fallait bien se mettre debout comme les autres, repousser un tantinet sa chaise pour ce faire, s'éponger une dernière fois les babines avec cette mine absorbée de ceux qui ont des préoccupations existentielles ou qui souffrent de constipation, et marcher, quel enfer, vers l'innommable fatalité.

Le petit Yougoslave s'attardait près de la table ; Dominique, de son œil embrumé de condamné à mort, le vit qui glissait deux petits pains et une salière dans son attaché-case – les temps devaient être durs, même pour les nobellisables. Debout devant eux, Guillaume Triche continuait la conversation avec la poitrine de Violette Bouvier-Paradis, qu'il ne quittait pas des yeux, les dents de Mary Beck riaient très fort d'une plaisanterie que personne d'autre n'avait comprise, Giacomo Luzzi avait été happé par des confrères de la table voisine, et toutes ces intelligences s'avançaient en ronronnant vers la sortie, glorieux bipèdes de l'ère nucléaire promis pourtant à l'extinction mais à cela, nul ne songeait.

(À ce moment, un raz-de-marée hystérique balayait l'assemblée. Mary Beck, qui n'était rien de moins qu'une vampire échappée de Transylvanie, plantait ses incisives voraces dans le cou du grand Giacomo Luzzi, tandis que Guillaume Triche tentait de violer Violette Bouvier-Paradis, laquelle ripostait par un crochet de gauche tout à fait inattendu, et il en résultait un brouhaha assez gênant et la suspension définitive du colloque international des écrivains…)

Une main saisit brusquement Dominique par le coude, au risque de lui occasionner une apoplexie : le sourire dépressif de Denis Fafouin, président-philosophe du colloque, vint flotter à quelques centimètres de son visage.

— Juste un mot, cher Larue Dominique, au sujet de votre exposé…

C'est ce moment qu'il aurait fallu choisir – s'il était resté audit Larue Dominique une parcelle d'entendement – pour invoquer les effroyables cataclysmes, mortalités et pathologies diverses qui l'empêchaient d'énoncer ne serait-ce que deux phrases cohérentes de suite, mais il n'en fit rien, se laissant transbahuter jusqu'au hall dans un état second, la voix et la main de Denis Fafouin l'enveloppant comme un Saran Wrap de bonne qualité avant de l'abandonner là fin seul, coincé entre la salle des allocutions et les toilettes publiques. Il avait vieilli, la déité obscure et compatissante de son enfance ne semblait plus encline à ourdir des miracles en sa faveur.

Cependant, à côté de la salle des allocutions, il y avait le mot EXIT, imprimé en néon rouge au-dessus d'une double porte, et derrière ce mot EXIT et cette double porte, il y avait l'univers en expansion. C'est ainsi que Dominique Larue, en cette journée soleilleuse de fin d'octobre, décida subitement de prendre en main sa destinée, c'est-à-dire de fuir, et il franchit la double porte qui menait à la liberté et à l'univers en expansion.

* * *

L'avenue du Parc n'avait jamais été si belle, vrombissante et pétaradante de voitures en pleine santé qui lâchaient, à des vitesses sidérales, des tourbillons de poussières et de monoxyde de carbone, il aimait la ville et ses odeurs de pourriture chimique, il aimait le policier qui lui décocha, en passant et gratuitement, un regard de brontosaure vindicatif, il aimait les excréments de chiens dans lesquels ses souliers venaient de s'enfoncer par inadvertance, la vie était bonne à boire et à sniffer gloutonnement et il était redevenu un nobody heureux, baguenaudant ici et là sans autre préoccupation existentielle que celle de mettre le pied droit devant, puis le gauche, c'est ainsi que l'homme marche depuis toujours, que diable, et il ne s'en porte pas plus mal. Ce n'est que plus haut, à l'intersection du boulevard Saint-Joseph, et dans ces très béates dispositions, que Dominique l'aperçut, soudainement. Elle venait de déboucher d'une artère connexe ou d'un restaurant, elle avait surgi, en fait, comme de nulle part, et voilà qu'elle s'éloignait déjà devant, ondoyante et fluide et pressée d'arriver ailleurs. Dominique songea d'abord à une antilope, de celles, racées et furtives, que l'on entrevoit dans les émissions consacrées aux faunes exotiques, puis il songea à une flamme, puis il se dit que c'était une femme et qu'elle avait une merveilleuse façon de disparaître de son existence. Sans même s'en rendre compte, il avait accéléré le pas. Elle devait avoir dans les trente-quarante ans, peut-être vingt ou cinquante, cela n'avait pas d'importance, au fond, n'importait que l'intemporelle vitalité qui la faisait se mouvoir royalement à côté des autres, une elfe parmi les babouins. Elle n'était pas très grande, les attaches fines et galbées, une courbure de reins particulièrement émouvante qui avait l'air de gémir sous le drap noir du manteau, et cette chevelure, une somptuosité ocre et acajou dans laquelle le soleil s'affolait – qui ne l'eût pas fait, à sa place ?

Dominique Larue n'était pourtant pas un coureur de jupons : que les égrillards, qui y vont déjà de leur petit ricanement lascif, se le disent tout de suite. Il n'avait connu que deux ou trois galipettes épidermiques en dix ans de vie commune avec Mado, sa blonde – et encore, c'était au début de leur relation, avant que le désert stérile ne gagne jusque-là, ne se répande, il faut bien l'admettre, jusque dans son sexe. Il n'en était pas malheureux, du moins le croyait-il avant maintenant, il croyait en fait à toutes sortes de choses sérieuses, à la fidélité, à la grandeur de l'art, à l'indépendance politique du Québec, et là tout à coup, derrière cette femme dans l'avenue du Parc coin Saint-Joseph, il sut qu'il se mourait d'un manque de vie très aigu, ratatiné sous le falot de ses aspirations et la fadeur de sa relation de couple.

Elle arrivait à l'intersection de Laurier, Dominique la vit qui s'apprêtait à obliquer à gauche. Lui revinrent en mémoire des fragments entiers de Baudelaire, qu'il ignorait connaître :

Un éclair... puis la nuit ! – Fugitive beauté
Dont le regard m'a fait soudainement renaître
Ne te verrai-je plus que dans l'éternité ?
Ailleurs, bien loin d'ici ! Trop tard ! Jamais peut-être !
Car j'ignore où tu fuis, tu ne sais où je vais,
Ô toi que j'eusse aimée, ô toi qui le savais !

Elle tournait à gauche, lui devait aller à droite, dégrisé brutalement, rejoindre l'appartement et Mado qui l'accueilleraient avec leur insupportable affabilité habituelle, c'est donc ainsi que cela se terminait – cela, c'est-à-dire rien, cette ébauche figée de quelque chose qui n'aurait jamais lieu. Il en éprouva une douleur terrible, affolante, cette femme qui s'en allait là-bas dans sa magie ne serait qu'aux autres, dos noir et acajou fuyant, fuyant avec les rêves et les battements du cœur et la très réelle vie.

Il prit une décision soudaine et folle, lui, Dominique Larue, trente-huit ans, homme pondéré, écrivain desséché, péquiste réfléchi, il se mit à courir derrière elle en bousculant les passants et en riant tout seul. Il était redevenu très jeune, il lui dirait des choses incroyables qu'elle ne pourrait que croire, je n'ai rien mais je laisse tout, je quitte ma blonde, donnez-moi dix jours ou cent ou mille, enveloppez-moi de cette beauté démente qui tonitrue en vous, faites-moi vibrer et vivre, posons, ô posons des gestes excessifs pour que la mort ne nous rattrape jamais…

Elle se retournerait, elle ne pouvait qu'être belle, avec cette lueur courroucée dans le regard, ou amusée, ou déjà empreinte d'une inquiétante passion…

Elle se retourna. Il s'immobilisa, comme foudroyé.

— Oh! Allô! dit Mado, sa blonde. Je me suis fait teindre les cheveux: comment t'aimes ça?…

3.

Chenille guenille frétille fifille camille. Camille. Prénom laid, tout en génuflexions de langue, en mouillage de voyelles, que Mme Trotta prenait plaisir à étirer sans fin devant la classe avec son accent nasillard, comme pour lui lancer une injure.

— Camîîîyyye… ?

Camille se leva aussitôt, pour éviter que la professeure récidive, et s'achemina vers le tableau vert, les bras empêtrés dans des graphiques, des illustrations déroulées qui pendaient jusqu'à terre et sur lesquelles elle manqua de marcher vingt fois.

C'était une classe de Français 101, surpeuplée de préadolescents monstrueusement grouillants. Mme Trotta, qui avait été suisse romande dans un passé lointain, mais qui n'était plus qu'une entité effrayée et dépressive, dispensait son enseignement mou dans une terreur atavique. On l'avait rebaptisée « Gros Tas » en signe d'estime, on lui faisait des misères abominables qui la vieillissaient de dix ans à chaque cours. Elle durait. Elle devait être éternelle. Pour l'instant, elle s'accordait un répit, elle regardait Camille avec une espèce de méchanceté joyeuse, ah ah ma gueuse, exhalait ce regard enjoué, chacun son tour d'affronter les monstres. Camille, elle, ne regardait personne.

Sérieuse comme un archéologue, elle dépliait ses graphiques et ses illustrations et les collait minutieusement sur le tableau. Des hennissements sauvages avaient commencé de surgir de la classe, assortis de rots et de feulements hystériques, tout un troupeau de mastodontes avait l'air de piétiner et de grogner, mais Gros Tas ne sourcilla guère, résignée au pire comme elle l'était, et Camille se contenta de se racler délicatement la gorge et de regarder dehors, dans l'attente d'un improbable silence – qui survint, pourtant. Les étudiants venaient de s'apercevoir de la singularité des illustrations qui encombraient le tableau : il y avait là une sorte de diagramme violemment coloré, avec des chiffres énigmatiques en abscisse et en ordonnée, des boules orangées et une traînée sinueuse au milieu, il y avait surtout une gigantesque affiche à fond noir marbrée d'éclaboussures lumineuses intenses de laquelle il était difficile de penser quoi que ce soit, sinon que c'était incompréhensible et très beau.

— Ça, en profita pour commenter Camille de sa voix légèrement acidulée, c'est un diagramme Hertzprung-Russell. Et ça, c'est la constellation du Grand Chien. Je vais vous parler des étoiles.

C'était donc ça, parler devant le monde : un élancement d'effroi exalté, puis cette chose prodigieuse : le POUVOIR. Retenir captifs les intérieurs de têtes et les regards, promener ses mots à elle dans le mutisme médusé des autres, voir la bouche molle du gros Marineau trembloter d'incompréhension respectueuse, reconnaître les yeux de la grippette à Sylvie, de Grand-Dé, d'Anémone Bouchard, de Richard Leduc, des frères Bouctouche, posés sur elle comme sur un velours, déceler dans le faciès méditatif du beau Lucky

Poitras un sidérant délicieux époumonable début d'intérêt. Et Camille, qui, à onze ans, était la benjamine de la classe, parla ainsi durant trois minutes, dans un silence à couper au couteau.

— Les étoiles vivent et meurent, disait-elle. Pareil comme le monde, pareil comme les arbres. Quand on regarde une étoile dans le ciel, elle est peut-être morte depuis des années, mais on la voit encore. Il y a des grosses et des petites étoiles. Les grosses étoiles vivent moins vieilles que les petites. Quand une grosse étoile meurt, elle explose, elle devient une supernova, on en voit une, ici. Avant, elle est devenue rouge brillante, comme Bételgeuse. Les petites étoiles explosent pas, elles se changent en naines blanches, puis en naines noires, et les naines noires, on n'est pas encore absolument sûr, mais c'est peut-être comme une espèce de balayeuse qui aspire tout ce qu'il y a autour. Je vais vous dire des noms d'étoiles pour vous montrer comment c'est beau : Aldébaran, Alpha du Centaure, Deneb, Delta Céphée, Altaïr, Regulus, Epsilon du Cocher, Pollux, Capella, Castor. Elle, ici, elle s'appelle Sirius ; quand on la regarde au télescope, elle a toujours l'air de bouger. Elle va mourir dans six milliards d'années.

Puis, Gros Tas parla. Pendant tout ce temps, elle avait jeté, à la dérobée, des regards hallucinés à droite, à gauche, derrière, elle n'en revenait pas, les monstres apparemment domptés, recueillis comme des angelots pendant plus d'une seconde, jamais on ne lui avait fait l'aumône d'une telle attention monolithique.

— Un instant, Camîîyye, un petit instant… C'est quoi, ce diagramme, et puis des étoiles, bon, des étoiles…

Ça ne fait pas très français, ça, c'est un cours de français, ici, pas un cours de science, tu t'en rappelles?…

Camille, prise de court, la regarda. Il y avait eu, auparavant, des exposés sur Corey Hart, Wayne Gretzky, le base-ball, une fin de semaine à Old Orchard. Les étoiles, semblait-il, étaient les seules à ne pas pouvoir revendiquer la nationalité française.

— Continue. Sois brève, mais continue.
— Le diagramme de Hertzprung-Russell, tenta de reprendre Camille, le diagramme de Hertzprung-Russell…

C'était fini, elle était descendue de son socle sidéral, elle était redevenue une petite fille à la voix acidulée, à la jupe ni *preppy*, ni *mod*, ni rien, une souris effarouchée, sans mascara et sans poitrine, à qui l'on avait honte d'avoir accordé de l'importance. Le gros Marineau se mit à beugler «Spring-sprang-sprung», les frères Bouctouche lui lancèrent des élastiques, la ménagerie se lâcha lousse, ricanante et glapissante de partout, le beau Lucky Poitras entama une partie de poker avec son voisin de gauche. Gros Tas émit bien quelques «chut!» indigents, se leva pour tancer la classe à voix basse, mais Camille avait eu le temps d'apercevoir, dans les yeux pâles de la professeure, comme une lueur bête de satisfaction. Elle replia ses graphiques et ses illustrations couleur, se dirigea lentement vers la porte, poursuivie par la voix maintenant tonitruante de Mme Trotta («Camîîyye! Reviens ici! CAMÎÎYYE?!…»), ne se retourna plus, jusqu'à ce que la main solide du directeur s'abatte sur son épaule et la ramène sans ménagement de ce côté-ci de la Voie lactée.

Le *ficus elastica* se morfondait près de la fenêtre. Ses feuilles étaient devenues chauves, friselées par une pourriture roussâtre, sa tige avait un air vaincu de grande misère irréparable. Le regard de Camille, immobile comme un iguane, contemplait le menton velu du directeur. Il n'y avait rien de bon à attendre de quelqu'un qui laisse ainsi mourir les plantes.

— Dis-moi si je me trompe. Ça fait trois fois qu'on se rencontre ? Hein ? Est-ce que ça fait trois fois ?

Il s'appelait J. Boulet. Il avait été psychologue, dans une carrière antérieure, il continuait de pratiquer l'approche suave, avec ses étudiants, une manière moderne de causer du désagrément sans en avoir l'air. C'était un tenant de l'écoute active, par exemple : il se saisissait des derniers mots que vous lâchiez, et il les retriturait de toutes les façons possibles, jusqu'à ce que quelque chose éclate, dans votre tête de préférence. Le problème, avec Camille, c'est qu'elle ne parlait pas : difficile d'écouter activement le silence, même pour un ex-psychologue.

— On s'est rencontrés la deuxième semaine de septembre. Hein ? Est-ce que tu t'en rappelles ?... Il pleuvait à siaux. C'était à propos de quoi, déjà ?...

Il attendit un instant, se grattant la narine avec un sourire coquin. Quand il fut convaincu que Camille n'ouvrirait pas la bouche – pas encore –, il réembraya.

— Ah oui. C'était à propos d'une fenêtre, au cours de chimie. Une fenêtre que t'as cassée. Mais c'était un accident, hein, je pense ?

— Non, dit Camille.

Elle s'en voulut. Maudite grande trappe. Trop tard.

— Ah non ? fit le directeur, la prunelle chagrine, le sourcil interloqué, comme s'il l'apprenait. Non. C'est vrai – il soupira. Puis la deuxième fois, c'était quoi, déjà ? C'était presque rien, la deuxième fois, il me semble, une petite niaiserie, hein ? Je m'en souviens même plus. C'était il y a deux semaines, il y a presque deux semaines, c'est ça ?

Il laissa passer quelques secondes, allongea les pieds sous son bureau. Camille remarqua que ses deux chaussettes n'étaient pas exactement de la même couleur.

— Une histoire d'impertinence. Avec le prof de mathématiques. Corrige-moi si je me trompe. Veux-tu un bonbon ?

Oui, pensa Camille, mais elle affecta de n'avoir rien entendu. Le bocal de poissons rouges à la cannelle se promena un moment sous son nez, puis atterrit sur le coin du bureau.

— Comme tu voudras. Je les laisse ici, au cas où tu changerais d'idée. C'était mes préférés quand j'étais plus jeune. Qu'est-ce qu'on disait ?

Il venait de harponner une couple de poissons rouges à la cannelle, il les suçotait maintenant avec ostentation pour bien lui démontrer, sans doute, qu'il était toujours jeune, ou qu'il avait de la suite dans les préférences. Camille eut peur, tout à coup, qu'il la garde dans son bureau toute la soirée.

— Trois fois, continuait J. Boulet, la bouche pleine, le regard compatissant. Trois fois en un mois et demi. Puis il attaqua, le torse aérodynamiquement incliné vers Camille : Peut-être que t'as des problèmes. Hein ? Y faut m'en parler, de tes problèmes, si tu veux que je t'aide.

Opposer la force d'inertie. Opposer une force d'inertie si considérable que les mots, en rebondissant sur elle, soient catapultés à des millions d'années-lumière de la polyvalente.

— Je SAIS que t'as des problèmes.

Une feuille du *ficus elastica* chuta sur le sol, avec un bruit flasque.

— Je veux seulement t'aider, Camille. Regarde autour de toi, t'es pas toute seule dans ton cas, il y en a plein d'autres, des enfants de monoparentaux… Je veux dire, je sais que c'est pas facile de ne pas avoir de père… Est-ce que tu veux qu'on en discute, Camille ?

Il prononçait « Camille » avec délicatesse, en retenant sa salive et en ourlant les lèvres comme s'il était à déguster un chocolat précieux, la voix douce et docte et écœuramment sucrée.

— J'ai un père, trancha Camille.
— T'as un père ? Bon. Oui, t'as un père. D'accord. Je sais beaucoup de choses sur toi, Camille. Ta mère fait tout ce qu'elle peut, crois-moi. Est-ce que tu veux qu'on en parle ?

Pour bien lui indiquer que la conversation ne la concernait plus, Camille pivota sur sa chaise et regarda filer, par la fenêtre, un morceau de cirrus qui ressemblait étonnamment à une tête de chien, ou à des boules de billard en mouvement, ça dépendait de l'angle d'observation.

— C'est normal d'être perturbée. Tu es perturbée. Tu es sur une pente glissante, crois-moi… D'abord, les mauvaises notes, puis le manque de discipline, puis les fenêtres cassées… C'est comme ça que ça commence, la délinquance. Tu ne veux pas devenir une délinquante, Camille ?…

Pause. Des éclisses de poissons rouges à la cannelle, entre les molaires du directeur, se désintégrèrent bruyamment.

— Réponds-moi. Est-ce que tu veux devenir une délinquante ?

Camille le regarda. Il avait de beaux yeux pâles oscillant entre le gris et le turquoise, une couleur de traître.

— J'aime mieux devenir une délinquante, dit-elle, qu'un directeur d'école.

* * *

Et maintenant dans la voiture. Le bourdonnement opiniâtre d'une petite mouche prisonnière du tableau de bord. Le pare-chocs à pare-chocs tendu de la circulation qui ne circule pas. Les klaxons pour rien, pour conjurer l'énervement, le visage dopé des piétons. À la radio FM, des voix qui planent fluidement au-dessus de l'heure de pointe, qui commentent une rencontre d'écrivains, ou quelque autre événement exotique du genre. Et les mains de Michèle, qui font semblant d'être patientes, sur le volant, l'hypocrite concentration de Michèle, toute dirigée vers elle par en dedans, comme une sorte d'obus à retardement.

— Cette idée, débuta Michèle, cette idée de donner rendez-vous en plein centre-ville !

Regards obliques, infinitésimalement courts, vers Camille appuyée sur la portière.

— As-tu verrouillé la portière ? J'aime pas quand tu t'appuies comme ça, de tout ton poids.

Rectification de la position dorsale et, tant qu'à faire, abaissement partiel de la vitre, pour faire sortir la mouche, pour qu'il y en ait au moins une de libre.

— Es-tu sûre que ça te tente d'y aller ? Ça a beau avoir été ton père, tu sais, t'es pas obligée à rien…

— Oui, ça me tente.

De nouveau l'offensive. Prévisible.

— Il va falloir qu'on se parle, toutes les deux, Camille. Il va falloir que TU me parles. Ça va pas, ça va pas du tout à l'école, toi qui pétais toujours des scores avant, tu dis rien, tu dis pas ce qui te chicote, PARLE-MOI !

— Je te parle, là.

— Pas comme ça. Je veux que tu me parles pour vrai. Je veux que tu me parles de toi.

— Pourquoi ? Je sais d'avance tout ce que je vais dire.

Ça la désarçonna, une bonne fois pour toutes, elle se tut, elles roulèrent un moment dans la rumeur oppressante de la ville, la tête de Camille dodelinant à l'extérieur de la voiture, comme pour observer au-delà des buildings, la tête de Michèle, elle, droite et raide et remplie à ras bord de funestes spéculations. Elle risqua un regard insistant du côté de sa fille. Camille n'avait pas bougé d'un pouce, les yeux en l'air tendus vers des choses invisibles, et, surtout, une expression dans le visage qui effraya Michèle, un mélange de perplexité et d'absolue détresse.

— À quoi tu penses ? demanda-t-elle, le plus doucement possible.

Camille ne répondrait pas, l'évidence était là, brutale : elle avait hérité tout cela de son père, le mutisme, le flou, le sombre, le pathétiquement marginal. Mais sa fille se tourna vers elle, elle lui donnait tort, une fois de plus.

— Un jour, dit-elle avec une espèce de sourire, y aura plus rien, ici. Le soleil va s'éteindre comme n'importe quelle autre étoile. Savais-tu ça ?

4.

Le soleil déclinait rapidement, en effet, sur la terrasse, au-dessus des têtes qu'une coercition frileuse tendait maintenant à rapprocher les unes des autres. Marie-Pierre en ressentit un pinçotement mortifié, comme toutes les fois, elle détestait les fins d'après-midi et le spectre buté de l'hiver qui se risquait à pointer du museau un peu plus effrontément chaque jour.

Il faudrait s'habiller davantage, platitude extrême, s'entortiller dans des vêtements-bandelettes qui ne laisseraient plus rien en pâture aux regards. Elle aimait voir la peau dorée des gens fuir sous les échancrures, elle aimait regarder les corps et leurs formes ondoyantes – le sien d'ailleurs lui donnait de grandes fiertés, avec ses seins triomphants et fermes, si fortement mamelonnés qu'ils déjouaient tous les soutiens-gorge. En ce moment, en fait, alors qu'elle savourait avec des mines gourmandes l'acidité de son campari-soda, elle se savait, sans forfanterie aucune, la plus belle femme du café-terrasse, la plus magiquement coulante et sensuelle. Toutes ces autres, à côté d'elle, s'empêtraient dans un je ne sais quoi de rétif, d'amidonné, et les hommes étaient pires encore, hélas, des icebergs harnachés dignement de Lacoste et de Gucci qui ne déteindraient pas au lavage – de cela, au moins, on pouvait être sûrs. Marie-Pierre avait une longue pratique de l'observation microbiologique. Les humains, finalement, lui apparaissaient moins sexy que les virus, et infiniment plus inaptes à se creuser une place dans l'univers.

Il n'y avait qu'à regarder autour, les gens n'habitaient pas leur corps, ils le traînaient derrière eux comme une maladie honteuse, ils se colletaient avec leur derme et leur épiderme, penauds et confus horriblement d'avoir un sexe, un trou de cul, des émanations et des glaires qui déboulent sans crier gare et qui esquintent les beaux vêtements. Le bras du type devant elle était affligé de tiraillements nerveux, se ballottait d'un genou à l'autre comme désespérant de ne jamais trouver une piste d'atterrissage, la fille en face du type partait spasmodiquement d'un grand rire aigu qui se cassait au beau milieu de rien ; les épaules d'un jeunot, plus loin, semblaient taillées dans de l'inoxydable et du radioactif à force d'être raides, les ongles d'un autre avaient été rongés jusqu'au coude, les jambes, partout, s'excusaient d'exister et se ratatinaient sous les tables, les yeux évitaient résolument les lignes droites, et les mots, élémentaires, leucorrhéiques et tapageurs, couraient comme des fous pour camoufler le reste. Avortements généralisés, tâtonnements, balbutiements d'infirmes coincés dans leur peau. Marie-Pierre promenait malgré tout sur ses voisins un demi-sourire plein de mansuétude, elle était le seul être vivant à palpiter sur cette partie du globe et à s'en rendre compte – que la conscience humaine est une douce chose…

C'est alors que survint John Turner. Il ne s'agissait pas de l'exemplaire authentique, mais d'un duplicata très réussi, amélioré même, avec quelque chose de franc et de guilleret dans l'allure. Il s'assit à la même table que Marie-Pierre. Il lui sourit comme à une jeune connaissance dont on attend au moins la lune.

— Vous êtes très belle, assura-t-il.

Ce n'était pas un méchant préambule, Marie-Pierre en convint intérieurement. Elle ne condescendit toutefois pas à le remercier, il y a des limites à la servilité féminine, mais le gratifia d'un regard de reine qui était tout comme. Vous n'êtes pas trop mal vous-même, eut envie de rétorquer cette partie d'elle qui ne s'abandonnait jamais passivement à la drague, mais elle la musela et se contraignit tout entière à attendre la suite dans un silence liturgique.

Qu'émettrait-il, comment trousserait-il l'invitation à la fornication, de quels enrubannages froufroutants les phrases de circonstance – je vous offre un verre quelle belle journée je vous ai déjà vue quelque part – seraient-elles ornementées ?

Ô l'émoustillant suspense.

— La nuit dernière, attaqua Pseudo-John avec une voix duveteuse et de très belles lèvres, j'ai rêvé que j'étais assis à la terrasse d'un café très semblable à celui-ci. Je mangeais des palourdes.

Cochon, pensa Marie-Pierre. Palourde = mollusque lamellibranche ourlé = symbole très éminemment vulvaire.

— Ce n'était pas exactement des palourdes, en fait, plutôt ces petits coquillages fins et blanchâtres qu'on trouve en abondance sur la côte Est des États-Unis ou aux Îles-de-la-Madeleine, vous voyez ce que je veux dire?

Elle voyait. Des clams. Symbolique sexuelle identique.

— Eh bien, c'était dès clams vivants. Parlants, je veux dire. Chaque fois que je m'en mettais un dans la bouche, il m'abîmait de bêtises, en anglais par-dessus le marché – you damned asshole, you sonnavabitch, fucking bastard…!
— Shit! Je veux dire : diantre!
— Oui. C'était très gênant. Je me suis réveillé.

Il héla le garçon d'un geste subtil et racé, commanda un pernod avec beaucoup d'eau pour lui, et rien pour Marie-Pierre.
— Je ne vous offre pas de verre, dit-il, parce que vous allez croire que je vous cruise.
— Ce qui est faux.
— Ce qui est vrai. Mais on a sa fierté.
— Vous êtes anglophobe, c'est évident, mais vous résistez à l'assimilation très mollement, comme nous tous.
— Plaît-il?
— Je fais allusion à votre rêve. Les clams qui vous envoient chier, pardon, paître dans la langue de Shakespeare, c'est-à-dire de Westmount.
— Très intéressant, rumina-t-il au-dessus de son pernod fraîchement débarqué sur la table. Mais je les croque, les Anglaises de clams, quand même, non?
— Oui. Mais vous en êtes affreusement gêné – c'est ce que vous avez dit, en tout cas, s'excusa-t-elle.
— Je n'ai pas dit «affreusement», sourit-il. Savez-vous ce que je fais dans la vie? Vous allez rire. Je suis

président de la Commission des droits francophones de la personne.

Elle ne rit pas.

— Pourquoi vous me regardez comme ça ? Je ne vous plais pas ?
— Pas tellement, mentit-elle.

Elle était perdue. Voilà que ça recommençait, les soubresauts pathologiques de ce maudit cœur, toutes ses moelles en liquéfaction périlleuse et cette chaleur sinuant à la hauteur du ventre comme un reptile… – à quarante ans, n'était-il pas ridicule et déraisonnable de se laisser estoquer ainsi par les coups de foudre ?… Elle décida que non.

— Moi, continuait cependant John T. de sa voix de plume d'eider, je dois dire que vous me plaisez énormément, très énormément même, pourquoi ne pas l'avouer ?

Oui, Johnny mon chou, pourquoi ne pas, en effet, ça ne coûte pas cher et c'est un tel velours à entendre. Marie-Pierre ne manifesta rien, dissimulatrice comme pas une.

— Qu'est-ce que je peux faire pour vous convaincre ? s'enquit-il douloureusement.
— De quoi ?
— De venir souper avec moi, par exemple.
— Impossible. Je suis prise, ce soir.

C'était la vérité, plate et indissoluble, mais Marie-Pierre traîna avec beaucoup de conviction sur les mots

« ce soir », comprenne qui pourra et qui m'aime me suive.

— Demain, alors ? mordit-il.
— Peut-être, fit Marie-Pierre, très Joconde.

Et elle se leva. Elle avait envie de faire pipi, tels étaient les effets de l'émotion sur son organisme. Elle ne marcha pas jusqu'aux toilettes, elle s'y rendit en lévitant gracieusement, consciente sans en avoir l'air d'allumer sur son passage des flambées de concupiscence et de hargne admirative. Ce serait une histoire foudroyante et longue, quelque chose en dedans d'elle le savait avec certitude, il était marié sans aucun doute mais on s'accommoderait de cette superfétatoire et encombrante épouse qui s'accrochait à son ex-bien comme une mouche à du crottin – les femmes sont de véritables glus quand elles s'y mettent.

Quand Marie-Pierre baissa les yeux, elle ne crut pas ce qu'elle vit sur le coup, il y avait devant elle un objet renflé, hideusement blanchâtre, un monstre de porcelaine écaillée que l'on aurait dit ramené en catastrophe de ses cauchemars antérieurs. Elle fixa ainsi l'urinoir pendant une trentaine de secondes affolées avant de réaliser qu'il ne s'agissait que d'une erreur ô combien humaine, elle était entrée machinalement dans les toilettes des hommes et il suffisait maintenant de battre en retraite pour effacer *cela*, cette chose sale de son passé qui rejaillissait par intermittence. Elle se retourna vers la porte : le beau John était sur le seuil, la mine passablement ahurie de la trouver là et la braguette déjà entrouverte. Marie-Pierre se sentit rougir jusqu'à l'extrémité effilée de ses ongles, qu'elle avait pourtant incarnats, et voulut s'enfuir après avoir balbutié quelques paroles inintelligibles dont un «trompé-de-porte» qui sonna loufoquement comme une onomatopée polonaise. Mais Faux-John ne s'écarta pas pour la laisser passer, un sourire hésitant venait de se faufiler sur ses lèvres lisses et persistait en silence, pétrifié par l'amusement, on aurait dit. Il avança les mains vers elle – pour l'aider à franchir le seuil, pensa candidement Marie-Pierre – et les lui fourra en plein sur les seins, qu'il entreprit de pétrir comme s'il se fût agi de pâte à modeler ou à faire des tartes, bref, effet haut en surprise et totalement déplaisant.

— Mais, maismaismais, voulut protester Marie-Pierre – et John-John, cependant, ne lâchait pas prise, le sourire tout en lubricité maintenant et un miroitement mouillé dans les prunelles –, voulez-vous bien mais qu'est-ce que c'est mais ARRÊTEZ…
— Tes beaux tétons, se pâmait-il de sa voix de velours et soie, les mains férocement pelotantes, depuis le temps que tu veux que je te les prenne, hein, tes beaux tétons…

Marie-Pierre tenta de le repousser gentiment, voyons mon vieux un peu de tenue que diable, plus tard peut-être je ne dis pas, mais il s'obstinait à la tripoter, persuadé qu'il était sans doute qu'elle l'avait attendu dans les toilettes pour ce faire, une cochonne qui se tapit à côté des urinoirs pour que les mâles lui fassent des passes, voilà donc comment il se la figurait… Marie-Pierre, de colère, vit aussi rouge que l'extrémité effilée de ses ongles et lui expédia sur-le-champ un uppercut qui l'envoya valser sur le carrelage médiocrement propre mais très certainement dur de la pièce. Puis elle sortit, les phalanges meurtries, mais pas autant que le cœur.

Elle se rassit à sa table, que faire d'autre en attendant? Elle vida son campari-soda d'un trait, puis le pernod du sale type, aux trois quarts plein. Elle s'en sentit quelque peu rassérénée, mais pas tout à fait, il y a des blessures morales que l'alcool ne réussit pas à cautériser, malheureusement. Elle broncha à peine lorsqu'il passa en trébuchant près d'elle, restes tuméfiés d'un grand amour que les serveurs aidèrent à s'enfourner dans un taxi.

Il faisait froid, elle se mit à attendre dans une morosité grandissante. Elle vit enfin s'arrêter une voiture devant elle, et bondir à sa rencontre une sauterelle d'une dizaine d'années, le visage distendu par un très large sourire.

— Allô, papa, dit Camille, radieuse.
— Shit, grommela Marie-Pierre. Pourquoi y faut toujours que tu m'appelles «papa»!…

5.

Gaby était assise dans la régie, l'œil chiffonné par un début de grippe et quelques insomnies à répétition, et elle observait songeusement la Transsexuelle, un peu comme l'on s'attarde avec déférence, au zoo, devant un spécimen simiesque particulièrement repoussant.

Étrange créature, en vérité, aussi biscornue que fascinante. Marie-Pierre Deslauriers – c'était son nom – avait revêtu pour la circonstance une robe moulante en jersey indigo qui découvrait des genoux raboteux, certes, mais qui recouvrait surtout une silhouette somptueusement vallonnée que n'aurait pas désavouée Hugh Hefner dans son jeune temps. C'était, en fait, ce mélange de raboteux et de vallonnements qui plongeait Gaby dans le désarroi, et le réalisateur de l'émission, debout à côté d'elle, dans d'hystériques ricanements. Le corps de Marie-Pierre Deslauriers semblait bâti sur le paradoxe : il ne manquait de rien, en tout cas, ni de courbes, ni d'os, les uns apportant sans cesse aux autres une sorte de surprenante rectification.

Seins et fesses rebondis à souhait, donc, mais chaperonnés par une paire d'épaules on ne peut plus sportives ; visage aux traits délicats et à la chevelure mousseuse, mais encadré de maxillaires on ne peut plus massifs ; mains colossales, larges comme des gants ignifuges, mais vernies et manucurées et voletant gracieusement dans les airs telles de chétives phalènes.

Le plus remarquable, c'était ce qui émanait, presque férocement, de cette créature hybride : une telle conviction d'être belle et fatale que ça ne pouvait qu'engendrer, alentour, des remous contagieux. On regardait Marie-Pierre Deslauriers et on se surprenait à penser que, oui, cette… chose, femme ou extra-terrestre, était belle.

L'entrevue durait depuis dix minutes, et Bob Mireau en était déjà à lamper son deuxième verre d'eau, signe pour le moins événementiel.

— Si je vous suis bien, Marie-Pierre, disait Bob Mireau, le corps n'est qu'une apparence trompeuse, après tout.

— Ce n'est pas exactement ce que j'ai dit, mon petit Bob, fit Marie-Pierre avec un sourire d'une ensorcelante patience.

— Prenons moi, par exemple. J'ai l'air d'un homme, comme ça, à première vue, mais je suis peut-être une femme, dans le fond, dans le fin fond d'en dedans de moi-même.

— Ça m'étonnerait. Tu présentes toutes les caractéristiques fondamentales machistes.

— Ah ? Ça me rassure.

— Mis à part, évidemment, quelques pulsions féminines que tu t'empresses de camoufler.

— C'est vrai, admit Bob. Par exemple, je mets toujours un soutien-gorge pour dormir. Mais chut ! faut le dire à personne.

Le réalisateur, dans la régie, à côté de Gaby, poussa un long ululement de plaisir.

— Quel ostie de capoté, gémit-il avec béatitude, sans que Gaby, toutefois, puisse deviner à qui exactement il faisait allusion. – Mais elle commençait à souffrir d'une telle migraine que sa curiosité naturelle s'en trouvait considérablement émoussée.

— Répétez-moi un peu, pour le bénéfice de nos auditeurs, continuait cependant Bob, ce que vous avez dû subir pour devenir une femme.

— J'ÉTAIS une femme, reprit doucement Marie-Pierre. Simplement, il a fallu corriger cette anomalie physique qu'était mon corps.

— Bien sûr. La petite anomalie physique. Bon. D'abord les hormones… Beaucoup d'hormones, j'imagine. Vous en prenez encore, vous devez en prendre toute votre vie, non ?

— Oui.

— Et puis l'électrolyse – tout ce poil qu'on a, nous les hommes, c'est sûr que ça fait un peu orang-outang chez une femme… à moins de vouloir travailler dans un cirque ou à la Condition féminine –, je niaise, excusez-moi. Est-ce que ça fait très mal ? D'abord, étiez-vous très poilue ? Combien de séances d'électrolyse ont été nécessaires pour vous donner ce teint de pêche, Marie-Pierre ?

— Plusieurs, éluda Marie-Pierre.

— Parlons de l'opération. Capitale, l'opération : ils enlèvent le zizi et ils fabriquent un sexe féminin, c'est ça ? Fichtre, on n'arrête pas le progrès. Parlez-nous un peu de l'opération.

— L'opération a parfaitement réussi. Je suis une femme à part entière. Entre autres, je peux jouir tout ce qu'il y a de plus normalement, au cas où tu te poserais la question.

— Mm. – Bob émit un bref gloussement, imité immédiatement en cela par le réalisateur, dans la régie : On raconte, il semblerait que vous deviez porter une sorte… de… de moule, pendant un certain temps, est-ce que c'est exact ?… Ce n'est pas que je veuille entrer à tout prix dans les détails scabreux, mais, vous comprenez, une opération de ce genre pour nous, hommes et femmes standard, je veux dire… biologiques, ça reste un peu mystérieux. Est-ce aussi un moule, ou de la silicone, que vous avez dans les, la poitrine ?…

Il finit par s'interrompre, pour laisser à la Transsexuelle le temps de répondre, après tout, et parce que le frémissement qui agitait les commissures de ses lèvres risquait de se muer très visiblement en éclat de rire. Marie-Pierre garda le silence quelques secondes, comme absorbée par l'éclat incarnat de l'ongle de son petit doigt.

— Si tu veux, susurra-t-elle, une lueur mauvaise dans le regard, si tu veux, mon petit Bob, je te montre tout ça tout à l'heure, pour que tu te rendes compte, de visu, à quoi ça ressemble… O.K. ?…

— Impossible, ma religion me l'interdit, plaisanta Bob dans son verre d'eau, et Gaby le vit rougir pour la première fois de sa vie.

Entre temps, dans la régie, le réalisateur et le technicien échangeaient de métaphysiques considérations.

— Un trou, je te dis ! C'est tout ce qu'ils réussissent à leur fabriquer. Mon frère connaît quelqu'un qui a un chum qui a failli coucher avec une, avec un, plutôt…

— Un trou! Hou là! Ça doit faire débander son pauvre diable… Juste un trou, frette comme ça!…

Gaby, qui les regardait fixement, se prit trois aspirines.

— Ben quoi! maugréa-t-elle. En quoi ça révolutionne votre technique sexuelle?…

— Dites-nous, disait Bob Mireau dans le studio B, dites-nous un peu, Marie-Pierre, ce que cette transformation radicale vous a apporté…

— Je suis devenue moi. Je suis moi à cent pour cent: on ne peut pas en dire autant de beaucoup de monde…

— Ça me rappelle quelque chose, dit Bob, qui était doué d'une mémoire prodigieuse. «Le chemin de soi vaut toutes les médecines.» C'est un microbiologiste québécois, qui s'appelle Deslauriers comme vous d'ailleurs, qui a écrit ça…

— Je sais, dit Marie-Pierre.

— Vous le connaissez?

Elle lui décocha, en guise de réponse, un sourire tranquille. Bob Mireau pâlit terriblement, mais fut le seul, avec Gaby, à s'en apercevoir – voilà pourquoi, entre autres raisons, il préférait la radio à la télévision.

— J'ai abandonné la microbiologie, depuis, dit Marie-Pierre.

* * *

— Quand même, t'aurais dû me prévenir, avait fait remarquer Bob à Gaby, plus tard, vexé de sa piètre performance. Un scientifique connu s'amène ici, transformé en bonne femme, et personne me le dit!

Comment tu voulais que je le reconnaisse, opéré, recousu, pis chimiothérapisé comme il est là?…

Gaby s'en montra désolée: elle n'en savait rien, la créature ne lui ayant pas glissé un traître mot à ce propos. C'est Marie-Pierre qui lui avait téléphoné pour solliciter une entrevue: Gaby n'avait alors été frappée que par l'aspect sensationnaliste de la chose et par la voix très particulièrement éraillée du sujet. Croyait-on sérieusement, d'ailleurs, qu'avec cette colonie de déments à déterrer chaque jour, elle avait le loisir de s'éterniser sur chacun de leurs curriculum vitæ?… Mais Bob, bon diable, et l'esprit vraisemblablement captivé par d'autres préoccupations, ne lui adressa pas de reproches additionnels: comme tous les soirs depuis une semaine, il quittait le poste en compagnie de Priscille, chez qui les charmes toujours aussi ostensibles devaient suppléer avantageusement à l'inexpérience. Et Gaby se retrouva toute seule avec ses trois téléphones, son cagibi aromatisé au pipi de chat et les prémices d'une angoisse qui, depuis quelque temps, se pointait à ses côtés à heures fixes, aussi régulièrement qu'un fonctionnaire.

Avant de partir, la Transsexuelle était venue lui tendre la main: une grande main osseuse, maquillée, au contact étonnamment soyeux et embarrassant.

— Nous allons nous revoir, avait souri, très sûre d'elle, Marie-Pierre. Nous avons des atomes crochus, toi et moi, une affinité d'âmes sœurs… Entre femmes, ça se sent, ces choses-là.

Et elle était sortie, laissant Gaby pantoise, le sourire figé, mariner dans un malaise indéfinissable.

* * *

Elle en avait eu, des âmes sœurs – féminines, s'entend. Amitiés touffues et pantelantes, en allées sur la pointe des pieds à cause de l'âge qui rend fourbe ou cassant, à cause d'une querelle, puérile comme elles le sont toutes, à cause d'un changement d'adresse. À cause de la nonchalance, à cause de l'illusoire sentiment d'abondance qui fait se départir, l'œil sec, de ses trésors familiers, comme d'une verroterie bon marché.

Rappelle-toi, Gaby, la petite Suzie Tremblay, son visage lunatique, ses grands yeux d'oiseau surpris, sa passion pour les boules noires et les lèvres en cire comestible… Vous creusiez des galeries dans la neige, sparadrapées dans vos survêtements imperméables, le sien toujours trop grand, mité aux coudes et aux genoux, avachi par un usage immodéré et l'occupation systématique d'au moins quatre de ses sœurs. Vous inventiez des mots de passe et des jeux débiles autour de ces thèmes ineffables qui étaient vos favoris : caca, crotte, péteux. Ô la joyeuse débilité de votre petite enfance avoisinante, ô l'immensité terrifiante de cette cour minuscule qui était votre arène et votre terrier et votre inextricable Éden. La fois où elle t'avait trahie avec une autre, Gaby, et où tu avais prié méchamment pour que le voyou du quartier lui assène un coup de poing dans le ventre, et où elle était revenue en sanglotant parce qu'elle venait de recevoir, du voyou du quartier, un coup de poing très précisément dans le ventre… (C'est là que tu t'es mise à croire, rappelle-toi, Gaby, en un bon Dieu qui ressemblait au diable…) Et la fois où elle pleurait en te regardant partir sans elle, comment effacer le remords de cette fois qui vient encore de temps à autre tarabuster ta mémoire ? tu lui avais promis une promenade dans la Morris de ta mère, vieille petite voiture déglinguée faisant office de luxe dans le quartier, jamais elle n'avait mis les pieds dans une voiture, ô le souvenir épouvantable de sa douleur de petite fille et ta honte à toi, Gaby, de comprendre soudain à quel point elle était pauvre. Petite Suzie Tremblay, enfuie dans sa vie d'adulte en emportant le beau visage lunatique de ses cinq ans…

Francine Duchesneau, Gaby. Farceuse et ricanante, si apte à te suivre dans les extravagances et les épopées mystiques : la maison hantée que vous visitiez le midi, avant de retourner à l'école, vos deux mains ligotées dans une même terreur audacieuse… Francine Duchesneau qui te faisait tellement rire que tu inondais ta culotte dans les lieux les plus invraisemblables – ô le nostalgique de ces pipis délirants qui étaient bien plus indices de bonheur que de vessie trop pleine… Et quand son père est mort, à Francine Duchesneau, rappelle-toi sa silhouette enfunébrée et grave, assise docilement dans le premier banc de l'église à côté de sa famille, le prêtre et son homélie d'un pathétisme à arracher des larmes de sang même aux statues, et tout à coup, elle s'est retournée, Francine Duchesneau, elle t'a repérée parmi la classe de Secondaire 1 et vous vous êtes regardées longuement, moment de flottement interminable et douloureux, tout ce sinistre-là lui ressemblait si peu, vous vous êtes regardées et vous avez eu, en même temps, cet incroyable fou rire. Francine Duchesneau, que sa mère a rabrouée si fort, à ce moment-là, et qui promène peut-être encore, dans d'autres ailleurs revêches que tu ne connais pas, son beau rire délinquant et libre…

Michelle Lévesque. Quel présent revanchard s'est emparé d'elle, Michelle Lévesque, qui se languissait de l'adulterie trop lointaine à son goût, qui soupirait après l'avenir comme après un Eldorado certain? La quinzaine un peu potelée et déjà comestible, il n'est pas un jamboree d'orchestre dans lequel elle ne faisait fureur, les éphèbes transpirants s'arrachaient ses *slow* tandis que toi, tu ramassais des miettes à ses côtés, mais tu ne lui en voulais guère car elle finissait toujours par larguer nonchalamment ses soupirants pour venir te rejoindre... – comment ne pas te rappeler avec tendresse que, séduisante et adulée, elle te préférait finalement à eux?... Vous dormiez souvent l'une chez l'autre, Michelle Lévesque et toi, vous dévoriez des *grilled cheese* à trois heures du matin et la solitude s'en trouvait abolie pour toujours, vous franchissiez les nuits allègrement en vous racontant des histoires et en chuchotant surtout sans déroger à propos de ces choses affolantes qui commençaient à émouvoir vos ventres – il se place comme ÇA je te dis et elle en dessous et dépendamment de l'angle ça procure des secousses électriques TERRIBLES je te jure... – tellement plus dégourdie que toi en ces matières, elle rêvait de partir avec des princes charmants aux voix tendres mais aux phallus volumineux, Michelle Lévesque, et toi tu ne pouvais qu'évoquer avec un serrement au cœur ce futur implacable qui la verrait s'éloigner de toi, ô les hommes déjà comme des vautours au-dessus de vos amitiés vulnérables...

Et elle, ta grande chum du début de ces joyeuses *seventies*, Élaine Bossé avec qui tu fis plus d'un voyage – *trips* d'acide ou périples au bout du monde –, vous étiez plus que deux atomes d'une même molécule, témoins mutuels et prenants de vos premières amours, de vos féroces éclatements, de vos embardées hasardeuses dans une vie qui s'annonçait trépidante… Combien haut vous avez plané ensemble et combien doucement vous avez amorti vos chutes respectives, Élaine Bossé à qui tu as donné un jour toutes tes économies pour l'aider à se faire avorter et qui a pleuré des larmes d'adulte meurtrie sur ton épaule… Rappelle-toi ce moment magique, Gaby, où vous vous teniez contre le bastingage du bateau qui quittait Ibiza, la lumière était bleuâtre et mystifiante, vous vous êtes broyé les mains en vous jurant de rester ainsi toujours libres et sans attaches, ô Élaine Bossé ta plus que sœur, qui a maintenant trois enfants et un mari comptable, et lorsque vous vous rencontrez presque par mégarde une fois tous les deux ans autour de quelques mélancoliques Brador, il plane des silences gênés entre vos discours remplis d'insignifiances.

Quelques autres, encore, Gaby, des noms comme des pierres blanches sur ton chemin de petite Poucette hargneuse, Anne-Marie et Lucette et Myriam que tu vois de loin en loin, copines plus qu'amies véritables, cependant, car l'âge des intensités passe comme le reste et il vient un temps où l'on ne donne que parcimonieusement de peur de ne pas recevoir assez en retour. Les femmes, maintenant, aussitôt écloses de leur cocon embryonnaire, se dépêchent de s'en tisser un autre autour de l'amour familial et totalitaire, et il en est plus d'une encore qui disparaît de l'annuaire téléphonique, agglutinée à l'ombre bienveillante de son n'époux.

Ainsi Gaby soliloquait-elle devant le contenu hétéroclite d'un tiroir répandu sur son lit. De temps en temps, elle se colletait avec les reliques de son passé, qui étaient nombreuses. Car il faut révéler ici, au risque de lui attirer quelques inimitiés, la tare qui l'affligeait depuis toujours : elle était née kleptomane, ou fétichiste – les disciples de Freud ne se seraient pas entendus sur la chose si on la leur avait donnée à débattre. Depuis toujours, Gaby dérobait des objets à des gens qui lui étaient proches, mais comme à son corps défendant et sans véritable malhonnêteté : il ne s'agissait souvent que de bagatelles n'ayant d'autre valeur que celle d'appartenir à quelqu'un qui lui devenait cher. Elle n'opérait, en fait, qu'une fois par tête de pipe, ce qui limitait les dégâts, les têtes de pipes susceptibles d'attirer son affection, donc son larcin, ne pullulant guère, par ailleurs.

Il y avait donc, dans ce tiroir répandu sur le lit : une bille géante modèle cœur de pomme ayant appartenu à la petite Suzie Tremblay ; une barrette en plastique rouge ayant retenu les cheveux de Francine Duchesneau ; le premier crayon khôl bleu marine de Michelle Lévesque, qu'elle avait cherché en vain toute une soirée durant, assistée fraternellement en cela par Gaby ; la bague en os d'Élaine Bossé ; une ceinture de cuir tressé noir, reliquat de René ; le porte-mine en argent de Bob Mireau ; et une multitude de menus articles soustraits subrepticement à des copines ou des amants occasionnels jugés dignes de cet honneur. Lorsqu'elle passait ainsi en revue ces morceaux de passé à la fois dérisoires et troublants, il y avait certes une honte passagère qui s'emparait de Gaby, elle autrement si foncièrement honnête, mais dominait, plus fort que tout, le plaisir âcre de se sentir en accointance parfaite avec ses souvenirs, la certitude apaisante de pouvoir retourner n'importe quand en arrière pour débusquer les traces tangibles des autres.

Puis, Gaby referma son tiroir et alla s'asseoir devant Gudule. Gudule, bien que petite, était dotée d'un ventre vert proéminent. Gaby l'avait découverte six jours auparavant, en train de tisser rageusement une toile grandeur nature dans le coin de sa fenêtre, et elle n'avait pas eu le cœur d'anéantir de la si belle ouvrage. Pour l'heure, Gudule était à mastiquer la tête d'un juteux coléoptère que Gaby avait complaisamment poussé dans sa toile, mais qu'adviendrait-il d'elle la bise venue, et l'époque des insectes irrémédiablement révolue? Gaby se surprit à s'inquiéter douloureusement pour Gudule, et elle en ressentit, cette fois, une très nette humiliation : il fallait avoir touché le fond d'une abominable misère affective pour copiner de la sorte avec les araignées… (soudain, l'image insupportable du prisonnier guatémaltèque faisant guili-guili aux scorpions de son cachot pour tromper la solitude…) Et comme la soirée était jeune, elle décida d'appeler sur-le-champ quelqu'un, n'importe qui de féminin et de fraternel.

Ce fut Marjo. Marjo se montrait toujours disponible, ce qui la rendait à la fois précieuse et méprisable. Elle se disait hard-féministe, mais dès qu'un regard masculin effleurait sa replète personne, elle se mettait à trémuler des cils et du postérieur. C'est ainsi, les contradictions nous perdent tous.

Elles prirent des kirs au Bistro et au café Cherrier, et mangèrent un steak de canard à l'Express. Petite routine ludique. Marjo parlait beaucoup et fort, tandis que Gaby reluquait avec amertume les nippes very expensive du jet set montréalais : il lui semblait, comme chaque fois, que sa propre garde-robe d'automne devenait monstrueusement caduque et ne méritait même pas les mites qu'elle venait d'y trouver. Enfin, c'était à prévoir, Marjo voulut connaître le fin fond du dénouement de son histoire avec René, et Gaby se fit un devoir de lui raconter tout par le menu, mais elle n'y prit aucun plaisir et, d'ailleurs, il n'y avait pas grand-chose à raconter.

C'était une soirée flatte, comme aurait dit la Élaine Bossé du bon vieux temps. Mais Gaby s'obstinait malgré tout à l'allonger, entraînant presque de force au Lux une Marjo abasourdie par le sommeil et l'alcool et s'enfonçant elle-même jusqu'à l'écœurement dans de masochistes méditations sur l'inanité des relations féminines : qu'y avait-elle trouvé jusqu'à ce jour, bonne Sainte Vierge, pour s'enliser ainsi dans des soirées stériles qui viraient immanquablement aux mémérages contre les hommes, les menstruations douloureuses et le boulot qui fait chier ?...

— Je mangerais un bœuf, dit Marjo, soudain, en se tâtant l'estomac. – Puis elle ajouta aussitôt, comme navrée d'avoir enfreint quelque obscur principe : Un bœuf châtré, évidemment.

Gaby la regarda et hennit un petit rire perplexe, à cause de l'heure tardive, sans doute, ou de la fatigue, et Marjo se mit à rire aussi, probablement pour les mêmes motifs, et voilà qu'elles se trouvèrent sans raison apparente soulevées par un ouragan hystérique, une hilarité complètement démente qui les tordit sur leurs chaises, couinantes et haletantes, tandis que le garçon, à leurs côtés, attendait les directives avec un rien de stoïcisme. Marjo donnait dans l'ultrason aigu,

Gaby y allait plus virilement de la gorge, et ce caco-phonique canon dura cinq minutes d'horloge pendant lesquelles le garçon, écœuré, eut le temps de servir dix autres personnes.

Après, lorsqu'elle eut recouvré son calme, Gaby se leva et alla flanquer sur le front de Marjo un baiser tonitruant. Elle se rappelait, maintenant, ce qui donnait son prix d'or aux amitiés féminines : il n'y avait qu'avec les femmes que pouvait naître, comme du tréfonds de ses viscères, ce fou rire infantile, d'une absolue et merveilleuse gratuité, sans lequel la vie ne vaut pas la peine que l'on passe au travers.

6.

Tandis que Gaby, vaincue, s'abandonnait enfin au sommeil, Dominique Larue, lui, en émergeait tout à fait, car il était six heures du matin. La lumière semblait encore poisseuse, gélatinée dans une petite aurore sale, mais qu'importe : c'est à ce moment précis que débutait, invariablement, sa journée imaginaire.

Il se levait en prenant grand soin de ne pas réveiller Mado, catatoniquement agrippée à sa cuisse gauche. Il procédait à quelques ablutions sommaires et enfilait un pantalon de coton ouaté. Dans la vaste salle à manger, il attaquait pacifiquement les 108 mouvements de taï-chi taoïste qui rendent l'homme semblable au chat et le font communier avec le Cosmos. Tout de suite, cela fonctionnait à merveille, sa colonne vertébrale ondoyait comme une algue, l'énergie roulait dans son ventre en ronronnant, il n'avait pas sitôt attrapé la queue de l'oiseau et repoussé le singe au fond de la mer que son yin et son yang, ces éternels antagonistes, s'envoyaient de grandes claques fraternelles dans le dos et le hissaient, lui, homoncule, sur des sommets spirituels vertigineux à côté desquels l'Annapurna n'est qu'une collinette et l'Everest, une piste de ski de fond pour pissous.

Ensuite, dégoulinant d'une saine sueur, exsudant l'harmonie à plein nez, il prenait une douche glacée. L'hémoglobine ainsi bringuebalée, il s'asseyait à sa table de travail.

Volet deux. Et que six heures trente du matin, notez bien.

Il compulsait les feuilles blanches devant lui. Il mordillait le capuchon de son Bic neuf. Moment d'intense et de névralgique réflexion. Qu'écrire ? Que ne pas écrire ? Soudain, ça surgissait, sorte de cumulus grondant rempli de phonèmes, de vocables désordonnés, ça s'emparait de sa main qui se mettait toute seule à noircir de mots de phrases de chapitres complets les feuilles ex-blanches qui n'en revenaient pas elles-mêmes, et voilà que tout avait un sens, un univers romanesque magnifiquement complexe se mettait à champignonner dans sa tête et il avait à peine le temps de le saisir avant que les pages mentales sur lesquelles tout lui semblait déjà inscrit ne se tournent définitivement pour faire place à d'autres pages encore plus fracassantes et stylées et à d'autres encore, ça ne ralentissait pas, et il réalisait subitement que, tout ce temps, son crâne avait été enceint d'une œuvre titanesque sans qu'il en paraisse rien, aucune protubérance suspecte.

Bref, l'inspiration que ça s'appelle.

Et ça s'empilait, la pièce se jonchait de papiers éclaboussés par sa fine calligraphie féminine, il en avait jusqu'aux mollets, maintenant, et son troisième Bic neuf venait de rendre l'âme, vite, un quatrième pour ne pas perdre le souffle – il en détenait heureusement une provision, car les esprits prévoyants sont toujours récompensés.

Quand cela s'arrêtait, il était huit heures et son poignet droit avait doublé de volume. Il se rendait, hagard, jusqu'à la fenêtre, en enjambant les monceaux d'écritures, histoire d'oxygéner ce qui lui restait de cellules grises, il se penchait la tête à l'extérieur, et ne voilà-t-il pas que passait inopinément sur le trottoir en reluquant dans sa direction son éditeur, flanqué d'un homme bedonnant que Dominique ne connaissait pas.

« Ha ha, cher Larue… », disait l'éditeur, « Hé hé hé, cher éditeur », disait Dominique, « quel hasard circonstanciel », disait l'éditeur, « oui, quelle circonstance hasardeuse », renchérissait Dominique, « au fait, cher Larue, toujours rien de pondu ?… », demandait l'éditeur, comme pour la rime, « si si, justement, cher éditeur », répondait Dominique, comme pour la frime, et il rassemblait hâtivement les kilomètres de papiers qui recouvraient le sol et les tendait en vrac à l'éditeur, telle une gerbe de fleurs qu'on offre à sa Dulcinée.

Et l'éditeur lisait, et l'homme bedonnant lisait aussi sans se gêner par-dessus son épaule, or, voilà que l'œil droit de l'éditeur se mettait à fluorescer d'émoi et que la narine gauche de l'homme bedonnant se mettait à frissonner d'on ne sait quoi, or, re-re-or, ce gras inconnu était en réalité un producteur de films à budgets aussi bedonnants que lui-même, si vous commencez à saisir l'incroyable conjoncture, auquel il ne manquait que le cigare – raison sans doute pour laquelle la sagacité habituelle de Dominique avait été mise en déroute –, et ils extirpaient tous les deux en même temps de leurs poches des contrats volumineux qui, re-hasard prodigieux, se trouvaient à somnoler là, « j'en tire cinquante mille copies si vous signez ici tout de suite », hurlait l'éditeur, « cent mille dollars comptants pour les droits d'adaptation si vous signez sur-le-champ », vociférait le producteur, « du calme, ricanait Dominique, vous allez réveiller ma blonde ».

C'est effectivement ce qui survenait. Dominique s'apprêtait à signer des deux mains en feignant la nonchalance vaguement dégoûtée – « À quoi tu penses comme ça, les yeux ouverts ? » disait tout à coup Mado en lui caressant la cuisse, et paf ! la fortune et la gloire lui glissaient illico sous le nez, il sursautait au fond du lit, hélas, qu'il n'avait pas encore quitté.

C'est donc à ce moment douloureux que s'amorçait véritablement la journée de Dominique Larue, qui vivait de beaucoup d'illusions et de quelques nourritures terrestres providentiellement fournies par Mado. Mado se levait, elle, pour aller travailler. Auparavant, elle lui faisait, sur la cuisse, cette caresse légère qui parfois s'insinuait plus haut, façon subtile de tâter le terrain. Dominique en était gêné, et elle, immanquablement déçue, car il y avait chez lui depuis un an des zones inertes qui ne semblaient plus vouloir se réactiver un jour. Mado s'habillait alors, en sifflotant. D'où vient la patience démesurée de certains êtres humains ? Combien de temps une femme peut-elle supporter le vacuum sexuel avant d'assassiner son concubin ?… C'est le genre d'insolubles interrogations qui naissaient, floconneuses, dans l'esprit de Dominique et ne se dissipaient que lentement, alors qu'il surveillait la belle, courageuse, optimiste et maintenant rousse Mado en train de vaquer allègrement à ses débuts d'occupations quotidiennes. Prends-toi un amant, la conjurait-il parfois, lorsque la culpabilité se faisait trop lancinante. Je t'aime, lui répondait Mado avec un sourire inébranlable. Il s'agissait là d'un type de reparties qui le mettaient knock-out, car il ne voyait pas le rapport. Moi aussi, je t'èèèèmme, avait-il envie de lui rugir, mais dans le cas présent à quoi cela nous avance-t-il et que peut au fait l'amour contre les serpents à sonnettes, la gale et la mauvaise haleine, par exemple ?…

Mais Mado nourrissait la conviction féroce que pour chacun des maux qui nous affectent existe une idoine médication, et que le manque d'appétit sexuel de Dominique ne pourrait que crier grâce devant l'amour-panacée, assisté bien sûr de quelques séances de psychothérapie dont elle défrayait magnanimement les coûts.

Aujourd'hui jeudi était justement le jour J de la médecine de l'âme.

Dominique n'y allait jamais. Il s'y était rendu une seule fois quatre mois auparavant : la clinique était ensoleillée comme une agence de Club Med, il s'en souvenait très bien. Absolument rien de sinistre, à vrai dire, dans cet endroit pourtant voué aux noirceurs névrotiques des cerveaux. La secrétaire et préposée à l'accueil était jolie et avenante – mais sans excès, ce qui aurait paru suspect. Les fauteuils avaient un agréable design italien – mais pas outré, ce qui aurait été snobinard. Tout avait été conçu pour ne pas effrayer – lithographies joviales illuminant les murs, pianotages feutrés diffusés par les haut-parleurs, hilarantes bandes dessinées traînassant innocemment sur les tables jolies, fleurs, bien sûr, amoncellement de fleurs humblement champêtres, comme tout juste arrachées à leur benoîte campagne. Tout, donc, conçu pour rassurer, et c'est ce qui effraya si fort Dominique, ce calme, cette joliesse ludique, où diable se cachaient les fous dans cette baraque, et pourquoi n'entendait-on pas quelques cris primaux jaillir gaillardement des bureaux attenants ?... N'importe quoi de laid et de bruyant aurait été le bienvenu, car il régnait là une harmonie qu'il avait décidé de trouver détestable.

Le seul autre client de la clinique était une cliente, la cinquantaine bien plastifiée, installée dans un coin comme dans un bistro coquet, et que l'on n'aurait pas été étonné de voir croquer des petits fours tant elle sirotait son café avec élégance – ILS offraient du café, bien entendu, que Dominique avait haineusement décliné, sans parvenir à ternir le joli sourire de la jolie préposée à l'accueil.

Survint celui dont la mission suprême sur terre était d'aider à se rigidifier les choses molles, ou vice-versa selon les cas, le docteur Frôlette – poème que ce nom –, vague copain de l'amant d'une bonne amie de Mado, et donc confesseur attitré de Dominique.

Le docteur expédia un petit sourire crispé à la dame plastifiée et à Dominique et entreprit de farfouiller avec angoisse dans les dossiers déposés sur le coin du bureau par la belle et gentille enfant de l'accueil.

— Doqueteur Frôlette…, murmura justement la belle et gentille enfant de l'accueil, dans le désir manifeste d'attirer subrepticement son attention, mais non celle des deux bipèdes échoués dépressivement sur les fauteuils italiens de la jolie salle d'attente. DOQUE-TEUR FRÔLETTE !...

Or, le doqueteur Frôlette ne haussa pas le sourcil, ni ne lorgna du moindre cil en direction de la malheureuse, qui remurmura, cette fois suffisamment fort pour faire fondre sur place deux cents boules Quiès entassées dans le vaste conduit auditif d'un Australien endormi à quelques milliers de kilomètres de là, DOQUETEUR FRÔLETTE!!!

— Vous me parlez? dit le doqueteur, qui avait, au fait, de beaux yeux et une belle chevelure marron et un visage sympathique.

Sourd comme un pot, qu'il était.

Dominique se vit, allongé ou non sur un divan, à côté du doqueteur Frôlette, en train de lui hurler par la tête ses fantasmes érotiques les plus intimes – ET À QUATRE ANS, LES SEINS DE MA MÈRE, SES SEINS!… –, tandis que de la rue McGill au boulevard Saint-Laurent les badauds émoustillés se retournaient en ricanant, ou, pourquoi non, se massaient chaque semaine devant la clinique pour ne rien manquer de la suite, sorte d'émission pornographique hebdomadaire et, au demeurant, gratuite.

Non. Cela ne se pouvait. Dominique se leva.

— J'ai oublié quelque chose. Dans ma voiture, sourit-il à la belle enfant et au doqueteur, qui lui rendit son sourire, il ne devait être sensible qu'à la communication non verbale.

Il franchit la porte de la clinique pour ne plus jamais revenir. Dominique Larue, spécialiste en choses molles et en fuites diverses.

Mado ne savait pas. Depuis quatre mois, elle croyait, aussi fermement que certains croient au très mystérieux mystère de l'Immaculée Conception, qu'il se rendait à la clinique recevoir son dû de thérapie, et chaque semaine elle lui allongeait cinquante dollars pour ce faire, et Dominique s'évanouissait alors une couple d'heures dans le décor sans souffler mot, coupable mutisme.

Il ne s'en allait pas boire les dollars dans un quelconque boui-boui de l'Ouest, ce qui eût été le comble de la goujaterie – les bouis-bouis, d'ailleurs, n'étaient pas encore ouverts, et une tentation d'annihilée, une ! Comme il avait des principes, il gardait scrupuleusement la quasi-totalité de l'argent de Mado en réserve, pour lui offrir un jour un gigantesque cadeau – une BMW mauve avec siège avant éjectable et pare-brise convertissable en écran de télévision couleurs – ou pour le lui remettre carrément, qui sait, le moment venu. Et il avait choisi de consacrer cette heure déloyalement soustraite au doqueteur Frôlette à quelque chose de très déplaisant, histoire de s'autopunir ou de se sanctifier, ou les deux à la fois.

Il rendait visite à son père. Tous les jeudis matin, de neuf heures trente à dix heures trente. Soixante minutes désastreuses, aussi longues chacune que les visages infernaux des suppliciés du camp d'Auschwitz.

Coquette petite conciergerie de la rue Sherbrooke, pourtant. Deuxième étage à droite, porte 20, devant laquelle, auparavant, en toute saison, il devait s'essuyer longuement les pieds sur un paillasson jaune or pour assassiner dans l'œuf les bactéries qui auraient osé s'agglutiner à ses semelles, puis abandonner là ses chaussures bottes ou sandales même astiquées jusqu'à la corde et pénétrer en pieds de bas ou en épiderme nu dans le trois et demie de son père où commençait véritablement le supplice.

Ce jeudi-là, donc. Dominique s'apprêtait à sonner, après s'être râpé les pieds jusqu'au sang sur le vicieux paillasson – que même un fakir expérimenté et masochiste aurait trouvé coriace –, lorsque la porte s'ouvrit, grande. Apparut sur le seuil Maurice, plus rabougri que jamais, le cheveu rare mais long sur la nuque, l'œil vénéneux – ce qui appartenait, certes, à sa physionomie coutumière, mais comme ornementé d'un petit quelque chose supplémentaire, pointe de curare ou fiel de canine vampirique, on ne savait.

— C'est toi, fit-il. Sonne. Pourquoi tu ne sonnes pas?

— J'étais sur le point de. Comment vas-tu, papa?

— Il faut sonner. Comment veux-tu que je sache que c'est toi et pas un robineux ou un assassin, la ville en est pleine? Hein?

— Bon. Je sonnerai plus tôt, à l'avenir. T'as l'air en forme, tenta Dominique en manière de diversion.

— Je n'aime pas que ça gratte comme ça dans le corridor, juste devant ma porte. Sonne. C'est tout ce que je te demande. Est-ce que c'est trop demander?

— Très bien. Non. Tu veux que je sonne maintenant? facétia Dominique, contenant à grand-peine ses index, majeurs, auriculaires, phalangines et phalangettes, qui se languissaient de poser un geste définitif – tordre ce cou raboteux lévitant à quelque distance de leur portée, par exemple, ou réduire en charpie les délicates chocolatines et les croissants aux amandes à 2,50 $ pièce dont ils étaient chargés.

— HA! HA! ne rit pas Maurice – il s'effaça néanmoins de dix centimètres pour laisser pénétrer son fils. As-tu les pieds propres?…

Propres. Propres étaient le vestibule, la moquette jaune, la sous-moquette jaune, les lustres très laids, les fauteuils à et sans pattes, les dessous de table laminés, les inoxydables robinets et cuves, l'intérieur abyssal des toilettes, personne de plus propre que Maurice ne verrait jamais le jour sur cette planète dans les décades et les siècles à venir, à supposer qu'il y ait encore des siècles à venir au train où prolifèrent les pollutions diurnes et les acides en forme de pluie. Dominique prépara le café. Revint le déposer sur la table de la cuisinette où Maurice, assis bien droitement sur sa chaise, était à éviscérer une chocolatine avec grande défiance, fourchette devenue scalpel démembrant la pâte pour isoler la CHOSE, cette dégoulinade brun intestin qui semblait s'être nichée là par distraction ou cabotinage du pâtissier. (Image soudaine du petit Maurice jouant dignement dans les défécations de sa lointaine phase anale, à partir de quand à quel âge exactement, ne me ménagez pas docteur, régressent-ils sur la pente bouetteuse de l'enfance ?...)

— Chocolat chimique, décréta Maurice. Synthétique, saccharinien, probablement hormoné, beurk, merci pour moi.

— Il y a des croissants aux amandes, si tu préfères, dit Dominique sans sourciller, rompu à pire que cela.

— Amandes... HA! As-tu vu quelque chose qui ressemble à une amande là-dedans, toi ?

— C'est de la *pâte* d'amandes.

— Tout est chimique. Tout est rendu tellement chimique qu'il n'y a plus rien qui ressemble à rien.

— C'est vrai. Combien de sucres, aujourd'hui, dans ton café ?

— Quatre. Ils nous empoisonnent à petit feu. Ils sont en train de nous massacrer l'estomac et le tube digestif à force de nous faire manger des cochonneries. Qui, ILS ?... Les Russes ?... Les Quimperlois du Finistère ?... Les frères des Écoles chrétiennes ?...

— Les produits chimiques vont nous tuer, et personne ne dit rien.

Maurice goba en deux coups de mâchoires et trois tressautements de luette une chocolatine entière qui, bien que saccharinée, synthétique et hormonée, eut l'air d'atterrir dans ses intérieurs sans occasionner trop de dommages.

— La vie est chimique, émit Dominique pour dire quelque chose de filial et pour clore le propos, peut-être, il n'est pas défendu d'espérer. Maurice le regarda par en dessous, ce qui était en fait sa seule façon de regarder Dominique depuis toujours.

— Qu'est-ce que tu veux insinuer ? aboya-t-il avec hargne. Quel rapport ? Pourquoi faut-il toujours que tu dises noir quand je dis blanc ?

— Noir ? dit stupidement Dominique, qui ne se souvenait pas qu'il ait été question entre eux de nuances chromatiques, mais avec son père, il est vrai que la conversation la plus bénigne finissait toujours par prendre des teintes très sombres.

Il se leva, jeta sur sa montre à la dérobée un coup d'œil suppliant – plus que trente minutes – et débarrassa la table de la totalité de ses miettes.

— Parlons un peu de toi, fit-il, prudent et magnanime. Comment se portent tes cœur foie et viscères depuis la semaine dernière ?... As-tu vu le médecin au sujet de ces douleurs dont la localisation exacte m'échappe à l'instant est-ce bête mais qui étaient abominablement douloureuses j'en suis sûr, et que t'a-t-il dit ?

— Rien, dit Maurice.

Et il se tut. Habituellement, le sujet le rendait intarissable, il avait ce dard entre les côtes, cette enflure inquiétante au petit orteil, ce bourdonnement affolant dans les tympans, ces spasmes ici, ces grelottements là, l'agonie du Christ était une extatique partie de plaisir à côté de la sienne, et Dominique compatissait béatement en pensant à autre chose et en bénissant le bienheureux répit. Et soudain, rien. Et encore vingt-neuf menaçantes minutes à abattre.

— Veux-tu qu'on s'assoie au salon ? s'enquit Dominique pour la forme, car ils y étaient presque, il suffisait d'allonger la jambe droite pour se retrouver dans le vestibule et le bras gauche pour attraper la savonnette de la salle de bains, c'était un trois et demie passablement exigu – mais très propre.

— Non, dit inespérément Maurice. Tu peux t'en aller, je me sens un peu fatigué.

Dominique aurait dû saisir la balle au bond et virevolter euphoriquement jusqu'à la sortie puisqu'on lui signifiait sa liberté, mais il resta sur place, la bouche vaguement entrouverte, troublé par un je ne sais quoi de plus las qu'acrimonieux dans le ton de Maurice.

— Qu'est-ce qui se passe ? Tu ne te sens pas bien ? demanda-t-il, étreint par une authentique sollicitude.

Tout à coup, il le sentit avec certitude, le regard de Maurice fut sur le point de basculer de l'autre côté des barbelés qu'il transportait partout avec lui comme une cotte de mailles, quelque chose fut sur le point de se passer entre eux. Mais ne se passa point.

— Je me sens TRÈS bien, cracha Maurice. J'ai envie d'écouter la télévision, de faire une patience, d'être SEUL, peux-tu comprendre ça ? SEUL ! T'imagines-tu que je passe la semaine à me morfondre en attendant ta sainte visite, le jeudi matin ? HEIN ?…

— Non, toussota Dominique.

Il ramassa ses quelques effets et se dirigea vers la porte en se jurant, grand Dieu ! qu'il ne remettrait plus les pieds là, jamais, et en sachant du même coup qu'il reviendrait la semaine prochaine.

— À jeudi prochain, dit Maurice, qui le savait aussi, et qui referma presque doucement la porte.

Dans la petite Honda de Mado qu'il avait garée tout de guingois devant une borne-fontaine, Dominique alluma la radio et se laissa aller à brailler, comme il le faisait presque tous les jeudis matin. Lui revenaient en mémoire des images rances de films ridicules, où l'on voit les pères et les fils s'étreindre virilement l'épaule, s'adonner à de grotesques beuveries ou applaudir ensemble, idiots, les exploits de quelque sportif dont la seule habileté en ce bas monde est de savoir taper sur une rondelle qui ne lui a rien fait. N'empêche. Dominique brailla sur cette absence de tout, même de clichés, qu'était sa relation avec son père, puis il se calma. Il y avait une voix, à la radio, qui lui plut tout de suite, qui lui était destinée de toute éternité, il le sut dès qu'il l'entendit prononcer quelques mots.

— Je suis devenue moi, disait la voix de femme. Je suis moi à cent pour cent : on ne peut pas en dire autant de beaucoup de monde…

Dominique, stupéfait, s'aperçut qu'il bandait. Comme ça, pour rien, les yeux encore embués, l'oreille aux aguets, inepte.

Il démarra et s'en fut dans les rues, au hasard, chercher celle dont la voix, éraillée comme après l'amour, basse comme une symphonie de Brahms qui prend son essor, venait, sur son corps indifférent, d'accomplir un miracle.

7.

C'était la nuit. On pouvait croire que c'était la nuit, même s'il n'était que vingt et une heures terrestres, le ciel avait été pris d'assaut par une magie noire et diamantaire. Luisaient comme en pointillés ces figures capricieuses que dessinent les étoiles et que l'homme a appelées constellations, pour les reconnaître et se donner l'illusion de les posséder. Camille distinguait bien la Lyre, le Cygne et l'Aigle, qui forment entre elles un vaste triangle dont les sommets ont noms Véga, Deneb et Altaïr ; plus à l'est, le chapeau pointu de Céphée, le W incurvé de Cassiopée et là-bas, au sud, presque mangé par la pourtant minuscule métropole québécoise, Pégase, immense cheval géométrique dont la patte arrière piétine Andromède, qui dissimule au bout de son bras unique, ô merveille, une galaxie spirale semblable à la nôtre.

GALAXIE. Mot oppressant, qui dépasse l'entendement. Notre galaxie est la Voie lactée et tout en en faisant partie, bizarrement, nous pouvons la voir par la tranche, ces filaments neigeux qui nagent au-dessus de notre tête. Presque tous les astres visibles à l'œil nu, Deneb, Véga, Bételgeuse, Almak, appartiennent, au même titre que le Soleil, à la Voie lactée. La Voie lactée forme dans l'espace un grand disque spiralé, sorte de soucoupe gazeuse qui nous entraîne plus loin, ailleurs,

en compagnie de 150 milliards d'étoiles et d'innombrables autres objets flottants. Il y a des millions de galaxies semblables à la Voie lactée, spiralées et brillantes, qui tournoient dans l'inconcevable vide et qui s'éloignent les unes des autres, chargées chacune de milliards d'étoiles et de planètes indistinctes. Spectacle grandiose, sans doute, à rendre fou le dieu qui l'observerait ; l'on voudrait être ce dieu, même fou, l'espace infinitésimal d'une seconde, pour saisir un peu le mouvement d'ensemble, pour comprendre quelque chose, ou rien, de cette vastitude, mais pour au moins l'apercevoir une fois et se consoler à jamais de sa propre finitude.

Une étoile filante passa sous le nez de Camille, alors qu'elle s'affairait à régler le foyer de son télescope, mais elle n'en fut pas émue outre mesure – les étoiles filantes, après tout, ne sont pas de véritables étoiles, tout juste des cailloux granitiques ridiculement petits et proches qui s'embrasent en pénétrant dans l'atmosphère terrestre. Bien plus haut, au-delà du visible, s'agitent des choses autrement plus stupéfiantes, algolides, pulsars, supernovæ, quasars, monstres clandestins qui échappent à la logique humaine et auxquels Camille ne rêvait que d'être confrontée. Pour l'instant, néanmoins, elle se contentait de traquer les nébuleuses dans les constellations de novembre : NGC 7000, prénommée America, se tapissait quelque part, elle le savait, dans les embrasures de l'étoile supergéante Deneb.

Qui n'a jamais vu chatoyer de nébuleuse ne connaît pas les limites de son émerveillement. Les nébuleuses, nuages de poussières stellaires et de gaz, prennent en s'ionisant des teintes émeraude et rubis d'une

surnaturelle beauté : c'est là, dans ces pouponnières ouatées aux formes éclatées, que naissent les jeunes étoiles, en conglomérat compact et rutilant. C'est aussi de nébuleuse qu'il est question lorsque meurt une petite étoile. Lorsque meurt une petite étoile, après des milliards d'années d'existence, elle se vide peu à peu de sa substance, elle souffle hors d'elle, comme exténuée, son enveloppe qui n'est retenue que par une densité très faible, et voilà qu'apparaît un halo net autour de son brillant cœur de carbone ainsi mis à nu, une ronde et évanescente fumée qui se dissipe lentement dans l'espace, mais si lentement, dans un millier d'années ceux qui seront ici pourront encore la regarder s'éteindre, ogive colorée dans le ciel, prunelle ouverte clamant muettement son agonie, ceux qui seront ici diront : Regarde, une nébuleuse planétaire ! s'ils sont encore doués de vue et de parole et de passion gratuite pour les choses qui ne leur servent à rien.

Mais plus haut le regard porte-t-il et plus vertigineuse la désescalade apparaît-elle lorsque l'on regagne ce plat palier qui est le nôtre : Camille en faisait, hélas, l'expérience renouvelée et douloureuse chaque fois que son œil s'arrachait à la lunette du télescope. Pourquoi les merveilles se terrent-elles là-bas, toutes dans l'espace, pourquoi ? Pourquoi n'en a-t-on pas gardé ici quelques-unes, pour émailler de beau le désastreux ordinaire ?… Le désastreux ordinaire était la maison de banlieue, à une centaine de mètres d'elle, dans laquelle l'attendait Michèle, le TRÈS désastreux ordinaire était l'image obsédante de Lucky Poitras, qui revenait lui déchiqueter le cœur à tout moment.

Elle aimait le beau Lucky Poitras. Elle l'aimait d'un amour fou, indissoluble et inutile, mieux inspirée aurait-elle été d'aimer d'amour fou et indissoluble l'un des anneaux de Saturne ou la comète de Halley qui ne reviendrait que dans soixante-seize ans. Le beau Lucky Poitras ne l'aimait pas, ne l'aimerait jamais, le lui avait juré, et elle n'était pas morte sur-le-champ, étrange ténacité de l'existence. Il avait les yeux aussi émeraude que les nuages d'oxygène qui ondulent dans la nébuleuse trifide d'Andromède, et des pastilles dorées, en guise d'iris, auxquelles rien d'autre n'était comparable, même en interrogeant le tréfonds de l'univers intergalactique.

Elle était en train de dissimuler dans son casier le chandail horrible que Michèle l'obligeait à enfiler sous son imper pour contrer la froidure de novembre – autre caractéristique du désastreux ordinaire, les choses les plus horribles se trouvaient invariablement à être les plus chaudes – lorsque Lucky Poitras s'approcha. D'elle. Et lui parla.

Camille ne l'avait toujours qu'observé à la dérobée. Il portait des vêtements décontractés et luxueux, il fumait des cigarettes américaines et il jouait aux cartes entre les cours. Il n'était pas empêtré dans l'adolescence comme les autres malgré ses quatorze ans, il s'exprimait avec une aisance au-dessus de son âge, on disait que son père était riche et cela se sentait dans le moindre de ses gestes, cette promiscuité avec les Mercedes et les pays étrangers. Il fumait aussi du haschich, ce n'est que dans ces occasions-là, d'ailleurs, derrière la polyvalente, qu'il tolérait que l'on s'agglutine à lui pour lui quémander quelques *puffs*; le reste du temps, il ne s'attardait à personne, voguant entre les étudiants plus vieux tel un phare magnétique, supportant quelques filles dans son sillage, mais jamais longtemps, on les retrouvait pleurnichant derrière la porte de leur casier, larguées désinvoltement comme de vieilles peaux de bananes. Il excellait au poker – personne, même parmi ceux du Secondaire 5, n'arrivait à le battre. Il était nul à l'école. Nul avec nonchalance, ce qui n'était pas le moindre de ses charmes.

— Je voudrais te demander quelque chose, lui dit-il sans préambule ni sourire, mais en eût-il ajouté que Camille aurait sans doute perdu connaissance.

— À moi ? dit Camille, la voix rendue plus aigrelette encore par la stupéfaction.

— C'est au sujet de ces étoiles que tu sembles connaître tellement bien.

Il s'était appuyé contre le casier voisin. Camille avait son parfum dans la bouche, mélange de cuir, de chèvrefeuille et de tabac blond, il exhalait une chaleur trouble qui l'atteignit dans le bas-ventre, drôle de morsure qu'elle ne s'expliqua pas.

— Ça vient au monde, des étoiles, à ce que t'as dit. Non ?... Le gros Bouctouche soutient que ça apparaît tout d'un coup dans le ciel, du jour au lendemain. Moi, je dis que ça se passe comme chez les femelles : une étoile qui devient plus grosse, qui explose, chplok ! et qui en fait plein de petites...

Il lui sourit, de biais, elle ne sut que grimacer en retour, raidie par la tension.

— On a gagé un dix là-dessus, ajouta-t-il avec une sorte d'amusement.

Et il attendit. Camille entrevit le gros Bouctouche, au détour de la rangée de casiers, qui faisait mine d'être absorbé dans la contemplation de ses souliers mais qui ne perdait pas un mot de leur conversation. Cela lui redonna de l'aplomb, il n'était pas dit qu'un des minables frères Bouctouche assisterait une fois de plus à sa déconfiture.

— T'as un peu raison, dit-elle, mais pas tout à fait.

Elle ouvrit grande la porte de son casier, tapissée d'illustrations à l'intérieur, et elle donna libre cours à sa passion – enfin, s'abandonner comme en face d'elle-même sans avoir peur du ridicule, livrer en vrac les mots et les concepts magnifiques sans les abriller, sans les simplifier bébêtement comme elle se sentait toujours l'obligation de le faire («Les étoi-toiles sont comme les a-arbres, les abei-beilles…»).

— Dans les nébuleuses, tu vois, qui sont des nuages de particules gazeuses, de poussières, de résidus de vieilles étoiles, il y a des globules de Bok. Regarde : ces taches noires, là, au-dessus des zones colorées. Ça s'appelle des globules de Bok. C'est dans les globules de Bok qu'apparaissent les étoiles, toujours en groupe très serré et très brillant. On pense qu'elles se nourrissent de particules très denses qui se tiennent là et qu'elles naissent par effondrement gravitationnel. Dans les globules de Bok.

Elle aimait par-dessus tout prononcer ces sons-là, glo-bu-les-de-Bok, elle les aurait répétés des tas de fois tellement ils ressemblaient à un mot de passe, une formule cabalistique ouvrant les portes de l'infini. Elle se contint, elle avait livré la réponse.

— Mais après ? dit Lucky Poitras en la regardant dans les yeux. Après ?

— Après?… Après, s'enflamma Camille, chacune des étoiles formées se dégage du gaz dans lequel elle est née, chacune s'en va vivre sa vie de son côté, pendant des milliers d'années, en brûlant son hydrogène – c'est pour ça qu'elle brille – et puis, peu à peu, elle n'a plus de carburant, elle expulse sa masse sous forme de gaz autour de son noyau – regarde comme c'est beau, ça s'appelle une nébuleuse planétaire – et ce gaz-là s'en va rejoindre d'autres gaz d'autres étoiles mourantes, et ça forme une nouvelle nébuleuse, dans laquelle apparaissent de nouveaux globules de Bok. Globules de Bok. Le noyau de l'étoile qui a expulsé son gaz s'éteint tranquillement, l'étoile devient une naine noire. Elle est morte.

— Morte, répéta Lucky Poitras, une nuance lugubre dans la voix.

Il y eut un silence, vraisemblablement méditatif chez lui, et fortement ému de la part de Camille, car voilà qu'il venait de partager cela avec elle, cette connaissance même imparfaite du destin des étoiles, près de laquelle tout autre apprentissage apparaît dérisoire. Le gros Bouctouche avait disparu.

— J'imagine, rompit Lucky Poitras avec un rire soudain, j'imagine que ni moi ni Bouctouche n'empocherons le dix…

Il arrêta de rire et contempla Camille avec une gravité confondante, elle dut s'adosser à son casier pour ne pas se liquéfier sur place.

— T'es diablement intelligente pour ton âge, lui dit-il doucement. Au fait, t'as quel âge?

— Douze ans et demi, mentit Camille.

Lucky Poitras continuait de l'observer avec une grande douceur, l'éclat insoutenable de cette nébuleuse dans ses yeux.

— Diablement intelligente, répéta-t-il gravement. Chose certaine, je voudrais jamais sortir avec une fille aussi intelligente que toi.

Il était parti, après lui avoir gentiment lancé « Merci » et « Salut », peut-être, elle ne se rappelait plus, elle était restée là comme morte avec son parfum de chèvrefeuille et de lancinants « Pourquoi ? POURQUOI ? » dans la gorge. Mais elle connaissait la réponse, au fond, l'intelligence était une malédiction en ce bas monde, l'intelligence était ce qui faisait qu'elle restait seule les heures de lunch, les soirs et les mois de vacances à regarder les autres échanger des inepties heureuses, l'intelligence était une monstruosité chez les filles et la condamnerait à passer sa vie derrière un télescope géant, seule comme une sauvage. Elle s'était trompée de sexe et d'univers.

Des nuages s'emparèrent du ciel avant que la nébuleuse America ait eu le temps de lui dévoiler son mystère, et Camille abandonna le télescope. Elle songea à son père. Son père à peau glabre et rose, à robe moulante, son père à seins. C'était lui qui lui avait offert le télescope, quelques mois auparavant. Son père-elle. De plus en plus elle chaque fois que Camille le rencontrait. Mais les mêmes yeux, toujours, malgré le crayon noir autour des cils, la même brillance attentive, « ma trésore, disait-il, ma belle grande trésore… »

Emmène-moi, papa, emmène-moi.

La voix de Michèle surgit dans son dos.

— Bon sang, Camille, qu'est-ce que tu fabriques ? Il pleut !

Réintégrer la maison de Michèle. Il y avait un âtre, dans la maison de Michèle, et un feu qui vrombissait dans l'âtre.

— Veux-tu un chocolat chaud ? Veux-tu du pop-corn ?

Michèle débordait de sollicitude et d'âcreté, par alternance. Camille préférait ne se rappeler que l'âcreté.

— Non. J'ai des travaux à finir pour demain.

Mais elle ne s'en fut pas tout de suite, par pitié : sa mère avait des cheveux blancs qui lui scintillaient sur les tempes, depuis peu.

— Je ne veux pas, s'indigna la Michèle âcre, je ne veux pas que tu sortes avant d'avoir terminé tes devoirs, à quelle heure vas-tu encore te coucher ? Je ne. Qu'est-ce que tu as vu dans le ciel ? demanda-t-elle, radoucie.

— Rien. Il y avait des nuages.

— J'ai pensé à quelque chose, dit Michèle en se frottant le nez, comme avant les déclarations graves. À Noël, j'ai envie de t'emmener aux sports d'hiver. En Suisse.

— Je passe Noël avec papa. Il va te téléphoner pour régler les détails.

Camille baissa le regard, Michèle en fit autant. Le feu, dans l'âtre, émit un crépitement imbécile.

— Il n'a pas d'argent, pas un sou, marmonna Michèle après un moment. Quelle sorte de Noël vas-tu passer ? Il ne m'a jamais donné un sou pour toi, JAMAIS, hurla-t-elle soudain avec rage. Cette espèce de folle. Cette espèce de folle égoïste et MONSTRUEUSE !

Il ne fallait pas. J. Boulet l'avait pourtant admonestée à ce sujet, lui qui connaissait si bien les âmes, il ne fallait pas médire, même avec raison, du parent absent, les enfants se détournent toujours de ceux qui médisent.

— Écoute, soupira Michèle, posée, en prenant sa fille par les épaules. Il n'a pas le droit, légalement, de te voir. Je lui en donne l'autorisation à cause de toi, parce que je sais que tu l'aimes. Il peut te faire du mal sans le savoir, comprends-tu ?… C'est dangereux que tu le fréquentes, c'est très dangereux pour toi, je n'invente rien, les tribunaux l'ont reconnu. C'est un être malade et perturbé. Profondément perturbé.

Camille l'écoutait, attentive, avec une sorte de respect. Elle n'a que onze ans, songea tout à coup Michèle avec effroi, pauvre petite déjà en butte aux monstruosités adultes, pauvre petite toute petite enfant.

— T'as l'air fatiguée, maman, dit Camille. Tu devrais aller te coucher. Je vais travailler dans ma chambre.

* * *

Toujours les mêmes cornichonneries. Radotages gâtifiants, qui devaient ramollir le cerveau à la longue. Drink drank drunk, break broke broken, reagan reagon reagun. Le complément d'objet direct placé avant après ou pendant le participe passé, le masculin triomphant irréversiblement du féminin – trois mille femmes et un cochon sont passés, accent aigu et s. Édifiants exercices d'algèbre, mis au point par un fermier du siècle dernier, sans doute, à l'imagination aussi fertile que son champ de fumier : Combien de kilomètres et de poules y a-t-il dans un train qui file entre deux lapins ?… Si un lapin a trois pattes et qu'une poule lui en mange une, à quelle distance du train les kilomètres se rencontrent-ils ?…

Camille sortit d'entre ces mièvres proses le livre d'astrophysique quantique qu'elle avait emprunté à la bibliothèque et le parcourut quelques instants avec une concentration douloureuse : ce n'était pas là lecture aisée, à vrai dire, constantes et système d'unités absolu de Planck, formule de Drake, gravitons photons bosons gluons, mais la lumière lentement se frayait un chemin en elle, illuminant du même coup les énigmes cosmiques que recèle l'univers. Puis, elle reprit ses travaux d'écolière, car c'est sur eux, hélas, que reposaient les échéances quotidiennes. Elle les expédia en douze minutes quarante secondes, horloge quartzienne à l'appui, et considéra, nauséeuse fierté, les feuillets que son écriture maladroite avait noircis. Tout cela était impeccable, assurément, et résolu avec une désolante facilité, peut-être avait-elle du génie ?

Elle recopia le tout laborieusement, en prenant garde, cette fois, d'y insérer le plus d'erreurs possible. Au royaume des médiocres, mieux vaut s'abstenir d'être un génie.

8.

En entrant, le corridor vous bondissait en pleine face et ne vous lâchait pas de sitôt, car il n'y avait que lui, dans ce désopilant logis, un corridor enténébré et long filant guillerettement vers les chiottes, daignant à peine s'épaissir en cours de route pour permettre l'étalement modéré des ustensiles de sommeil et de cuisine. Marie-Pierre avait l'impression d'habiter une tranchée, ou le tube digestif de quelque monstre rectiligne. Ce n'était pas forcément désagréable, on pouvait surveiller ses possessions d'un seul regard, et, en cas d'humeur folichonne, s'adonner au bowling, à la pétanque et pourquoi pas à la bicyclette, bref, château que ce tunnel. Elle n'y habitait pas seule, d'ailleurs, une colonie de lépismes appréciaient les lieux et ne s'en cachaient point, cent soixante-dix-neuf, en avait-elle dénombré une nuit d'insomnie car ils vaquaient surtout nuitamment, sans doute pour ne pas gêner la locataire principale, attentionnées petites bêtes, au fond, au demeurant indélogeables, qu'elle eut peut-être chéries comme des sœurs si elles avaient payé leur part du loyer, mais non.

Marie-Pierre écrasa trois de ces animalcules, égarés ou somnambules, en déposant son sac d'épicerie sur la table. Le sac d'épicerie contenait du riz, des pommes de terre, du café et des saucisses de porc, de quoi survivre les deux prochaines semaines. Elle avait volé les saucisses de porc au dernier moment, se rappelant soudain qu'elle aimait la viande et qu'il ne lui restait que six dollars soixante-quinze dans son portefeuille. Maintenant, elle se disait qu'il aurait mieux valu dérober des ris de veau ou du filet mignon, tant qu'à frôler la déchéance. Mais c'était ainsi, des scrupules bêtes l'avaient intimidée, ou la couardise, plutôt, car les denrées luxueuses devaient faire l'objet d'une surveillance étroite, alarme à l'infrarouge dissimulée dans l'hémoglobine du filet mignon, ampoule clignotante déclenchée par la main malhonnête sur la nervure du ris de veau, sait-on jamais jusqu'à quelles basses extrémités technologiques peuvent descendre ces supermarchés mesquins.

La journée avait été parfaite, c'est-à-dire cohérente avec tout ce qu'elle vivait depuis des mois : pas de palpitations cardiaques à craindre pour cause d'étonnement, c'était toujours ça de pris. Elle s'était rendue aux Affaires sociales. Là, une Cravate flegmatique avait feint de l'écouter pendant une heure, puis l'avait abandonnée à une autre Cravate, rébarbative celle-là, qui n'avait rien feint du tout, pas même d'être intéressée par son cas.

Depuis maintenant presque quatre ans, Marie-Pierre se butait à l'hostilité de cette vaste confrérie en uniforme dont elle n'avait jamais perçu, avant, l'omniprésent pouvoir ombrageux : les Cravates étaient partout, dans les universités, les laboratoires, les compagnies où l'on refusait de l'engager, dans les ministères où l'on manipulait son dossier avec un arrogant dégoût, dans les médias où l'on se gaussait de son existence, jamais sans doute ne serait-elle absoute d'avoir osé quitter leurs rangs pour rejoindre l'arrière-garde des faiblardes et subalternes femelles.

Depuis maintenant presque quatre ans, Marie-Pierre tentait d'obtenir que l'on modifie dans son dossier cette lettre M qui l'identifiait au sexe mâle et qui, se perpétuant sur toutes ses cartes officielles, lui occasionnait des déboires innombrables. Une lettre à changer, en somme, l'espace d'une frappe dactylographique, le temps d'un battement de cils de la secrétaire préposée au traitement de texte, pour tout dire rien, ou si peu de chose.

Hic.

L'une des premières Cravates gouvernementales à qui Marie-Pierre avait fait part de sa requête, quatre ans auparavant, lui avait malicieusement lancé : « Prouvez-moi que vous êtes une femme ! » ce à quoi Marie-Pierre avait malicieusement rétorqué : « Prouvez-moi, vous, que vous êtes un homme ! »

Il s'en était suivi une longue torpeur administrative.

Bardée de déclarations écrites et assermentées des chirurgiens, psychanalystes et autres docteurâtres qui l'avaient examinée, suivie et opérée, et qui attestaient son entière Féminitude, elle s'était présentée de nouveau moult fois au Ministère, avait rencontré là moult Cravates car son cas apparaissait épineux, voire agaçant, et exigeait vraisemblablement des expertises multiples. Une Cravate plus inventive que les autres avait finalement objecté que l'opération ayant eu lieu aux États-Unis et le chirurgien traitant étant un Américain, on ne pouvait décemment pas accorder de crédibilité à ses dires, d'ailleurs le dollar américain ne faisait que chuter en regard du yen et du mark et une navette spatiale avait explosé en plein vol et le libre-échange canado-américain piétinait pachydermiquement, bref, voilà, pourquoi ne s'était-elle pas fait mutiler pardon opérer au Canada terre de nos aïeux, ce qui eût été différent et plus patriotique ?

Aussitôt, Marie-Pierre était revenue à la charge, bardée cette fois de déclarations écrites et assermentées de spécialistes canadiens s'étant penchés sur le corps du délit et attestant que oui, hélas, cet ex-homme était maintenant médicalement parlant une femme, et qu'il fallait se faire une raison.

Il s'en était suivi une très longue torpeur administrative.

Lorsqu'elle téléphonait au Ministère, les ceux chargés de son dossier n'étaient jamais disponibles et ne prenaient pas la peine de lui retourner ses appels, et lorsqu'elle se présentait sur les lieux, une sous-secrétaire terrifiée déléguée par les instances supérieures lui disait que son cas s'il vous plaît était à l'étude et qu'il n'y avait qu'à attendre tranquillement je vous en prie, de préférence à l'extérieur si ce n'est pas trop vous demander.

Marie-Pierre, ayant enfin flairé là une forme de cul-de-sac, avait alors expédié à la Cravate suprême des Affaires sociales la lettre suivante :

Monsieur le Ministre,

J'ai l'audace de m'adresser à vous parce que vous me semblez avenant, plein de ressources et susceptible de résoudre le délicat dilemme dans lequel je me trouve. Voici. Je suis un Monstre. Cela n'a toutefois rien à voir avec mon apparence extérieure, que je vous prie de croire particulièrement séduisante : il s'agirait plutôt, si j'ai bien compris l'essence des propos de vos distingués fonctionnaires, d'une forme de monstruosité très rare, tout interne et cérébrale, ce qui la rend malheureusement incurable.

Il y a quelques années, pour des motivations profondes dont j'avais tort de penser qu'elles ne concernaient que moi seule, j'ai décidé de réorienter mon identité sexuelle. Après de longs et douloureux traitements, qu'il serait par trop mélancolique de vous énumérer ici, et une série d'interventions chirurgicales réussies mais horriblement onéreuses, je suis devenue une Femme. Ce que je croyais être alors l'aboutissement de mes difficultés existentielles n'en était que le prélude, cependant, comme quoi l'optimisme constitue une grande faiblesse humaine, au même titre que l'orgueil et la coprophagie.

Vos distingués fonctionnaires, que je n'ai pas l'outrecuidance de croire mal intentionnés, m'acculent amicalement à une pauvreté extrême.

D'une part, en refusant de changer la clause, dans mes papiers officiels, qui atteste que je suis de sexe M, ils me garantissent un chômage éternel : il faut comprendre qu'aucun employeur, même doté de préjugés normaux, n'accepte d'embaucher quelqu'un qu'il voit être une femme et qu'il lit être un homme.

D'autre part, le distingué fonctionnaire en chef de l'Assurance-Chômage, que je sais ne pas relever de votre compétence mais que je vous cite à titre divertissant, refuse de m'octroyer des prestations sous prétexte que le transsexualisme, qu'il doit confondre avec le paludisme, est une maladie et que la maladie n'est pas admissible, et cætera. Par ailleurs, le distingué fonctionnaire en chef du Bien-Être social qui, lui, relève de votre compétence, répugne également à me verser des prestations car lui m'estime saine de corps, donc apte à exercer un emploi et non admissible, et cætera. Cela fait beaucoup d'objections, pour un seul individu, et très peu d'argent, si vous me pardonnez cet indélicat pragmatisme.

Je saisis, finalement, la raison pour laquelle vos distingués fonctionnaires refusent de rayer de mon dossier ce malencontreux M qui m'empêche d'accéder au pain quotidien, et je compatis avec leur embarras. C'est que ce malencontreux M ne fait pas référence à mon ex-statut de MALE, comme je le croyais en toute innocence, mais à mon nouveau statut de MONSTRE, spécification que je comprends qu'ils désirent conserver, car il faut bien appeler les choses et les êtres par leurs noms.

Certes, je ne vous le cacherai pas, la vie de Monstre n'est guère viable et je suis donc disposée à disparaître élégamment pour faciliter la digestion et la quiétude de tous vos distingués fonctionnaires. C'est ici que j'en arrive au délicat dilemme que je vous mentionnais au début de la présente. Une navrante honnêteté congénitale fait que je répugne à commettre des actes illégaux; or, le suicide est un acte illégal, si je ne m'abuse. Comment faire pour disparaître en toute légalité? Existe-t-il des services gouvernementaux spécialisés dans la chose dont j'ignorerais l'existence? Seraient-ils disposés à procéder à mon élimination moyennant une somme raisonnable, que je pourrais *parvenir à rassembler en vendant mes deux molaires en or?*

Croyez bien que j'attends vos judicieux conseils avec une impatience respectueuse, car il me tarde de régler honnêtement cette affaire.

Votre bien à vous,

Marie-Pierre Deslauriers,
Docteur en microbiologie génétique,
Lauréat de la distinction «Le Cerveau de l'Amérique» 1977,
Candidat au prix Nobel 1979,
Ex-professeur en microbiologie appliquée,
Ex-directeur du Centre de Recherches modernes du Canada,
Ex-être humain

Le Ministre n'avait pas tardé à réagir car il était brave homme, au fond, il suffisait qu'on le lui rappelle de temps à autre comme à tous ceux que l'exercice du pouvoir rend oublieux de leurs vertus naturelles. Il avait tenté de rejoindre Marie-Pierre à plusieurs reprises avec une louable opiniâtreté, mais Marie-Pierre n'avait plus accès au téléphone, à l'appartement, ni à toutes les utilités publiques payantes qui rendent l'homme confortable et dissemblable de la bête. Une lettre du Ministre lui était enfin parvenue, il s'excusait personnellement au moins quatre fois au nom de tous les siens, il offrait réparations, il lui transmettait un certificat officiel attestant qu'elle était une Femme et devait être considérée comme telle avec copies conformes expédiées à tous les services relevant de sa compétence. Cela était bel et bon et délectable à lire, mais survinrent des élections sur les entrefaites, et les Cravates suprêmes de ce gouvernement sautèrent comme des bouchons de méchant mousseux, et irruptèrent un peu partout de nouvelles Cravates, rebelles par principe à toutes les directives des précédentes, et tout fut à recommencer.

Le dernier petit sous-directeur rencontré aujourd'hui faisait nouvellement partie de la Confrérie, et il n'entendait pas se perdre en vaines aménités. Il avait épluché, oui, les revendications de Marie-Pierre et il n'y comprenait goutte : que n'était-elle plus reconnaissante envers une société suffisamment libertaire pour tolérer son existence alors que d'autres pays, pas si lointains je vous assure, eussent parqué les auteurs de semblables fantaisies lubriques dans des ghettos innommables ?... Certes, elle était désargentée, mais à qui la faute, après tous ces tripotages de chromosomes et ces tronçonnages de phallus par des charlatans cherissimes, on l'eût été à moins, que diable, il fallait assumer les conséquences de gestes aussi inouïs que celui-là, mais bon, on n'était pas impitoyable, on verrait ce qu'on pourrait faire, ma petite dame.

Ma petite dame. Il avait ajouté cela spontanément, en souriant avec une condescendance gentille, car après tout elle avait de jolis yeux et une silhouette à s'y méprendre, voilà le ton particulier, mi-grondeur mi-caressant, qui convenait aux petites dames, et Marie-Pierre s'était revue derrière un bureau analogue à celui de cette Cravate, le respect colossal qu'elle lisait dans tous ces yeux canins levés vers elle et pourtant elle était la même, l'obséquieuse courtoisie avec laquelle on lui adressait la parole et pourtant elle était la même, Monsieur le Directeur voudrait-il jeter un regard sur, Monsieur le Directeur aurait-il l'obligeance de rencontrer le délégué des Nations européennes, le Président des États-Unis souhaiterait connaître la position de Monsieur le Directeur concernant..., et ces salves triomphales qui accueillaient la moindre de ses découvertes, le plus infime de ses écrits, et le soir il y avait sur la table des truffes du Périgord, du Gevrey-Chambertin et des mignons de chevreuil à la moelle, dix ans auparavant seulement mais comme une vie antérieure, elle était restée exactement la même en dedans pourtant, et maintenant il y avait la tanière endeuillée au sud de la ville, du riz à tous les repas et cette insupportable morgue dans la voix de minus qui ne lui arrivaient pas au milieu de la cheville.

Ma petite dame.

Marie-Pierre se concocta un riz à la saucisse et à la sauce soya et l'avala lentement avec des mines de gastronome, en songeant au Tiers-Monde et aux déserts infertiles dans lesquels les gens se font griller des sauterelles pour survivre. Quand le désespoir menaçait de poindre, il suffisait de songer au Tiers-Monde. Et au miroir.

À l'extrémité sud de cet appartement longiligne qu'un emploi récent de serveuse lui avait permis, jusqu'à maintenant, de conserver, Marie-Pierre avait accroché un miroir. Directement sur la porte des chiottes, en fait. C'était un miroir à cadre de bois, très simple et très grand, où elle pouvait se voir en tout temps, pour peu qu'elle daigne regarder dans cette direction.

Le miroir lui répétait infatigablement que ce corps était le sien, ce corps fabuleux lui avait été rendu enfin après des années de tergiversations douloureuses, flouée qu'elle avait été à la naissance par des dieux malveillants qui l'avaient enveloppée de suaires dans lesquels elle n'avait cessé de se débattre, depuis, même et surtout jadis, au temps des honneurs et de la gloire ridicule. Mais la seule gloire tangible était celle-là, celle d'oser ressembler à ce qu'elle était vraiment, envers et contre les bien-pensants pétris de certitudes.

Après le repas, Marie-Pierre se plaça donc face au miroir pour qu'il lui répète les mêmes choses allégeantes, car le soir descendait comme une bruine et, dans le noir du soir, le corps ne peut plus rien pour l'esprit qui devient vulnérable.

Soudain, elle le vit apparaître derrière son épaule droite et se détacher, gris et blanc, sur la surface moirée du tain. Il se tenait face au miroir comme elle et il se contemplait, lui aussi, mais avec une poignante amertume.

Il suffisait de fermer les yeux, il s'en irait, sans doute, les fantômes n'ont pas de prise sur la vie réelle.

Elle ferma les yeux. Les rouvrit. Il n'avait pas bougé. Ou plutôt si, il s'était placé entre elle et le miroir de façon à intercepter exactement son reflet, et il la regardait. Prunelles pâles, allumées par une hargne épouvantable. Ne pas céder aux tremblements intérieurs, rester forte malgré l'horreur car c'est dans un affrontement semblable que pouvait basculer irréversiblement son équilibre. Elle savait qu'il surgirait tôt ou tard, elle l'avait senti plus d'une fois rôder dans ses parages.

— Sacre ton camp, souffla-t-elle.

Il rit. Pas tout à fait un rire, une sorte de grinçotement rouillé qui l'effraya encore davantage. Son rire rauque, qu'elle croyait avoir oublié.

Elle affecta d'ignorer sa présence. Se coiffa avec des gestes appliqués devant le miroir, comme si, devenu transparent, Il ne pouvait plus lui faire obstacle, les yeux dans ses yeux à lui, terrible face à face dont il lui fallait triompher.

— Guidoune, dit-il. Maudite guidoune.

Maintenant, elle passait complaisamment en revue, d'un index tremblant, le maquillage de ses yeux, lustrant les sourcils, faisant ourler les cils, grattant avec méticulosité une peau sèche qui s'incrustait sur l'aile du nez. Il fit de même, copiant et devançant chacun de ses gestes, les transformant au fur et à mesure en une burlesque et lascive caricature, les hanches dandinantes, des roucoulements dans la gorge, jusqu'à ce qu'elle n'en puisse plus et se détourne du miroir avec effroi, mais il était aussi derrière elle, avec son ricanement rauque et ses yeux de désespéré, elle s'enfuit dans les chiottes où il se retrouva avant elle, urinant bruyamment dans le lavabo, secouant son petit sexe avec un ravissement répugnant.

Il n'y avait pas d'issue, elle devait l'affronter.

— Qu'est-ce que tu veux?… Qu'est-ce que tu veux, pour l'amour du Christ?
— Regarde-toi, persifla-t-il en avançant vers elle, regarde ce que tu as fait, comme tu es ridicule.

Il portait un vieux sarrau blanc, des pantalons de flanelle grise – ses vêtements de laboratoire, usés et jaunis par les acides. Elle se redressa, elle était plus grande que lui, à cause des talons hauts.
— VA-T'EN!
— Tout le monde se moque de toi, ricana-t-il, les mains enfoncées dans son sarrau sale. Regarde ce que t'es devenue, une vieille guidoune ridicule…

— Mais moi, je suis VIVANTE, et toi, t'es mort, MORT!…

Il était près d'elle, tout près, elle voyait ses joues mangées par la barbe naissante, les arcades sourcilières proéminentes, l'odeur familière du sarrau jauni par le phénol, et ses yeux pâles, elle ne voulait pas regarder ses yeux, ses yeux pâles et tellement amers, il ne fallait pas s'attarder sur ces yeux-là.

— Qu'est-ce que tu m'as fait? dit-il soudain, la voix nouée par l'émotion. Pourquoi tu m'as fait ça? Pourquoi?

Il se mit à sangloter, les mains crispées sur son sarrau, elle voyait sa pomme d'Adam tressauter et des rides de chagrin lui enfoncer les coins de la bouche.

— Pourquoi tu m'as tué? sanglotait-il. Pourquoi? Pourquoi?…

Marie-Pierre prit sa valise de cuir, le seul bien qui lui restait de sa vie antérieure, et fourra dedans, pêle-mêle, tous les vêtements qu'elle possédait.

Elle franchit la porte de l'appartement-tunnel, la referma derrière elle. Mais même loin dans la rue où elle se retrouva à courir, elle entendait encore les sanglots de Pierre-Henri Deslauriers, cet homme désespéré qu'elle avait été.

9.

Il portait le jacket de cuir rouge, celui-là à manches dites chauves-souris et à design milanais qu'elle avait payé sans tressaillir cinq cent quatre-vingt-dix-neuf dollars plus taxe et qu'elle lui avait offert, du temps inconcevable où ils vivaient ensemble. Inconcevable et proche. Il portait aussi les bottes de daim noir mi-longues qu'elle avait marchandées comme une forcenée chez un boutiquier de Paris et pour lesquelles on l'avait finalement escroquée de trois cents dollars américains, qu'elle s'était empressée de lui donner, de retour de voyage, dans ce même temps inconcevable et prodigue. Et, tiens, une des paires de pantalons en molleton écru dont elle lui faisait bimensuellement cadeau car il aimait passionnément les beaux vêtements, pauvre pitou, et ne pouvait pas se les permettre.

Gaby se demanda, non sans cynisme, si, sous les pantalons de molleton écru, il avait enfilé un des slips mignons et chers offerts par elle qui rendent l'entrecuisse masculin désirable et, tant qu'à faire, s'il transportait dans la poche de son jacket les derniers préservatifs de la boîte *king size* dont elle avait défrayé les coûts.

La fille à côté de René – encore ignorante sans doute de la qualité du slip mignon et de la super-lubrification des préservatifs – appréciait visiblement le jacket rouge, les bottes de daim, les pantalons écrus et peut-être aussi, pourquoi pas, l'être qui se trouvait au cœur même de toutes ces belles choses. Gaby aussi, avant, avait aimé la carrure, la nervosité de ce corps-là et la régularité un peu arrogante du visage ; mais à la fin, bien sûr, elle n'avait plus été sensible qu'à l'arrogance et du corps et de l'esprit.

René. Il se dépensait bellement pour charmer cette fille, à côté de lui, entreprise facile dont le dénouement ne laissait plus de doutes. Gaby savait – par les bons soins d'une copine compatissante – qu'il s'était mis en ménage presque immédiatement après leur sépara-tion – un coup de foudre dévastateur, disait la compa-tissante copine – et qu'il filait le parfait amour avec une femme plus âgée que lui (et plus riche, avait ajouté mentalement Gaby, pour se faire plaisir). Et voilà qu'il baratinait les femelles dans les bars comme avant, comme toujours, la femme plus âgée devait se ronger les ongles à la maison, à moins qu'elle ne soit en train de s'envoyer en l'air avec des amants serviables, en femme impeccablement libérée.

Mais tout cela aurait dû la laisser froide, iceberg lisse et ricanant, cette histoire entre eux était éventée, avait eu lieu dans d'autres siècles décadents, et c'est elle, en outre, triomphale dompteuse du destin, qui en avait asséné le point final. Or, il n'en était rien : l'ice-berg grinçait des dents, la triomphale dompteuse avait des pensées homicides. Cet être passé, là-bas, pérorant à l'autre bout du bar, et dont elle s'était défaite comme d'une culotte déchirée, lui occasionnait encore une encombrante détestation. Elle le regardait bouger les lèvres, s'allumer une cigarette – tiens, il s'était remis à fumer –, s'appuyer avec aisance les coudes sur le comptoir nickelé, draguer impunément cette pauvre gourde, être conscient de sa beauté, vivre, bref, et la vieille rancœur s'éveillait. Le salaud s'était vite remis d'aplomb. Seuls les grands esprits, il faut dire, sont capables de grands chagrins (qu'elle aimait cette maxime, surgie inopinément dans son cerveau elle ne savait d'où ni de qui, peut-être inventée à l'instant).

Il la vit, tout à coup. Elle ne sourit ni ne détourna les yeux, ils échangèrent quelque chose de bref, une onde sournoise en rase-mottes. C'est lui qui détourna les yeux. À ce moment providentiel, Bob Mireau revint des toilettes. À peine s'était-il juché sur le tabouret à côté de Gaby qu'elle l'attirait impérieusement vers elle, les doigts sur sa nuque et les hanches séductrices, s'il fut étonné il ne le montra pas et il l'embrassa avec une conventionnelle passion – du reste, c'était un garçon pratique que ce Bob, qui savait saisir les occasions au vol sans se perdre en interrogations inutiles. Et cela fonctionna. Enfin ! Gaby perçut le vacillement, là-bas, dans le sourire de René, elle sut qu'il les observait et qu'il ne le supportait pas, tout cela sans avoir besoin de le regarder car il faut bien que l'intimité ancienne et l'ex-promiscuité des esprits servent à quelque chose. Cinq minutes plus tard, il quittait le bar, éclair de cuir rouge zigzaguant vers la sortie, la fille peut-être sur ses talons mais qu'importe, Gaby ressentait une petite joie périssable qui durerait suffisamment longtemps pour amortir une partie de la soirée.

Bob, cependant, inconscient du reste, commandait le quinzième *gin tonic* de sa journée et un autre perrier citron pour Gaby. Tout cet alcool qu'il ingurgitait depuis des années avait dû finir par trouver un terrain d'entente avec les autres liquides de son corps, car rien n'y paraissait jamais en surface, il avait le teint lisse des moines tibétains et une panse à peine plus rondouillarde que la moyenne des gens. Ils avaient quitté le studio ensemble et ils s'étaient retrouvés dans un bar, rue Saint-Denis, à égrener les *happy hours* dans l'alcoolisme apéritif, puis beaucoup d'autres heures, ensuite, dans l'alcoolisme tout court. Gaby, dotée d'un foie fragile, avait dû émailler le tout de breuvages inoffensifs. Et il était presque minuit, maintenant, ils n'avaient mangé ni l'un ni l'autre et ils ne s'en souciaient plus, l'estomac inondé jusqu'à la glotte.

La conversation se poursuivit là où ils l'avaient abandonnée, en dépit du gâtisme grandissant dans lequel barbotait Gaby et des curieuses petites rides apparues soudain sur le front glabre de Bob Mireau.

— Que me chantais-tu, dit-il, au sujet de cette folle, de ce transsex-transit, au sujet de cette chose hormonée, bref ?
— Marie-Pierre Deslauriers.
— Si tu veux.
— Ça n'arrête pas, les téléphones. Les gens sont sidérés, scandalisés, ils appellent depuis deux semaines pour engueuler, pour demander « c'est qui, ça, comment ça se fait que ça existe, ça se peut pas, ça se peut-tu », et cætera, enfin, le triomphe. Henri veut qu'on la réinvite.
Le réalisateur s'appelait Henri.
— Ah bah, fit Bob avec une surprenante indifférence.

Ça n'allait pas fort, de toute évidence, malgré les quinze *gins tonic* et le regard terriblement enjoué qu'il affectait de poser sur les créatures orbitant aux alentours. Gaby se demanda si elle devait l'interroger fraternellement, ou feindre de ne rien remarquer d'inhabituel, puis elle opta pour la feinte, qui n'exige rien et ne fait pas avancer les choses mais qui est si reposante. La conversation commença à dépérir. Du reste, ils n'étaient pas obligés de parler, pourquoi s'acharner à parler alors que les musiques tonitruantes se chargent de tout? Bob se leva pour la nième fois et se dirigea vers les toilettes. Peut-être était-il malade, s'inquiéta Gaby, mais elle se souvint qu'il y avait une cabine téléphonique à côté des toilettes, et elle se résigna à l'idée de devoir rentrer seule chez elle, cette nuit encore. Des catastrophes pires que celle-là sévissent dans le monde, après tout, et la solitude lui fournirait l'occasion de mener plus avant la complexe et vaste étude comparative sur les différentes sortes de croustilles qu'elle avait amorcée quelques semaines auparavant. Elle était déjà parvenue à quelques conclusions préliminaires, à savoir que les Hostess ondulées au barbecue sont moins croquantes que les Pringle's au fromage, les O'Ryan à la crème sure plus délectables que les Humpty Dumpty à l'ancienne, et que toutes, hélas, laissent dans le lit des miettes qui piquent le dos.

Lorsque Bob revint des toilettes – ou de la cabine téléphonique –, une si manifeste obscurité lui ravageait le regard que Gaby, cette fois, sentit l'urgence d'intervenir, même platement.

— Ça ne va pas?

— Qu'est-ce que tu veux dire? fit-il, sinistre.

— Je ne sais pas, ton, tes, enfin, tu sembles, tu es, tu n'es pas dans ton assiette, non? Mais rien ne t'oblige à m'en parler, évidemment.

Évidemment. Une couple de glaçons, égarés entre les mâchoires de Bob, se mirent à craquer effroyablement.

— Vois-tu encore Priscille ? récidiva-t-elle à tout hasard.

— Qui ? dit Bob, et Gaby sut qu'elle avait touché juste.

Elle laissa porter quelques secondes, diplomate qu'elle était. Le bar flottait dans une cacaphonie réconfortante – *gimme a break, gimme a bloody break*, mugissaient les haut-parleurs, et la foule répondait par des onomatopées enthousiastes tandis que des phrases lapidaires, lourdes de conséquences, bondissaient plus haut dans les airs, un whiskysodadeuxkirstroisBradortablettes TABLETTES ! – symphonie post-moderniste que tout cela, susceptible de faire les délices des mélomanes pervers, qui sont légion.

— Une petite conne prétentieuse. Des milliers d'autres comme elle. Conne, prétentieuse, et interchangeable.

Il avait parlé en ayant l'air de songer à autre chose, avec un sourire oblique à l'adresse d'une jeune femme élancée qui venait de l'effleurer au passage et qui lui rendait son sourire – «J'ai vu Bob Mireau au Paquebot, hier soir», raconterait demain la jeune femme à ses amies, ou «J'ai couché avec Bob Mireau hier soir», peut-être, mais non, il n'avait pas la tête à ça puisqu'il se retournait vers Gaby comme pour poursuivre un échange vital ou quêter une approbation.

— Tu parles de Priscille ?

— Entre autres, sourit Bob, et il y avait dans ce sourire une grande détresse qu'il ne cherchait même plus à dissimuler.

Gaby lui prit la main, c'est tout ce qu'elle savait faire dans des occasions semblables.

— Ce n'est pas vrai, soupira Bob Mireau. Ce n'est absolument pas vrai.

— Quoi donc ?

— Qu'elle est conne. C'est une fille merveilleuse, Gaby. C'est une fille TRÈS merveilleuse. Qui ne veut rien savoir de moi, tralalalalère.

Il avait commandé un autre verre, l'avait déjà vidé à moitié, et sa main tremblait très légèrement en le reposant sur le comptoir.

— Allons donc, dit Gaby. Vous étiez toujours ensemble.

— Oui. Tu l'as dit. On était. Et maintenant, toc, on n'est plus. Elle me trouve con et prétentieux. Et elle a raison, je suis con et prétentieux. Et interchangeable.

Il but à cette dernière assertion avec un rire triomphant. Gaby, désolée, se commanda un triple cognac. Que peut le cloporte contre le chagrin du mammouth ? C'est ainsi, depuis toujours, qu'elle percevait Bob Mireau, un monstre de sérénité et de veinardise, tandis qu'elle semblait née pour se colleter sans fin avec l'existence. Mais la traversée des apparences, ô Virginia Woolf, ne conduit jamais où l'on pense.

— Elle lit *Marie-Claire* et le *Reader's Digest*, continuait Bob Mireau. Elle est fédéraliste. Elle cuisine comme un pied, gratin de steak haché rissolé dans la margarine, morue bouillie farcie au tofu et aux bananes. Peux-tu m'imaginer, moi, en train de manger de la morue bouillie farcie au tofu et aux bananes ?...

Difficilement. Quoique.

— Mais elle me tient. Là, en dedans, elle me tient par la moelle. Je ne me suis jamais senti comme ça. Je fais des choses épouvantables que je n'ai jamais faites avant, je lui envoie des saletés de cadeaux et des lettres d'amour transies, je lui téléphone la nuit – tiens, dix fois que je l'appelle, depuis le début de la soirée, et elle ne répond pas, la garce, je sais qu'elle est chez elle –, je ne peux pas me passer d'elle, peux-tu comprendre ça, Gaby?… Elle s'envoie en l'air avec d'autres types que je m'imagine en train d'assassiner, je capote, si tu veux savoir, je suis en train de capoter.

Juste retour des choses, pensa un instant Gaby, en dépit de sa très réelle compassion.

— Mais que s'est-il passé?
— Rien. Tout était super, tout glissait comme dans du beurre (de la margarine, rectifia intérieurement Gaby, avec une pointe de malignité), et puis tout à coup elle recule. Elle dit qu'elle est jeune encore. Elle dit qu'elle veut prendre ses distances.
— Mais c'est passager, alors, c'est rien d'irrémédiable…
— Tu parles! ricana douloureusement Bob. Tu penses que je ne le connais pas, ce crisse de prétexte-là?… Je m'en suis servi assez souvent moi-même pour larguer des indésirables!

Gaby le regarda, étonnée qu'il ne soit pas davantage frappé par la drôlerie soudaine de la situation. Mais non, Bob Mireau, ex-pétillant animateur, semblait désormais insensible aux turbulences cocasses de la vie.

— Ça va s'arranger, dit-elle, sans trop y croire.
— Tu crois? dit Bob, un espoir extrêmement juvénile dans le regard.

Il se leva, presque rasséréné. Seize ans et demi, tout à coup, et un irrépressible désir de tenter, encore une fois, l'impossible : il allait se rendre chez Priscille sur-le-champ, cela ne pouvait durer. Il paya toutes les consommations et, avant de quitter Gaby, eut un sursaut de virilité.

— Évidemment, sourit-il, tout ça reste entre nous, n'est-ce pas ?
— Tu me connais. Un tombeau toltèque.
— T'es un chum, l'embrassa-t-il dans le cou.
— Merci, grimaça Gaby.

* * *

Et maintenant, ne subsistait qu'une alternative : ou rentrer titubante chez elle et engouffrer les deux sacs de Doritos barbecue qu'elle n'avait pas encore expérimentés, ou draguer.

Draguer, disons. Mais comment faire ? Les techniques et les lieux s'étaient modifiés sans qu'elle y prenne trop garde, accouplée paisiblement qu'elle se trouvait alors. Avant, du temps de sa jeunesse folle, elle excellait dans la drague : mais les bars étaient calmes, les individus s'asseyaient presque face à face ou s'accoudaient très visiblement au comptoir, la musique, douce et bruissante, permettait d'entreprendre avec les intéressés des conversations épiques qui conduisaient ultimement au lit, certes, mais par combien de détours cérébraux dont on émergeait rassurée sur sa propre intelligence – et donc disposée à lâcher le corps lousse. Temps néanderthaliens.

À présent, il fallait se creuser un passage de force, assener quelques coups de poing, au besoin, pour se rendre jusqu'au bar dans les tintamarres multiples et rester là, debout, idiote, à ne rien apercevoir ni personne, en raison de la densité démente des corps humains – à moins de s'être vissé le postérieur sur un tabouret aux petites heures de l'après-midi et de n'en avoir plus bougé, ce qu'avait opportunément fait Gaby. Mais, même assise et lestée d'alcools divers, comment reconnaître sinon l'âme, du moins le sexe sœur, dans ces multitudes ? Comment, si reconnu, happer son attention ?…

Par exemple. Par exemple, le type là-bas, seul, à côté d'un autre type seul, tous les deux encadrés par des couples et entrevus tous les deux par le biais du grand bienheureux miroir. Le premier plaît à la madame, il a le visage canaille qui lui convient pour le moment, disons. Bon. Que fait la madame pour signifier au reflet du visage canaille : viens, je ne te déteste point ?…

Gaby tenta l'hypnose, ce qui ne fonctionna qu'imparfaitement : le type au visage canaille ne lui jeta pas les prémices d'un regard, mais le second contourna le bar pour venir lui parler.

— Salut, Gaby, dit ce deuxième, qui n'avait pas un visage déplaisant mais qu'elle ne croyait pas connaître. Tu ne me reconnais pas ?

Gaby, ahurie, le considéra un moment, s'aperçut qu'elle louchait déplorablement, maudite boisson.

— Mm. Est-ce qu'on a déjà couché ensemble ? vasouilla-t-elle.

— Euh… non, je ne crois pas, enfin… non, je suis sûr que non.

Il avait rougi, jeune et charmant. Très bien, ce serait celui-ci plutôt que l'autre, on ne rafle pas que les premiers choix dans la vie.

— Je m'appelle Luc, on s'est parlé chez Machin Descoteaux le printemps dernier, tu ne te rappelles pas ?

En qualité de recherchiste, elle parlait à cinquante mille deux cents personnes par année, mais ce jeunot n'était pas obligé de le savoir, bien sûr.

— O.K., dit-elle en se levant. Avant toute chose, faim, très faim.

— Tu veux aller manger ?

— Oui, manger miam-miam, beaucoup beaucoup soufflakis pitas coin du Parc Saint-Zozeph.

Elle sortit, grise et affamée, il la suivit en riant, il avait faim lui aussi, quel hasard, et il semblait la trouver désopilante, c'était toujours ça de pris.

* * *

Ils mangèrent. Il lui raconta des choses simples, qu'elle ne fut pas sûre de toutes comprendre. Elle regardait sa bouche, il avait une belle bouche avide et des dents de carnassier. Au moment de régler, il divisa gentiment le montant en deux et ne paya que sa part, ce qui la déprima beaucoup. Où se terraient maintenant ces hommes riches et généreux d'avant le féminisme, qui roulaient leur belle dans des rivières de diamants et lui faisaient manger du caviar de Russie à la petite cuiller ? Hélas. Que de romantisme déchu, dans ce presque vingt et unième siècle, et que de pertes monétaires !

Dans la rue, ils marchèrent à petits pas. Il habitait dans le secteur : ne désirait-elle pas se rendre jusque chez lui pour avaler un dernier verre, visiter son appartement, écouter l'*Opus 59* de Chopin, que sais-je, admirer sa collection de photos chinoises ? Elle accepta sans empressement, il n'était après tout que trois heures du matin.

Dégrisée, elle l'observait du coin de l'œil, un étranger intégral, une créature plus éloignée d'elle que le

Zoulou l'est du néo-punk, et dans quelques minutes, ils seraient nus tous les deux à se tâter mutuellement ces parties intimes que l'on met tant d'énergie à dissimuler aux autres. Il y avait là contradiction, et matière à panique bien plus qu'à excitation.

Le quatre pièces et demie dans lequel il vivait seul lui ressemblait en tous points : blanc, impeccablement en ordre, décoré de beaux objets disposés avec une symétrie clinique. C'était comme de pénétrer dans un appartement modèle mis à la disposition d'hypothétiques acheteurs, on avait envie d'en faire admirativement le tour et d'en ressortir. Les fenêtres disparaissaient sous des stores verticaux anthracite, sauf dans la cuisine, où de petits rideaux fleuris montaient rigidement la garde.

— C'est toi qui as cousu tes rideaux ?

— Comment as-tu deviné ? fit-il, un peu surpris.

Ils s'assirent sur un sofa anthracite assorti aux stores, il lui offrit un verre. Venons-en au fait, eut envie de lui dire Gaby, mais elle se contenta de lui toucher le poignet. Sa réaction fut immédiate : il l'entraîna vers la chambre, sans doute pour épargner le beau sofa, car l'amour est salissant.

Il sentait bon. Sa peau était douce comme celle d'une fille, et son sexe avait quelque chose d'admirablement esthétique. Deux, trois, cinq fois, il la pénétra en cadence. Après la cinquième fois, elle profita d'un assoupissement – passager, sans doute, il allait récidiver, se rendre jusqu'à vingt, au moins, ces jeunes hommes hygiéniques ont de l'endurance – pour s'habiller rapidement et s'enfuir.

La nuit blanchissait au-dessus du Mont-Royal lorsqu'elle arriva chez elle. Sur le seuil, assise très dignement sur une belle valise de cuir pâle, Marie-Pierre Deslauriers l'attendait.

— Hello, dit Marie-Pierre Deslauriers en se levant. Je me demandais comme ça si tu accepterais de me donner l'hospitalité. Un jour ou deux, peut-être.

Gaby ne manifesta aucun étonnement. Elle se dit simplement, en déverrouillant la porte de son appartement, qu'il s'agissait là d'une nuit mouvementée.

10.

Cette chose refusait de fonctionner. Il faisait *Rewind*, *Forward*, *Stop* ou *Record*, tout, bref, pour que réaction s'ensuive, mais cette chose arrogante, américaine par surcroît, ne bronchait pas d'un atome. Dominique Larue toussota avec professionnalisme, vérifia une fois de plus les fils, la prise, la cassette, en laissant dériver sur ses lèvres un demi-sourire goguenard – les doigts agités de tremblements enfantins. Rien ne survenait comme il l'avait espéré, bien sûr, il s'était vu domptant le magnétophone d'un seul regard et se lovant avec une dignité proustienne dans un fauteuil, l'aura des grands écrivains sur lui comme un manteau d'hermine. Au lieu de ça, désolation et petitesse. Elle allait éclater de rire, il le voyait aux frémissements de sa bouche.

— Je peux peut-être vous aider ? offrit-Elle suavement.

— Mais non, pensez-vous ! ricana Dominique, un écrivain a toujours dans ses poches quelque plume, quelque stylo, nous nous passerons de la technologie, hé hé, voilà tout.

Il assena en catimini un coup de poing au magnétophone et s'assit dans le fauteuil qui Lui faisait face. Il tapota ses poches, sourit avec compétence, il n'avait pas de stylo. Fallait-il perdre connaissance ou s'enfuir en hurlant ? Elle trancha pour lui, lui offrit un bloc-notes et un crayon-feutre.

— Merci, dit Dominique. J'ai une excellente mémoire, mais, bon, on n'est jamais trop prudent.

— Jamais, en effet, renchérit-Elle.

Il était parvenu à La retrouver après d'angoissantes prouesses. Toutes les stations radiophoniques connaissaient, maintenant, l'identité de Dominique Larue, car il les avait hantées l'une après l'autre, perturbant les enregistrements, bousculant les techniciens dans les régies, ahurissant sans discrimination sociale aucune les balayeurs, les secrétaires et les PDG de ses questions oiseuses : il cherchait quelqu'un, très certainement une femme, qui aurait prononcé une phrase particulière un certain jeudi vers approximativement dix heures, ne pouvait-on que diable l'aider ?… Évidemment, s'il avait songé à prendre note de la fréquence de radio qu'il syntonisait alors, les choses en auraient été grandement facilitées, mais un individu commotionné par le destin ne peut penser à tout. (Exige-t-on du mystique visité par l'Apparition céleste qu'il se souvienne de la forme précise de Ses oreilles ?… Demande-t-on au type terrassé par la foudre si le nuage d'où est issu l'éclair était un nimbus ou un cumulo-stratus ?… Bon.)

À la plupart des stations radiophoniques ainsi perquisitionnées par lui, on l'éconduisit plutôt brutalement, mais pas à CDKP la-plus-batifolante-en-ville, où on l'écouta avec de grands égards avant de l'acheminer dans le bureau d'une recherchiste qui saurait mieux répondre à ses questions, l'assura-t-on : à CDKP, personne n'était traité plus courtoisement que les hurluberlus, engeance essentielle à l'émission *Pas si fou* et aux cotes d'écoute. Dominique se retrouva donc face à une petite brune affairée et intimidante qui le considéra d'abord avec une bonhomie vaguement sarcastique, puis avec un intérêt réel, car il était tombé on ne peut plus pile.

Elle n'était pas comme il L'avait imaginée. Rien n'était comme il avait imaginé, il se tenait maintenant écrasé dans son fauteuil à attendre qu'Elle parle, cette chose prodigieuse qu'Elle avait vécue lui donnait des sueurs froides et des extases : une Transsexuelle devant lui, avec la voix rauque de son destin, ce n'était pas simple à affronter.

— Par où commence-t-on ? s'informa-t-Elle.
— Par ici ou là, je veux dire où vous voulez.

Un livre. Il écrirait un livre sur Elle, et même plusieurs, pourvu qu'Elle daigne le nourrir de ses confidences, c'est le message qu'il Lui avait transmis par les bons soins de cette petite brune sarcastique chez qui, coïncidence inouïe, Elle habitait. Elle avait accepté. Et ce qui n'avait été que boutade, prétexte commode pour L'approcher, se muait inexorablement en autre chose maintenant qu'Elle le tenait là sous son charme, la verve et le délire anciens recommençaient à vagir en dedans, oui, il écrirait un livre fabuleux sur Elle, il parviendrait à La saisir toute et à Lui dérober son âme.

— L'enfer, dit abruptement Marie-Pierre Deslauriers, c'est un grand dortoir, un gymnase, une taverne. C'est un lieu qui existe terriblement fort, l'enfer. Il n'y a pas de diable, en enfer, il n'y a pas de feu non plus, c'est froid, l'enfer, c'est épouvantablement froid.

Silence, long. Dominique se demanda si Elle attendait qu'il L'interroge, mais aucune question ne lui venait à l'esprit, rien, il était un réceptacle passif qui ne renvoie nul écho.

— Ma mère avait les cheveux roux, reprit-Elle d'une voix différente. Une force, une chaleur, elle brûlait tous ceux qui l'approchaient. Elle s'appelait Aster, qui veut dire Étoile, je n'ai jamais rencontré personne d'autre qui portait un nom avec autant d'à-propos. Ma mère avait une façon éblouissante d'être vivante. Elle avait vaincu toutes ses peurs, elle était capable de faire n'importe quoi. Elle voyageait seule, à pied, elle pouvait abattre cinquante kilomètres dans une journée, et quand elle était fatiguée, elle arrêtait une charrette, ou une voiture quelconque, elle faisait de l'auto-stop avant même que le mot soit inventé. Un jour, elle m'a emmenée au théâtre, j'avais à peu près six ans : à l'entracte, la comédienne principale s'est trouvée mal, et Aster l'a remplacée, comme ça, au pied levé, pendant qu'on me gardait en coulisses. Elle connaissait par cœur les textes de toutes les pièces de théâtre, elle avait une voix superbe, avec des modulations qui faisaient se retourner les hommes, elle aurait pu devenir tragédienne, une sorte de Sarah Bernhardt québécoise, ou grande chanteuse d'opéra, ou même astronaute, si l'astronautique avait existé, elle était douée pour toutes les choses aériennes qui demandent de l'équilibre et du cœur. À seize ans, elle grimpait sur le toit des édifices, sur le faîte métallique des ponts pour « avoir une vue d'ensemble de la situation », disait-elle. Son rire. Je me rappelle son rire, pas élégant et emprunté comme celui des autres femmes, non, une tempête, quelque chose pour faire se fracasser les vitres, une explosion animale. Il y avait toujours des tas de vêtements qui traînaient chez nous, des vêtements pour rire, pour jouer, pour être belle, elle les enfilait comme on enfile une seconde peau et, en deux secondes, elle devenait quelqu'un d'autre. C'était une sorcière, un feu de broussailles. Elle avait des milliers d'appétits, des passions inépuisables pour tout ce qui bouge, ce qui mérite de vivre. Un treize août vers quinze heures, j'avais douze ans, je marchais près du Mont-Royal, et j'ai su très distinctement qu'elle était morte. Je l'ai su sans le savoir, en fait, par en dedans, mon corps l'a su avant moi et il s'est arrêté de fonctionner, j'ai pensé que j'allais perdre connaissance, mais non, je continuais d'avancer, avec cette terrible prescience du malheur dans mes jambes. Malheur est un bien petit mot. Je prendrais une cigarette.

Dominique tressaillit, car Elle sifflait dans sa direction, maintenant, pour mieux l'aider à redescendre sur terre, c'est à lui qu'Elle s'adressait, une lueur presque joyeuse dans le regard.

— Euh… je ne fume pas, déplora-t-il. Je n'ai pas de cigarettes.

— Moi non plus, je ne fume pas. Mais j'en prendrais une à l'instant, pour envelopper tout ça d'un peu de boucane. Tant pis.

— Je peux aller vous en chercher, si vous désirez.

— Non, sourit-Elle. Merci beaucoup. Voyons plutôt ce que la petite cache dans ses placards. Un verre de cognac, ça vous tenterait ?

— Oui.

Elle se leva et quitta la pièce, il La suivit de peur qu'Elle ne revienne jamais. Ses gestes étaient félins et imprévisibles : une chaise Lui faisait obstacle, Elle la contourna en sinuant du torse comme une danseuse, Elle ouvrit le placard à l'aide de son auriculaire gauche uniquement.

— Shit, grommela-t-Elle. Je n'ai jamais rencontré pareille amateure de junk food.

Sous l'effarant amoncellement de sacs de croustilles au vinaigre, au ketchup, à la crème sure et aux piments forts, Elle trouva effectivement une bouteille de cognac – vide – et une bouteille de Parfait Amour, atrocement mauve.

— Je n'ai pas bu ça depuis au moins vingt ans, soupira Marie-Pierre en ouvrant la bouteille.

— Vous étiez au berceau, alors…

Elle sourit avec gentillesse à la flatterie éculée et ils regagnèrent le salon.

— Vous arrivez à me suivre sans trop de mal? demanda-t-Elle.

— Ça va, rougit Dominique.

Il n'avait consigné qu'un mot, en fait, et encore au prix d'efforts considérables: «Aster». Le reste n'était que gribouillis, petits dessins hirsutes que la main trace tandis que la tête est ailleurs.

— Je fonctionne beaucoup par impressions, se sentit-il contraint d'ajouter.

— Où en étais-je?

— Votre mère.

— Non. L'enfer. Voilà où j'en étais.

Elle s'installa face à la fenêtre, cette fois, en prenant soin de ne plus rencontrer son regard, et avala deux verres de Parfait Amour avant de recommencer à parler.

— L'enfer. On ne s'habitue pas, même si ça dure des siècles. Déjà, pendant qu'Aster était là, je l'avais entrevu, mais à si petites doses, une sorte de méchant clin d'œil, mais Aster était là, justement, et pas un enfer ne pouvait résister à sa lumière à elle.

« Quand elle m'a lâchée, il y a eu la douleur effrayante de l'avoir perdue, mais il y a eu surtout, plus effrayante encore, la révélation soudaine que j'étais une erreur.

« Une erreur, partout, à tous les instants de mon existence. Je n'étais pas seulement seule – ce qui aurait été ordinaire et peut-être un peu supportable – mais j'étais monstrueuse, et j'expiais cette monstruosité sans relâche, à chaque seconde, excepté la nuit, quand je dormais, quand je parvenais à m'endormir, après avoir pleuré, et vomi, et fait dans mon lit, à cause de l'angoisse et de l'incompréhension.

« J'étais pensionnaire dans un collège depuis la mort d'Aster. Un collège de garçons, bien entendu, car il était évident pour tout le monde que j'étais un garçon. Il n'y avait que moi – et Aster – pour savoir.

« Je ne sais pas comment l'expliquer. Même aujourd'hui, après avoir dû convaincre tant de gens à tellement de reprises, je ne sais pas trouver les mots parfaits, ceux qui amèneraient la lumière une fois pour toutes, ceux qui diraient : voilà, c'est comme ça, et qui feraient que les autres comprennent. Peut-être que ces mots-là n'existent pas.

« J'avais un corps de garçon, voyez-vous, avec un phallus, des poils naissants, et tout ce qu'il faut, mais en dedans, j'étais une fille, je SAVAIS que j'étais une fille. C'était une certitude qui remontait à l'origine, aux premiers balbutiements de ma conscience, au sac utérin peut-être, c'était une certitude inébranlable.

« Ce n'est pas possible, croit-on. La nature ne peut pas se tromper de cette façon. Et pourtant, elle fait des cabrioles constantes, la nature, il y a des gens qui naissent avec trois bras, une tête de cheval, des chromosomes en moins, il y a des animaux et des végétaux difformes, il y a toutes ces erreurs que l'on ne connaît pas parce qu'elles sont tapies dans les têtes. Où exactement, dans quelles cellules précises du cerveau l'identité sexuelle des individus s'imprime-t-elle ? Le savez-vous ?… Moi, je ne le sais pas, et pourtant, j'ai cherché désespérément à le savoir, j'ai été un grand scientifique, j'ai fouillé dans l'infiniment petit. Qu'est-ce qui fait que l'on SAIT que l'on est un homme, ou une femme, les attributs physiques mis à part ? Pourquoi êtes-vous si persuadé vous-même d'être un homme ?… On aurait voulu que j'aie les réponses à des questions qui n'en ont pas, les psychiatres, avant mon opération, me pressaient de leur fournir des preuves irréfutables : "Que ressentez-vous ?… Qu'est-ce qu'une femme ?… Êtes-vous agressive ? Ne l'êtes-vous pas ?… Êtes-vous douce ?… Aimez-vous l'argent ?… Ne seriez-vous pas plutôt un homosexuel qui se nie ? Dessinez-moi un mouton, une girafe, une balançoire. Aimez-vous le sexe ?…" »

« Mais je me perds. Cela, c'était après. Et avant, il y a eu ces années de collège, cette atrocité quotidienne.

« Que des garçons, autour, et des professeurs masculins, et qui sentaient ma différence sans pouvoir mettre la main dessus, et qui me haïssaient pour cela, que des activités mâles et des obligations de se comporter en mâle, tellement de bruit dans les dortoirs, et de jeux violents, et de pensées rigides qui n'étaient pas les miennes… Amoncellement de petites choses horribles, qui débouchaient parfois sur des actes plus spectaculaires que les autres – comme cette fois où des types m'avaient obligée à avaler de l'urine, ou ces autres où un professeur m'a forcée à le masturber, ou ces "maudite tapette!" que l'on me servait avec des raclées pendant ce que l'on appelle sinistrement les récréations… Mais le pire était en moi, une frayeur perpétuelle, le sentiment d'être un échec vivant, un mensonge, d'être égarée parmi des extra-terrestres, d'errer dans un bal de vampires. L'enfer, pour moi, c'est exactement cela : une mascarade qui n'en finit pas, un costume de loup-garou dont on n'arrive pas à se défaire.

« Et pourtant, j'aimais les déguisements quand Aster était là : mais c'était en MOI que je me déguisais alors, en petite fille grave qui se sait illicite. »

— Comment est-elle morte, Aster ?…

Elle se retourna vers Dominique, ahurie qu'il parle, ou même qu'il existe encore, Elle s'entretenait avec Elle-même, au fond, et son reflet flou dans la fenêtre.
— Je ne vous l'ai pas dit ?… Elle s'est noyée.
— Excusez-moi. Continuez, je vous en prie.
— Non. C'est assez pour aujourd'hui.

Dominique, ébranlé, comprit qu'Elle lui signifiait son congé, mais il n'avait pas envie de partir, il était suspendu aux pans troubles de sa vie et s'il les lâchait, peut-être serait-il englouti par le vide.

— Bon. À demain, alors ?
— Non. La semaine prochaine, ou celle d'après. Vous m'appellerez. Je verrai.

Si tard ? Comment faire, en attendant ?… Elle se leva, inflexible. Il se leva aussi, stoïque.

— Votre père, hésita-t-il. Vous ne m'avez pas parlé de votre père…

Elle le regarda fixement, il eut le sentiment qu'une sorte d'infrarouge le traversait en dedans, jusqu'à cette partie vulnérable de ses os. Il rougit.

— Il est mort à ma naissance. Je ne l'ai pas connu. Il n'y a rien à dire sur mon père. Et le vôtre, comment est-il ?…

* * *

— Malade. Entré à l'hôpital.

Il était environ dix-huit heures, Mado l'attendait sur le seuil, angoissée à l'idée de lui causer de l'angoisse, survoltée néanmoins par cette authentique primeur, une ronce peut-être sur leur lisse chemin d'amoureux, mais au moins quelque chose d'inédit.

— Ton père, Maurice… Très malade. Le médecin a appelé.

Elle répétait précautionneusement en le surveillant du coin de l'œil car Dominique tardait à manifester ne serait-ce que sa stupeur, puis il se décida à réagir, mais mal, il se mit à rire.

— Excuse-moi, dit-il. Je ris parce que. Comment s'appelle l'hôpital ?…

— Je viens avec toi.

— Non.

Elle prit un air peiné et fataliste, elle qui aurait voulu tout connaître de ses douleurs et qui n'en connaissait rien, mais si je t'emmène voir mon papa, ma chérie, le vieux sacrement se fera un plaisir de te révéler l'emploi de mes jeudis matin qui te coûtent si cher et tu sauras combien je suis fourbe et malhonnête et ça te fera très bobo.

— J'aime mieux le voir seul, ajouta-t-il sobrement.

— Je comprends, fit-elle avec une incommensurable tendresse.

* * *

Le vieux sacrement était assis dans son lit. Dominique n'entra pas tout de suite, le froid de l'anxiété sur son échine. Cancer, avait dit le médecin. Cancer cancer cancer, et Dominique les avait vues ramper distinctement, ces petites bêtes agressives qui cisaillent et déchiquettent et montent à l'assaut de la vie humaine.

Maurice boudait. Il refusait la nourriture et les médicaments de l'hôpital, il refusait d'adresser la parole à quiconque, il avait refusé qu'on prévienne son fils mais le médecin avait passé outre, exaspéré par ces récalcitrances infantiles. Votre père refuse la maladie, avait dit le médecin à Dominique, ce à quoi Dominique avait rétorqué qu'on ne pouvait guère l'en blâmer.

— Qu'est-ce que tu viens faire ici ? fit acerbement Maurice. On n'est pas jeudi.

— Je sais.

— C'est cet imbécile qui t'a téléphoné ? Dis-le.

— Euh… oui. Oui.

— Imbécile, ricana Maurice. Tous des imbéciles, toi le premier. Tu accours ici comme un imbécile. Je sors demain matin.

— Pas demain matin, papa. Dans quelques jours, oui, peut-être.

— JE SORS DEMAIN MATIN !

Dominique s'assit en face du lit. C'était une chambre double d'un blanc crayeux, peuplée d'odeurs persistantes – odeurs de maladie et d'asepsie enchevêtrées, on ne savait laquelle primait sur l'autre et était la plus insupportable. Le lit de Maurice jouxtait la fenêtre. L'autre lit était inoccupé. Le visage de Maurice avait encore maigri, comme aspiré par l'intérieur, seuls ses yeux gardaient une couleur vivante et furibonde.

— C'est bien que tu sois près d'une fenêtre, dit Dominique. Il neige, regarde, la première neige.

— M'en sacre. Ils se sont trompés dans leurs dossiers, ils veulent me soigner pour des maladies que j'ai pas. DES IMBÉCILES ! Je veux sortir d'ici, les draps sont sales.

La main de son père allait et venait sur le drap impeccable, et Dominique, fasciné, en suivait les petits mouvements frileux et aériens, étrange étrange, cette main lui faisait irrésistiblement songer à celle de Marie-Pierre Deslauriers, même agitation voletante, même façon gracieuse de déplier les phalanges l'une après l'autre, étrange et saugrenu.

— Je vais me laisser mourir de faim, dit Maurice.

— Mais non, papa.

— Oui. Arrête de me contredire. Fais-moi sortir d'ici.

Il lâcha tout à coup un piaulement agacé et se recroquevilla dans son lit, une douleur aiguë venait de lui traverser le ventre. Dominique le regarda sans mot dire.

— Je ne suis pas malade, dit Maurice, et il se mit à pleurer silencieusement, à petits coups.

Se lever, s'asseoir sur le lit, prendre dans les siennes les mains de Maurice maintenant parcourues de tremblements, pauvres absurdes parentes lointaines de ces autres mains, là-bas, dont le souvenir l'émouvait encore, toucher Maurice, pour une fois, mais cela n'était pas possible, des années de glace avaient fait leurs ravages.

— Désires-tu quelque chose ? demanda Dominique, la voix neutre. Qu'est-ce que je peux faire pour toi ?
— Emmène-moi.

Et comme Dominique ne répondait rien, Maurice se tourna de côté, vers la fenêtre, définitivement relégué en lui-même.

— Tu vois bien, murmura-t-il. Personne ne peut rien pour personne.

11.

Son père avait mis une robe vertigineuse, de celles qui s'aventurent aussi bas en avant qu'en arrière, donnant de complexes strabismes aux voyeurs. Son père était très belle, ce soir.

Camille constatait avec fierté qu'elle n'était pas la seule de cet avis : le restaurant entier ployait sous le charme, cinq fois déjà le maître d'hôtel était-il venu s'enquérir du bien-être de ces dames, un sourire saccharinien aux lèvres. Plein de types aux tables voisines, pourtant accompagnés de leurs légitimes femelles, lorgnaient sans cesse dans leur direction, magnétisés par le décolleté et la jambe blanche qui se frayait un négligent chemin par l'échancrure de la robe.

— Il te regarde encore. L'autre aussi. Et le gros barbu, au fond, a déplacé sa chaise exprès pour t'avoir dans son champ de vision.

— Et là, qu'est-ce qu'ils font ? dit son père, avec une sournoise reptation des reins qui déplaça l'échancrure plus haut sur sa cuisse.

— Là, s'étrangla presque Camille dans ses écrevisses, ils n'en peuvent plus. Le gros barbu a remis ses lunettes, le petit maigre a arrêté de mâcher, l'autre est en train de piquer la table avec sa fourchette...

— D'abord qu'ils ne mangent pas leurs cravates.

Rires, rires.

Le champagne chatouillait mutinement la tête de Camille. Elle en buvait à grosses gorgées clandestines lorsque le serveur et le maître d'hôtel daignaient regarder ailleurs, ce qui n'arrivait pas souvent. Depuis trois semaines, le mercredi soir, son père et elle «faisaient» les grands restaurants. Camille savait maintenant qu'elle n'aimait ni le caviar, ni les huîtres, mais que les beignets à la moelle, le foie d'oie truffé et n'importe quoi aux morilles ou aux écrevisses étaient des choses délicates qui procuraient de grands bonheurs physiologiques.

— Mesdames souhaiteraient peut-être un léger quelque chose de sucré pour exciter leurs papilles?...

Le serveur était revenu hanter leur table, la silhouette filiforme dépliée au-dessus du corsage de Marie-Pierre, le regard mou et paternel. Une endive, songea Camille qui venait de tâter de cette composacée pour la première fois de sa vie et qui n'avait guère apprécié.

— Qu'en penses-tu, Hhhilda?..., dit Marie-Pierre, le sourcil haussé de quelques centimètres.

— Euh... Beuh..., grelotta Camille, saisie de ricanements.

— Ma fille reprendra du pâté d'oie. Avec un petit motton de crème fouettée à côté.

— Du... avec de la...? s'ahurit le serveur.

— C'est bien ce que tu veux, Hhhilda?

— Oui, mèèère..., marmotta Camille dans sa serviette.

— Bien. Pour moi, ce sera un triple armagnac, point final. Mes papilles sont suffisamment excitées.

Elle le congédia d'un sourire qui n'admettait pas de réplique. Camille gloussa longuement à voix basse.

Ces mercredis soir s'avéraient d'incroyables parties de plaisir, qui alimentaient en rêves et en fous rires rétrospectifs le reste de sa semaine. Son père revêtait l'une des deux toilettes audacieuses qu'il possédait, histoire de détourner l'attention ; Camille, elle, s'habillait comme elle le pouvait – comme, plutôt, Michèle l'y autorisait –, c'est-à-dire d'un invariable petit tailleur strict qui avait au moins l'avantage de fleurer la bonne famille. Toilettées et aristocrates, elles s'insinuaient jusqu'à ces tablées luxueuses où le moindre potageâtre vous soutire dans les quinze dollars, et là, elle bâfraient et riaient en désordre et en importance sous l'œil bienveillant du restaurateur, car l'argent est un grand maître dans cette minuscule existence. D'argent, elles n'en avaient point, mais le bienveillant restaurateur n'était pas tenu de le savoir.

Son père se montrait invariablement en verve. Il la coiffait de prénoms pointus et hilarants (Cunégonde, Myrtillette, Joséphâsse…) auxquels elle répondait avec une obéissance ricaneuse (oui mèère, bien mèèère…), il inventait avec elle des langages impossibles qui faisaient se retrousser – discrètement – les oreilles des serveurs.

— *Ce*-de-gue *gar*-de-gar *çon*-de-gon *a*-de-ga *l'air*-de-guerre *bien*-de-guin *con*-de-gon.

— *Oui*-de-gui. *Con*-de-gon *et*-de-gué *col*-de-gol *lant*-de-gant…

Elle buvait du champagne. Elle mangeait des plats raffinés. Elle voyait luire dans l'œil maquillé de son père une tendresse joyeuse qui lui pavait l'estomac aussi suavement qu'un confit de canard ou une rouelle de pintade. Elle suçait du persil avant de retourner chez elle, à peine vacillante, pour qu'aucune trace de champagne ne monte au nez méfiant de Michèle, qui les croyait dans quelque McDonald.

Vint le moment M. M pour Mystification et Monopoly. Le serveur présenta la note à Marie-Pierre, en y ajoutant des sucreries de la maison et un armagnac additionnel de la part du maître d'hôtel. Marie-Pierre le remercia d'un princier battement de cils, trop aimave mon brave.

— Tout cela me semble extrêmement raisonnable, minauda-t-elle au-dessus de l'addition. N'est-ce pas, Hhhilda ?

— Oui, mèère. À vrai dire, beaucoup moins chèreu qu'aux Halleu…

La somme était astronomique : trois cent quatre-vingt-dix-huit dollars. Infiniment plus que ce dont Marie-Pierre disposait pour survivre pendant d'innombrables semaines.

— Tu me calcules le petit 15 % de pourboire, ma chérie ?…

— Bien sûûr… – Camille ferma les yeux une fraction de seconde : Quinze pour cent de trois cent quatre-vingt-dix-huit, je retiens quatre, je retiens quatre… Cinquante-neuf et soixante, et soixante-dix, pardon.

Son père la considéra un instant avec une très réelle déférence.

— Shit, murmura-t-il. C'est ce que j'appelle un esprit rapide.

— Mais c'est rien, ça, papa, s'échappa Camille. Je peux calculer mentalement des choses plus compliquées beaucoup plus vite, d'habitude. Quand je suis à jeun…, acheva-t-elle en pouffant.

— Mauditement rapide, répéta Marie-Pierre avec, cette fois, une ombre d'inquiétude dans le regard.

Puis, Camille, toujours pouffante, regarda son père sortir son portefeuille et, de son portefeuille, des billets en grand nombre. Elle le regarda se pencher en avant et écarter la jambe selon un procédé subtil dont l'efficacité avait immémorialement fait ses preuves, elle regarda les regards converger vers la chair blanche ainsi jetée en pâture et s'y attarder au détriment de toute autre chose, ce qui était le but poursuivi par l'opération. Car dans la liasse de papiers que Marie-Pierre venait de glisser sous l'addition, il y avait quelques dollars canadiens – pour le symbole et le visage avenant de la reine – et une quantité de billets bidon – pour l'épaisseur.

La suite était une question de vélocité. Il fallait utiliser ce temps courtois que les restaurateurs de qualité mettent avant de se fourrer le nez dans votre argent, il fallait fuir sans en avoir l'air, c'est-à-dire laisser traîner derrière soi des sourires et des promesses de revenir et d'amples congratulations au cuisinier et d'émouvants déhanchements de postérieur avant que le serveur ne fasse connaissance avec les billets de Monopoly et de Canadian Tire. Et arrivées à la porte, il fallait courir.

Elles coururent. Marie-Pierre tenait ses escarpins à la main telle une supersonique Cendrillon, elles coururent en riant comme des démentes et en poussant des hurlements de squaws et en inventant des trajectoires compliquées afin d'égarer les hypothétiques poursuivants. En vérité, ces mercredis soir étaient des morceaux de bonheur crus et barbares qui ne laissaient rien d'illicite dans la bouche, seulement le goût féroce de continuer à transgresser pour vivre.

Elles descendirent la rue Saint-Denis bras dessus bras dessous, moment privilégié entre tous. Camille flottait dans une béatitude un peu inepte, elle aimait l'odeur de son père qui s'infiltrait dans ses narines, les prémices de Noël qui peinturluraient les devantures des boutiques, le petit nuage glacé qui s'échappait des bouches, partout, chaque être humain rencontré devenait un îlot de chaleur fraternel à qui elle avait irrésistiblement envie de sourire. Un état d'âme similaire semblait s'être emparé de Marie-Pierre, qui avançait à petites foulées allègres, souriant aussi à tout le monde, aux hommes en particulier, puis Camille vit apparaître peu à peu dans les yeux et le sourire de son père cette lueur languissante qu'elle n'aimait pas et qui s'allumait, inéluctable, à la fin de chacune de leurs soirées communes. Cela signifiait qu'elle ne suffisait plus. Une frénésie de laquelle elle était exclue commençait à habiter son père, son père maintenant totalement femme marchait comme une étrangère à côté d'elle, mue par un désir qui frisait la souffrance et dont Camille pressentait l'inquiétante sensualité.

— Bon. Il se fait un peu tard, non, ma trésore ?…

— Non, dit Camille, immédiatement maussade.

— Oui. Il se fait tard. Tu te lèves tôt demain. Et moi aussi.

— NON !

— Je te reconduis à Berri-de-Montigny. Tu n'as pas un peu froid, avec ton petit veston de tricot ?…

Camille s'accrocha à son bras avec un début d'affolement.

— S'il te plaît, restons encore un peu, S'IL TE PLAÎT !

— Sois raisonnable, soupira Marie-Pierre, en soutenant effrontément le regard courbe d'un passant.

— Je ne veux pas rentrer ! hurla Camille. Papa, s'il te plaît, PAPA !…

Marie-Pierre tiqua, jeta de brefs regards autour d'elle, Camille en profita pour redoubler de véhémence tandis que des têtes se tournaient, des yeux étonnés s'attardaient sur elles deux.

— PAPA !

— Chchch…

— S'il te plaît, PAPA ! PAPA !

Marie-Pierre s'arrêta net et la prit par les épaules.

— Écoute, siffla-t-elle, du verglas dans la voix. Ou tu te tais tout de suite et tu rentres à la maison, ou tu ne me revois plus jamais, JAMAIS, m'entends-tu ?…

— Méchante ! marmotta Camille.

Mais elle se tut, domptée.

Elle refusa le bras de Marie-Pierre pour marcher jusqu'au métro, repoussa toute effusion, franchit la porte la tête obstinément rivée au sol. Mais comme elle allait s'engouffrer dans l'escalier, murée dans son total désespoir, quelque chose de plus fort qu'elle la fit se retourner vers son père, demeuré là de l'autre côté de la porte, ô ce sourire aimant et déchirant qu'il avait, « à mercredi, à mercredi, ma chérie », disait muettement sa bouche, et le ressentiment de Camille se volatilisa aussitôt, elle agita une main frénétique et lui envoya à distance des dizaines de baisers, ne m'oublie pas pense à moi papa – les transportés du métro qui la regardaient la crurent sans doute un peu folle mais rien ne lui était plus indifférent.

Couples. Accouplements. Les êtres humains fonctionnaient en couples, rivés deux par deux à leurs courts destins de bipèdes, il semblait y avoir une loi inexorable qui disait que cela était bon et devait se perpétuer ainsi. Même son père, qui transgressait pourtant bien des lois, n'échappait pas à celle-ci. Nécessité d'un corps autre auquel s'agglutiner. Devrait-elle fatalement passer par là, n'existait-il pas des exceptions ? Comment croire que le bonhomme racorni triturant ses sourcils en face d'elle, les adolescents boutonneux en train de fumer en cachette à côté, le conducteur du métro, les individus épars gigotant aux stations, et même cette énorme Asiatique trimballant des colis aussi gros qu'elle avaient tous QUELQU'UN de soudé à leur vie, ou aspiraient tous à se souder à quelqu'un ?…

Camille se ratatina sur la banquette du métro, atterrée soudain par l'évidence : oui, tout fonctionnait en couples dans l'univers, à commencer par ces étoiles doubles qui gravitaient l'une autour de l'autre et se masquaient alternativement leur lumière. À commencer, surtout, par cette image par excellence des amalgames, ces couples terrifiants dont l'intimité relevait du paradoxe le plus fantasque : les Trous noirs et les Quasars.

Elle aimait les Trous noirs. Elle aimait qu'ils existent et qu'ils défient l'entendement humain.

Les Trous noirs sont des astres morts, des noyaux d'étoiles éclatées qui se sont effondrés sur eux-mêmes : tellement effondrés sur eux-mêmes, tellement comprimés et recroquevillés que toute la matière de l'étoile tient maintenant dans un espace ridicule, de densité infinie. Va donc comprendre cela. La densité infinie fait que rien ne s'échappe plus de cet astre mort, même pas la lumière, que cet astre mort en devient à jamais invisible et que les coquins qui dardent de la Terre leurs gros yeux télescopiques sur lui n'y trouvent que dal. Mais il y a plus fou. Qu'est-ce qui fait briller si fort les Quasars, ces choses luminessimes de l'univers ?…

Les Trous noirs, voyons.

Perplexes, les astronomes ont découvert que les Quasars, terriblement éloignés, ne pouvaient être de simples étoiles : à des distances aussi considérables, aucune étoile n'est capable de s'adonner à de tels débordements d'énergie. Toujours aussi perplexes, ces mêmes astronomes – ou d'autres – ont parié que les Quasars étaient des noyaux de galaxies, anormalement brillants. Anormalement, parce que les Quasars se trouveraient à voisiner avec les Trous noirs, tiens tiens, et que pareille promiscuité ne peut donner lieu à des phénomènes normaux.

L'action se passe donc dans le noyau des galaxies : c'est là que sont le plus susceptibles de se former les Trous noirs, parce qu'il y règne une forte concentration d'étoiles et, a posteriori, de cadavres d'étoiles. Qu'arrive-t-il lorsqu'un Trou noir massif se développe au cœur d'une galaxie ?... Il aspire ce qui gravite autour. Étoiles, particules gazeuses, astres de tout acabit, ce qui gravite autour chute vertigineusement dans le Trou noir en s'embrasant. La danse du cygne de la matière qui gire et flamboie autour du Trou noir avant de s'y engouffrer, voilà ce qu'est un Quasar. Ce qui se passe après, dans le Trou noir, est inconnaissable et n'appartient plus à l'univers physique.

L'entité la plus lumineuse de l'univers jumelée soudain à la plus obscure, tous destins confondus, tous paradoxes nivelés : là résidait la véritable merveille. Ne pouvait-on pas y trouver une sorte de symbolisme rassurant, une métaphore glorifiant la fusion des contraires ?...

Station Monk. Camille décida de marcher jusque chez elle ; les bulles de champagne semblaient avoir acquis de la solidité et lui pesaient, gravier, sur l'estomac. Elle songeait à Lucky Poitras, son exact antonyme, plus quasar que trou noir, cependant, à cause de la lumière, mais l'entraînant dans un gouffre magnétique, elle qui ne flamboyait ni ne magnétisait personne et qui n'avait décidément rien de commun avec aucune de ces merveilles galactiques. La comparaison se révélait donc boiteuse, mieux valait laisser vaquer les étoiles et les humains à leurs desseins respectifs.

* * *

Les êtres humains sont tellement fragiles…

— Je fais attention, je vous jure, j'essaie de lui parler doucement, toujours…

— C'est à vous que je faisais allusion, dit J. Boulet.

— Oh?…, rougit Michèle, et elle battit précipitamment en retraite derrière sa tasse de café.

— Vous n'êtes pas heureuse, Michèle… Je peux vous appeler Michèle?

Il continuait de faire peser sur elle le regard grave de ceux qui savent et qui compatissent. Elle en ressentit un grand bouleversement interne, personne ne lui avait parlé de la sorte depuis des siècles et quelle clairvoyance, il lisait en elle des choses qu'elle n'y avait pas même soupçonnées.

— Sans doute, soupira-t-elle. La vie n'est pas… pas souvent facile…

Elle dut s'interrompre à cause des larmes qui se bousculaient dans ses voies respiratoires, un déluge. J. Boulet allongea la main vers elle mais s'arrêta à quelques millimètres de son poignet, comme frappé par le respect.

— Allons, laissez-vous aller, allez, je vous comprends, oui, pleurez…

Michèle sanglota, bercée par la douceur approbatrice de cette voix; ce n'est qu'en s'apercevant de façon inopinée dans la glace du salon qu'elle se demanda ce qu'elle faisait là, écrasée comme une lavette aux côtés d'un presque inconnu, les cheveux dans la face et le corps très inesthétiquement cassé en deux, elle allait abîmer sa robe de soie naturelle et du reste pourquoi saperlipopette chialait-elle ainsi ? Elle se releva aussitôt avec beaucoup de dignité.

— Exgusez-boi, se moucha-t-elle.

— Mais non.

— Bais oui.

Il la suivit dans la cuisine avec leurs deux tasses de café qu'il entreprit de rincer méticuleusement.

— Laissez cela…

— Mais non.

— Mais oui.

Leurs mains se heurtèrent au-dessus de l'évier, ils s'empressèrent de les retirer avec une synchronisation parfaite et un petit rire effrayé.

— Je devrais partir, hasarda J. Boulet. Votre fille rentrera bientôt…

— Non. Elle rentre toujours très tard quand elle sort avec son… son père.

Elle soupira, J. Boulet eut un hochement de tête apitoyé, ils s'assirent sans s'être consultés sur les tabourets avoisinant le comptoir. L'essentiel de la conversation avait porté sur Camille, bien entendu. Elle accumulait ratage sur ratage, particulièrement en sciences et en mathématiques, elle ne supportait pas que les professeurs lui adressent publiquement la parole, elle faisait montre d'une insociabilité maladive, sans amis sans confidents, se déplaçant d'une classe à l'autre comme un spectre muet, ni dissipée ni bavarde durant les cours magistraux, non, plutôt d'une glaciale attention, ne baissant jamais la tête pour prendre des notes, exerçant sur les professeurs une sorte de guet constant qui les faisait frissonner à cause de ce qu'ils sentaient là de bravache et d'arrogance... J. Boulet n'avait pas de solution, tout juste se permettait-il de faire part de sa perplexité à Michèle – qu'il avait déjà rencontrée une fois pour des raisons similaires – et osait-il avancer une hypothèse, névrose, oui, peut-être pouvait-on parler de névrose encore bénigne ne nous affolons pas.

— Je suis très inquiète.

— Ce n'est pas facile, je vous comprends...

— J'ai très peur de lui, vous savez, mais en même temps, en même temps...

— Oui, je comprends votre hésitation.

— ... c'est... c'est un pauvre type, et on dirait qu'il fait du bien à Camille dans un sens, dans un sens immédiat, évidemment...

— Bien sûr, il faut regarder aussi plus loin, voir les conséquences...

— Il est dangereux pour les cerveaux sensibles...

Très intelligent, vous savez... Dangereusement...

— Les êtres trop intelligents sont toujours dangereux.

— Moi, en tout cas, il m'a déjà fait... beaucoup de mal.

— Je sais, Michèle.

Elle leva vers lui des yeux embués par la reconnaissance, il lui prit spontanément la main mais la lâcha aussitôt, avant qu'elle ait eu le temps de réaliser tout à fait.

— Avez-vous des enfants ? s'enquit-elle avec nervosité.

— Oui et non. Je n'en ai pas et j'en ai deux mille.

— Oui, bien sûr, une polyvalente, quelle responsabilité angoissante...

— … qui donne de grandes joies, aussi. TRÈS grandes, croyez-moi, insista-t-il véhémentement.

— Je vous crois.

Il se leva, une douleur marécageuse dans le regard, Michèle s'interrogea sur la nature offensante de ce qu'elle avait dit ou omis de dire, ne trouva pas de réponse, et par esprit de solidarité se leva aussi à tout hasard. Silence affligeant.

— Je n'ai pas eu l'occasion de procréer.

— Ah?…, fit prudemment Michèle.

— Non. Mettre au monde des enfants, pour moi, constitue un geste d'amour, de…, d'amour, oui, n'ayons pas peur des mots, je suis sans doute vieux jeu.

— Mais non.

— Mais oui. L'amour n'a pas été au rendez-vous, conclut-il, la voix nouée par l'adversité.

Michèle éprouva un bref soulagement : l'espace d'un moment, elle avait imaginé qu'il éprouvait des problèmes de fertilité ou d'impuissance, et cette éventualité, devait-elle s'avouer, lui avait causé de la contrariété.

— Ah!… L'amour!…, exhala-t-elle douloureusement.

— Oui, l'amour!… Et la solitude!…

— Ah!… La solitude!…

Ils échangèrent à l'unisson un sourire navré, et sans trop savoir comment, se retrouvèrent excessivement près l'un de l'autre, à tenter de s'embrasser à travers leurs dents s'entrechoquant.

À l'extérieur, Camille, qui les observait par la fenêtre, eut un rictus méchant : le combat s'annonçait plus facile ainsi, tous les ennemis parqués ensemble dans le même camp.

12.

Il la déshabillait. Mouvements au ralenti qui effaçaient un bouton à la fois, faisaient lambiner la fermeture éclair, naître à demi une prémice d'épaule, épiderme déboutant le textile à petites avancées imperceptibles et sûres d'elles. Liturgie, disons.

La robe finissait par glisser.

Il s'en prenait ensuite aux bas, les incitant à déraper vers le pied avec une gigantesque lenteur, chaque millimètre de peau ainsi visitée venait abruptement au monde et se mettait à frissonner. Slip et soutien-gorge : ses mains ignoraient leur existence, pour l'instant, se contentant de les traiter en seconde chair que l'on masse et que l'on effleure à tour de rôle pour le bonheur du contraste. Il la faisait pivoter sur elle-même, la touchait partout sans insister, elle chancelait dans l'attente de la suite qui ne pourrait être que percutante.

Il lui arrachait le reste de ses vêtements en les déchirant à moitié, la laissait là quelques secondes, complètement nue et disponible. Il la regardait. Tout cela en silence. Il la poussait sur le lit, elle se retrouvait investie de toutes parts, écartelée, suçotée, léchée et sanctifiée, objet peut-être mais objet d'un culte explosif, elle jouissait en hurlant plusieurs fois, elle jouissait comme on naît, dans une dévastation sans cesse recommencée.

— Déshabille-toi. Vite. Je veux les voir.

Marie-Pierre le considéra avec ahurissement. Il était déjà assis sur le lit, nu, le sexe dressé et prêt à l'action. Il lui parlait. Que disait-il?

— Envoye! Déshabille-toi!...

Elle commença à déboutonner sa robe. Mais le cœur n'y était pas, ce quidam n'arrêtait pas de parler et lui rendait la concentration difficile. Le plus ardu était de s'imaginer ailleurs, dans une chambre de marbre aux colonnes ioniques et aux serviteurs égyptiens en train d'agiter de grandes feuilles d'eucalyptus en guise d'éventails, par exemple, avec quelqu'un de racé et de silencieux en face d'elle, surtout pas nu ni bedonnant ni sexué, à vrai dire, comme cet individu, mon dou que la réalité se faisait décevante.

— Montre-moi-les. Viens ici que je te les...

— Ta gueule, grogna Marie-Pierre, en se reboutonnant sur-le-champ.

Tant pis, ce ne serait pas encore cette fois-ci, il y a des limites à tolérer que le rêve dégringole ainsi de son socle. Cette idée, bien sûr, de suivre dans son antre n'importe qui de poilu, ses fantasmes finiraient par lui occasionner des désagréments.

— Qu'est-ce que tu fais là?

Le type s'était levé. Il semblait mécontent, il s'était attendu à des choses, sans doute.

— Écoute, ça m'ennuie, mais je file, moi, salut!

— Comment? Comment « salut », bout de ciarge!

Les gros mots, tout de suite, et puis l'empoignade, bon, il voulait l'embrasser, l'étreindre sur son excroissance sexuelle et son cœur, bon bon, de force bien entendu, c'est comme ça qu'elles préfèrent, les petites dames. Marie-Pierre le repoussa vigoureusement, mais quelle glu, elle lui assena donc à regret dans le ventre un coup de genou qui le plia, vert, en quatre. If you can't fuck them, smash them. Il ne fallait pas qu'elle en prenne l'habitude, cependant, cela écorchait passablement le romantisme.

Elle rentra en taxi chez Gaby, perdue dans des pensées charbonneuses. La vie s'annonçait assommante, qui l'entérinerait enfin comme femme, quand donc l'être d'exception se pointerait-il à ses côtés pour la révéler, la prendre, lui émouvoir les entrailles et la dévirginiser, Seigneur, où se cachaient les VRAIS hommes?...

13.

Il y avait du nouveau dans la vie de Gaby. À tel point qu'elle ne se reconnaissait plus elle-même : les miroirs lui renvoyaient l'image d'une fille aux yeux exorbités et au perpétuel sourire benêt, les sacs de croustilles menaçaient de pourrir dans son garde-manger à force d'inutilisation.

D'une part, elle était en amour. Mais oui. Cet inoffensif godelureau du nom de Luc avait vaincu ses résistances, à elle, la caparaçonnée, la plus qu'immunisée. Et il s'y était pris de la façon la plus conventionnelle qui soit, l'animal. Patience et séduction.

Il lui avait téléphoné, quelques jours après leur baise anodine. Drelin drelin.

— Oui ? avait répondu Gaby, succincte, car elle se trouvait à CDKP, aux prises avec une forcenée qui se disait branchée télépathiquement sur les volatiles et qui désirait à tout prix figurer à l'émission de Bob Mireau.

— C'est moi, Luc.

— Qui ?…

— Je voudrais m'excuser pour l'autre nuit.

— Pauvres pauvres dindes, disait la forcenée. On ne se rend pas compte, quelle grande angoisse…

— Pourquoi ? résuma Gaby.

— Mais parce que NOËL, cette affaire!… Les dindes au four, les atocas…

— Parce que j'ai été un peu expéditif, je crains…

— Mais non, dit mollement Gaby.

— Mais oui, dit-il.

— Mais oui! hurla l'oiseauphile. Une HÉCATOMBE de dindes et de chapons dans le temps des Fêtes! Nous sommes des ASSASSINS!

Et ainsi pendant des heures, peut-être, si Gaby avait été portée sur les quiproquos et les folâtreries ludiques, mais elle élimina prestement la folle en la boutant hors de son bureau et elle s'apprêta à agir de même avec cet autre.

— Donne-moi encore une chance, la conjura-t-il.

Soit, poussin. Du reste, les concurrents ne se bousculaient pas au portillon, la vie libidineuse de Gaby était un désert et seule l'araignée Gudule veillait sur ses insomnies. Il l'invita à souper chez lui le soir même.

— Tard, le prévint Gaby. J'ai un travail dément.

— Ton heure sera la mienne, assura-t-il.

Elle arriva chez lui aux environs de minuit.

Il était sans doute déçu, mais ne le manifesta pas outre mesure. Par contre, l'oiseau avec lequel il s'était proposé de la nourrir n'avait pas résisté au temps qui passe et se terrait, tout raide, dans le fond d'un chaudron.

— C'était un canard, expliqua-t-il.

— Pauvre bête.

Ils sucèrent quelques os calcinés et mangèrent des légumes. Ce Luc avait, d'ailleurs, une grande maîtrise intellectuelle et pratique des légumes. Il savait à leur propos des quantités de choses émouvantes – par exemple, que les couleurs verte et jaune intense constituent un indice assuré de teneur en carotène, que c'est dans la pelure que résident les fibres salvatrices et les sels minéraux, que la cuisson à la vapeur demeure la plus vitaminique et que consommer quotidiennement des cruciféracées crues tient à distance cancer mononucléose et autres périclitations de l'organisme. Gaby l'écoutait avec une sorte de vénération. Son ordinaire était fait de conversations autrement plus rutilantes et sautées : à CDKP, outre les farfelus qui vous entraînaient de force dans leur imaginaire détraqué, il y avait un brassage continuel de propos croustillants sur les gaffes de ce ministre-ci, le cul de cette autre, un chassé-croisé d'enfantillages et d'amuseries vous laissaient la tête vide mais le cœur inapte à s'ennuyer. Et soudain, ce discours insensé. La famille des brassica comprend le brocoli, le chou de Bruxelles, le chou, le chou-fleur, le chou-rave, le rutabaga et le navet, et l'on doit en consommer plusieurs fois par semaine. Afin de préserver la santé. Il y avait donc une santé à préserver quelque part, étrange étrange, comment ce Luc en était-il venu à percer de semblables mystères ?...

À y regarder de plus près, tout en lui exhalait l'équilibre et le sain. Il n'avait jamais fumé et ne s'alcoolisait que modérément, il avait des égards pour son corps qui semblait le lui rendre d'éclatante façon. Haleine fraîche, œil brillant, peau soyeuse, muscle prompt. Soixante-dix longueurs de piscine olympique bihebdomadairement. Cent sit-up tous les matins. Ski de fond et canot-camping selon les saisons. Nourritures bienfaisantes, eau de source à profusion, haro sur le lipide qui boudine et le glucide qui surexcite. Lorsqu'il lui présenta le dessert – un parfait au kiwi et au yaourt naturel –, Gaby ne put que l'avaler respectueusement, pénétrée par la conviction qu'elle avalait du même coup de vastes portions de santé éternelle.

Et gentil. Si gentil.

Il la servit, la desservit, les assiettes aussitôt vidées de leur contenu réintégraient précipitamment, sans qu'elle y soit pour rien, l'armoire et la propreté dont elles ne s'étaient sans doute jamais tout à fait départies, il y avait des fleurs sur la table, du mimosa et trois anthuriums roses, il lui massa le cou quelques instants lorsqu'elle mentionna des raideurs à la nuque, il installa sur la chaîne stéréo des études de Chopin brillamment interprétées par Louis Lortie et un peu d'harmonie se remit à circuler en elle, tellement gentil, il laissait toujours son siège de toilette dans la position baissée qui sied aux femmes car il avait été élevé dans une famille de filles, féministe et si gentil, il lisait Élisabeth Badinter et Marie Cardinal et ne comprenait pas que le pays ne soit pas dirigé par une femme, il lui fit couler un bain moussant à la pomme verte qui régénère la peau et tonifie l'organisme, elle s'y glissa et s'y endormit sur-le-champ, un vague sourire fœtal aux lèvres.

Elle s'éveilla à huit heures du matin. Il l'avait couchée et bordée, peut-être même l'avait-il veillée la nuit durant car elle rencontra immédiatement son regard, noisette clair et vigilant. Elle rampa jusqu'à sa poitrine et s'y laissa choir en ronronnant, c'est ainsi qu'ils ne firent même pas l'amour car elle s'était endormie de nouveau dans cette inconcevable chaleur et elle rêvait à des choses enjouées et faciles, les méchants étaient morts, elle était redevenue petite et son père et sa mère en même temps la berçaient.

Elle le revit le lendemain. Luc Desautels, qu'il s'appelait. Il était venu l'attendre à la sortie de CDKP malgré le notable temps de cochon – du verglas comme dans les pires cauchemars des unijambistes et une humidité à vous racrapoter la moelle des os. Voici, attaqua-t-il. La situation lui paraissait simple : elle était libre, lui également, elle lui plaisait, il ne lui semblait pas indifférent. Pourquoi ne pas tenter quelque chose ensemble ?... Elle fut désarçonnée par sa franchise et la solidité de sa logique et ne trouva aucun argument intelligent à lui objecter.

Ils s'étreignirent cette nuit-là avec un soudain brio qui augurait excellemment de l'avenir. Sa vieille kleptomanie émue aux larmes, Gaby lui déroba un foulard de soie – un Hermès rouge ornementé de dessins guerriers – et il ne s'en aperçut pas.

C'est ainsi que tout commença, dans un enchevêtrement de vétilles bouleversantes qui font que l'amour est difficile à oublier. J'ai envie de m'occuper de toi, lui dit-il. Tu es belle. Douce. Drôle. Tellement. J'aime tes yeux, tes seins, tes débuts de rides. J'aime les borborygmes de tes intestins.

En lui faisant l'amour, il lui mordillait le lobe des oreilles. Il lui acheta une marguerite, un presto, et des livres de recettes pour apprêter les légumes. Une fois, chez lui, il dit :

— Je pense que je t'aime.

Et une autre fois, dans sa chambre à elle, il dit :

— Ouache ! Une araignée !

Gaby eut à peine le temps de réagir que Gudule se trouvait déjà étampée sur le mur, verte et rouge et très morte. Mais cela s'insérait naturellement dans l'ordre des choses, il faut toujours des victimes à la passion naissante.

* * *

D'autre part, Marie-Pierre Deslauriers. Depuis la nuit fatidique où elle avait investi l'appartement de Gaby, elle n'avait plus fait mine de vouloir déménager. Le plus étonnant, c'est que Gaby ne songeait pas à s'en formaliser – elle subissait, en fait, une sorte d'attraction inconditionnelle; quelque chose qui avait moins à voir avec la sympathie qu'avec une gigantesque curiosité l'incitait à désirer la présence de la Transsexuelle.

Et elle avait trouvé la façon, très prosaïque, de retenir Marie-Pierre Deslauriers plus longtemps chez elle. Elle garnissait son réfrigérateur de viandes rouges. Du bœuf bourgeois et distingué, qu'elle s'était héroïquement procuré chez Anjou Québec, où on ne lésine pas sur l'argent des autres. Marie-Pierre aimait passionnément la viande. Il n'était pas rare de la surprendre à trois heures du matin appuyée contre la table de la cuisine, l'air lubrique, à peine coupable, en train de mordre dans un filet mignon à moitié cru. Toutes ces protéines animales coûtaient cependant des sommes extravagantes qu'elle n'était pas en mesure de rembourser. Aussi, après avoir dévoré nombre de kilos de tartares, fondues, chateaubriands, bavettes et autres rouges mignardises fournies gracieusement par son hôtesse, fut-elle saisie d'un scrupule et s'en ouvrit-elle un matin à Gaby.

— À charge de revanche, suggéra-t-elle, je fais un grand ménage chez toi. Un ménage BŒUF!

Elle allait repeindre l'appartement, javelliser le fin fond des garde-robes, entreposer les vêtements estivaux de Gaby après les avoir fait tremper dans des eaux ultra-douces et des savons non alcalins, astiquer les fenêtres, désincruster les tapis, ébouillanter la vaisselle qui ne sert pas, repousser, bref, la poussière jusqu'à ses derniers retranchements. Gaby ne refusa pas, car elle n'avait guère le temps de s'adonner au plumeau et à l'aspirateur et d'obscures préoccupations sociales l'empêchaient depuis toujours de se prévaloir des services, même rémunérés, d'une femme de ménage.

Cette fois-là, Gaby s'en fut passer la fin de semaine dans le lit de Luc; lorsqu'elle revint, quarante-huit heures plus tard, encore empêtrée dans les vapeurs sulfureuses du stupre, une guerre nucléaire avait éclaté dans son appartement, le ciel était tombé sur la terre ou vice-versa, en somme il y avait eu cataclysme. Tout ce qui se cache ordinairement dans les armoires et les cagibis était maintenant répandu sur le sol, les possessions innombrables de Gaby occupaient le territoire en ricanant triomphalement, lui sembla-t-il, les divans s'arc-boutaient sur les lits et les tapis avaient été roulés, quelque sabbat diabolique s'était tenu là, sans aucun doute, et il faudrait mander des prêtres et des évêques pour exorciser les lieux.

Elle finit par découvrir Marie-Pierre, coincée derrière la télévision, hagarde et dépassée par les événements, en train de vider la vieille bouteille de Parfait Amour.

— Ça fait chier, grimaça Marie-Pierre dans sa direction. Le ménage, ça fait chier. Qu'est-ce qu'une femme émancipée peut bien trouver de jouissif là-dedans, peux-tu me le dire?...

Gaby en fut quitte pour engager des hommes d'entretien – une équipe au grand complet qui ne lui épargna pas les sarcasmes et qui replaça tout de guingois en lui extorquant les yeux de la tête – et il ne fut plus jamais question de ménage entre elles.

Mais malgré l'inaptitude de son invitée à se rendre utile, Gaby continuait de manœuvrer pour la garder chez elle. Déformation professionnelle, peut-être, fascination morbide pour le marginal et le sensationnalisme, elle ne se lassait pas de scruter, mine de rien, le moindre geste de la Transsexuelle.

Cette femme avait été un homme ; en dessous de ces rondeurs que la chimie et la chirurgie avaient édifiées, un homme devait donc continuer à subsister quelque part, muselé mais réel : comment ne pas chercher à en épier continuellement les vestiges, comment ne pas traquer du regard cet être qui osait cumuler au grand jour les deux grandes contradictions de l'espèce humaine ?... Et toutes les fois où l'occasion s'en présentait, Gaby se prenait à observer Marie-Pierre d'un œil coulissant mais avide, dans le plus petit battement de cils, qui sait, pouvait se dissimuler la résolution de cette énigme vivante. Marie-Pierre faisait celle qui ne remarque pas qu'on l'observe, puis un jour, elle mit cartes sur table.

— Ça ne me fait rien que tu me regardes, ma chérie, dit-elle posément. J'aime qu'on me regarde. Mais fais-le franchement : les gens qui reluquent sans en avoir l'air, ça m'écœure.

Ainsi, Gaby, d'emblée, se trouva contrainte d'admettre qu'elle avait une certaine propension au voyeurisme ; par contre, elle ne mit pas de temps à découvrir que Marie-Pierre, elle, n'était aucunement rebutée par l'exhibitionnisme. Elle se maquillait et se manucurait au salon, ostensiblement devant Gaby, elle essayait des vêtements et de la lingerie légère devant le grand miroir de la salle à manger, elle laissait la porte béante tandis qu'elle prenait un bain ou se déshabillait... Gaby, peu à peu, cessa de détourner hypocritement les yeux, et naquit entre elles une drôle de relation biscornue, l'une se complaisant dans la représentation continuelle et l'autre, dans la passivité trouble de la spectatrice qui se sait unique.

Quelqu'un d'autre était magnétisé par Marie-Pierre Deslauriers, sans doute pour des raisons différentes, et ne s'en cachait pas : il faisait irruption dans l'appartement à des heures impossibles, ne se butant qu'à Gaby, la plupart du temps, car Marie-Pierre vaquait beaucoup et longtemps. C'était un écrivain, selon ce que Gaby avait pu retenir de leur première rencontre échevelée à CDKP ; l'œuvre encore maigrelette – elle ne connaissait rien de son nom ni de ses pondaisons antérieures –, il disait vouloir approfondir son espèce de métier sur le dos de Marie-Pierre (façon de parler, puisque TOUTE l'anatomie de Marie-Pierre lui était visiblement une grande fascination douloureuse).

Il ne traînait avec lui ni magnétophone, ni bloc-notes, rien que des gants, parfois, et un regard sur le qui-vive qui lui faisait un visage à la fois troublé et malicieux. Habituellement, il frappait, s'enquérait de la présence de Marie-Pierre, manifestait une désolation brève et polie, et repartait aussitôt. Une fois, Gaby l'invita à prendre un café, et il accepta.

Ils s'assirent dans la cuisine. Il préférait un verre d'eau avec un peu de citron, finalement, si cela ne l'importunait pas, ah, elle n'avait pas de citron, alors il prendrait un café.

— Vous devez me trouver fatigant, dit-il en regardant ailleurs.

— Persévérant, disons.

— Elle n'est pas souvent ici.

— Elle sort beaucoup, oui.

— Où est-ce qu'elle va ?…

Il se mordit les joues aussitôt, conscient que sa curiosité dépassait les bornes, et il avala sans sourciller la moitié de son café brûlant.

— Où va-t-elle ? insista-t-il plus faiblement.

— Le diable s'en doute, siffla Gaby, lugubre pour rire, mais l'Auteur ne rit pas, il se contenta d'écarquiller les yeux avec une inquiétude flagrante. Pas très loin, ajouta-t-elle, prise de compassion. Elle aime beaucoup marcher.

— Marcher.

— Oui.

— Moi aussi, j'aime marcher. Je marche tous les jours en revenant de l'hôpital. Votre appartement est sur mon chemin.

— Vous travaillez dans un hôpital ?

— Non. Mon père est hospitalisé. Cancer généralisé.

Voilà le genre de reparties qui vous fauchait l'humeur badine en plein vol, comment, après ça, échanger des plaisanteries accortes sur la vie l'amour la mort et toutes ces choses. Mais il lui adressa un déconcertant et furtif sourire qui signifiait ne vous en faites pas, ou laissons cela, et elle commença à le trouver sympathique – et pas vilain garçon, d'ailleurs, dommage cette manie qu'il avait de se manger les joues à tout propos comme si des angoisses grinçantes n'arrêtaient pas de l'assaillir.

— Comment va votre livre ?

— Lequel ?

— Celui que vous écrivez… Vous n'écrivez pas de livre ?

— Si si, rougit-il. Il avance, il avance, je vous jure. Dans ma tête, il est déjà presque prêt.

Elle ne put réprimer un gros rire intempestif, il se joignit sans façon à elle, et ils choquèrent ensemble leurs tasses de café comme de vieux comparses de taverne.

— Je vous envie terriblement, dit-il tout à coup.

— Pourquoi?

— Vous habitez avec elle. Vous êtes témoin de tout, ou presque. Tout ce qui l'anime, ce qui la fait vibrer, ce qu'elle aime, ce qu'elle lit, comment elle mange...

— Comme une défoncée. Elle mange comme une défoncée. Vous êtes amoureux d'elle?

— Oui. Je ne sais pas. Pire que ça, je crains. Je changerais parfois de place avec le miroir dans lequel elle se regarde...

* * *

Elle se regardait beaucoup dans les miroirs. Avant de dormir, avant de sortir, le soir, pour une de ces virées mystérieuses dont Gaby ne savait rien. Cette façon très complaisante qu'elle avait de se regarder. Et ces robes incroyables, collantes comme des peaux, échancrées à tout venant, montroirs à seins plus qu'autre chose. Lorsqu'une lueur de désapprobation naissait dans l'œil de Gaby, Marie-Pierre, même absorbée dans son reflet, s'en apercevait immédiatement.

— Tu n'aimes pas ma robe? demandait-elle, suave.

— Mm. Un peu obscène.

— Comment, obscène?... Mais toutes les femmes, ma petite chatte, AIMENT qu'on remarque leurs seins... Toi-même, ta blouse un peu transparente, et pas de soutien-gorge, et cette robe que tu mets exprès parce qu'elle t'avantage la silhouette... Ne viens pas dire le contraire. Cette façon détournée que vous avez, vous, les Biologiques, de vous montrer en faisant semblant que vous ne le faites pas… Eh bien OUI, je les exhibe, moi, mes seins, et fièrement, si tu veux savoir, regarde comme ils sont beaux. L'hypocrisie, c'est ça qui est obscène.

Elle disait cela, Marie-Pierre, et elle s'en allait, dans sa superbe et ses décolletés osés.

Après, Gaby restait un long moment à s'étudier dans le miroir, à se trouver l'allure fourbe, la silhouette filiforme et un regard hypocrite de garçonne.

14.

La mère de Mado était une petite femme grasse et tendre, obsédée par les estomacs des siens qu'elle n'aimait que combles jusqu'à l'indigestion. Le père de Mado avait un rire machiavélique et une voix de ténor ravagée par la sénilité. Le mononcle de Mado s'appelait Gustaphasse et était aussi son parrain. La femme du mononcle de Mado avait encore de beaux yeux. La sœur de Mado portait des bijoux en or et des seins tirés à quatre épingles. Le frère de Mado travaillait dans les ordinateurs. Le mari de la sœur de Mado aimait l'argent et le bordeaux corsé. La femme du frère de Mado était insignifiante. Les neveux de Mado massacraient les glaçons du sapin de Noël. Le sapin de Noël était une épinette.

Parmi ces odeurs de famille heureuse et de tourtière à l'orignal, Dominique se sentait douillet mais déplacé, sorte de pingouin adopté par des Inuits fraternels. Ils avaient chanté *Çà, bergers* et *Minuit, Chrétiens* en chœur, ils avaient joué au Docte Rat et au Dictionnaire tandis que les aînés s'envoyaient en l'air à la messe de minuit, ils avaient pourfendu sanguinairement les emballages de cadeaux et maintenant, enrichis de quelques biens futiles, ils engouffraient des nourritures.

Mado s'était assise tout près de Dominique, la jambe collée contre la sienne, radieuse dans sa robe blanche et sa chevelure ensoleillée. Elle lui prenait la main, de temps à autre, et la serrait très fort, sans égard aux objets qu'il était à manipuler – c'est ainsi qu'une pleine cuillerée d'atocas se trouva renversée sur la belle nappe damasquinée, déclenchant chez elle des fous rires de petite fille et chez lui une grande confusion de petit garçon.

— Ça ne fait rien, assura la mère de Mado, qui était une sainte femme. Tout part au lavage. Voulez-vous encore un peu de dinde, Dominique, une pointe de tourtière, de la farce, des aspics aux crevettes, une goutte de vin ?

— S'il vous plaît, non, pâlit Dominique.

— Passe-moi son assiette, dit la mère de Mado à Mado, je sais combien il est timide.

— Donc, attaqua la sœur de Mado en tournant vers lui son agressive poitrine, t'es en train d'écrire un roman.

— O…oui.

— Une histoire d'amour ou un récit d'aventures ?…

— Voyons, ricana Mado, Domino n'est pas un auteur aussi primaire que ÇA ! Ce qui l'intéresse, ce sont les circonvolutions complexes des âmes et les rapports de forces qui régissent l'intercommunication des z'individus et z'individuses !

— Tu veux dire que ça ne racontera rien de compréhensible ?…

— Je veux dire…, voulut dire Dominique.

— Il veut dire que ça n'aura rien à voir avec les bluettes que tu t'envoies d'habitude, ma pauvre Louise, as-tu au moins compris quelque chose à son dernier livre, il y avait là un une des magnifiques et d'innombrables fantastiques, UBUESQUE que les critiques avaient écrit, ubuesque, sais-tu au moins ce que ça veut dire et d'ailleurs es-tu capable de me nommer un seul auteur québécois autre que Jehane Benoît, HEIN ?

— Je ne vois pas le rapport, comme tu t'énerves et que tu deviens laide, ma pitoune, serais-tu sur le bord de ta ménopause ?… Je veux juste savoir de quoi ça va parler, ce calvaire de roman-là !

— PARLER ? Mais pourquoi, tabarnak, veux-tu absolument que ça PARLE ?

Elles continuèrent à argumenter ainsi une éternité, s'envoyant à tour de bras d'amicales perfidies qui en eurent laissé plus d'une knock-out, mais elles avaient l'habitude et la couenne dure, les sœurettes, Dominique commença par écouter bouche un peu bée car il était vaguement question de lui dans tout ça, puis il abdiqua. Chercha d'une oreille avide une conversation susceptible de l'intégrer davantage – il était question de politique et de Bourassa sans doute entre les vieux (« un trou de cul qui est en train de nous vendre aux Anglâs ! » vociférait Gustaphasse), d'informatique entre les z'hommes (les ordinateurs ayant détrôné les chars au chapitre des discussions viriles), d'amuseries mutines entre les jeunes neveux (« Si tu touches à mon transformeur, j'te casse la yeule ! ») et de l'utilité des oignons rouges dans la tourtière au gibier chez le reste de ces dames. Voilà un riche éventail qui ne facilitait pas le choix.

Dominique se leva, finalement, pour échapper à la troisième portion de bûche de Noël dont la mère de Mado venait de le menacer du regard.

Il se retrouva, sans préméditation aucune, assis par terre dans le vestibule à composer le numéro de téléphone de la chambre d'hôpital de Maurice.

— Noui ?…, fit Maurice, l'acrimonie vaseuse et émoussée par le sommeil.

— Tu dormais, je m'excuse…

— Noui…

— Je voulais te souhaiter Joyeux Noël.

« Veux-tu rire de moi ? rugirait Maurice.

Pourquoi pas bonne mortalité et le paradis dans quelques jours, tant qu'à y être, HAN ?… » Mais il ne dit rien, pendant un court instant, du moins.

— Où est-ce que t'es ? demanda-t-il finalement.

— Chez les parents de Mado.

— Pis tu t'amuses ?

— Un peu.

— Bon. Je m'endors. Merci d'avoir appelé, mon garçon.

Et il raccrocha.

Dominique alla échouer dans le salon, face au sapin de Noël. Il n'y a rien de plus insolent qu'un sapin de Noël qui répand son odeur de forêt en plein milieu d'un salon, à côté du téléviseur. C'est un coup bas porté au téléviseur, jacassements humains et têtes blafardes font les ridicules près de cette magie qui brille en silence. « Mon garçon », avait dit Maurice. Dominique regardait le sapin, tout entier absorbé dans cette petite musique intérieure, « mon garçon, merci, mon garçon… »

— Tu ris tout seul, maintenant ?

Mado se lovait sur le bras du fauteuil, la terrible présence de son parfum effarouchait l'odeur du sapin. Condamné à être aimé, pensa tout à coup Dominique, non sans angoisse.

— Moi aussi, je suis heureuse. Tu m'as fait des cadeaux… somptueux.

Ce n'est pas au collier d'argent qu'elle faisait allusion, ni à ce Cohen vénéré et cher qu'il s'était offert un peu en le lui offrant à elle. Elle pensait à leurs amours qui connaissaient depuis peu une recrudescence très charnelle, Dominique étant redevenu une créature sexuellement opérante, merci à toi, Belzébuth, père de la copulation universelle – merci au doqueteur Frôlette, croyait-elle en toute naïveté. Comment aurait-elle pu soupçonner que le visage osseux de Marie-Pierre Deslauriers se substituait au sien, lors de leurs ébats, et que c'est avec une absente que Dominique faisait rageusement l'amour ?…

Elle songeait aussi à ce roman embryonnaire dont elle ne savait rien, sinon que son aura commençait à grignoter Dominique, le contraignant à s'enfermer tous les soirs dans son bureau avec des mines de grand souffrant. Elle avait bien tenté de jeter un regard sur l'Œuvre en gestation – « Une de mes secrétaires pourrait te taper ça très proprement… » –, mais elle s'était butée à un catégorique refus, et pour cause, il n'avait pas encore écrit une ligne. Mystificateur sur tous les plans.

C'est cette double mystification qu'elle aimait le plus en lui, au fond, il baisait et il écrivait, donc il ÉTAIT, et à elle de surcroît.

— Te rappelles-tu, fit-elle en lui caressant la cuisse, te rappelles-tu notre réveillon à Sainte-Mathilde ?…

— Oui.

— Trois jours sans sortir… – elle pouffa de rire derrière sa main à lui. Collés, inséparables… Le lit était devenu un champ de bataille… Et on bataillait tellement bien, ajouta-t-elle les yeux mi-clos.

— Oui. Avec le temps, avec le temps, va, tout s'en va.

— Qu'est-ce que tu dis ?

— Rien. Je chantais.

* * *

Le tout avait été disposé sur des réchauds ou à même la longue table de marbre rose, et ne pouvait que commander le respect : il s'agissait de victuailles, oui, mais d'une si archangélique beauté qu'un esthète anorexique y eût pris son pied, qu'un conservateur de musée eût supplié qu'on les empaillât sur-le-champ pour la postérité. Avenante bouffe, en vérité. Pas peu fiers, Bob Mireau et Henri, le réalisateur, la toque blanche enfoncée sur le crâne, saluaient sous les applaudissements féroces, se congratulaient avec des sourires de divas, faisaient la roue devant leurs chefs-d'œuvre périssables.

Réveillon gastronomique. Ils étaient là une dizaine – l'équipe de *Pas si fou* au grand complet et leurs légitimes ou accidentelles moitiés – à borborygmer et à saliver de concert dans la salle à manger de Henri.

— Par où on commence ? demanda un technicien en pointant audacieusement le nez vers les Œuvres.

— Arrière, goinfre monstrueux ! gronda Bob Mireau. D'abord, il faut les présentations, espèce d'œsophage malotru !

— Oui, renchérit Henri, de la chère si dispendieuse, ça s'introduit, Barbares !

— Et pas tout de suite où vous croyez, Luettes gélatineuses !

— Allez ! Vas-y ! fit Henri.

— Mais non, fais comme chez toi, dit Bob.

— Très bien. Je commence.

— Non, je commence. Puisque les hors-d'œuvre sont de moi.

Luc embrassa Gaby dans l'oreille, lui masquant, du même coup, les premiers mots de la présentation gastronomique.

— … de trois poissons fumés : truite, saumon et loup de mer, mesdames et messieurs, dans leur plus simple appareil, mais coiffés d'une couronne d'œufs de saumon à l'oseille… Immédiatement à côté, le fondant, l'ineffable ragoût de morilles au foie d'oie !…

— La recette ! La recette !

— Oui, les recettes ! insista Priscille, en prenant entre ses blanches mains un bloc-notes et une plume.

— Ça va être interminable, si vous donnez les recettes de tout, marmonna timidement Simone à son mari Henri, lequel se contenta de lui jeter un regard fielleux.

— Très bien. Ragoût de morilles au foie d'oie, je disais. Primo, vous cueillez des morilles le printemps précédent dans quelque talle secrète des Cantons de l'Est que je ne vous révélerai pas, hé hé, me prenez-vous pour un imbécile ? Deuxio. Vous faites fondre les morilles, déshydratées et réhydratées, dans du beurre doux, vous les farcissez de foie d'oie CRU. Tertio, la sauce. Vous réduisez de l'eau, du vin blanc, de la crème, des échalotes, vous ajoutez un doigt de porto et de cognac, réduisez encore. Lorsque épaissi, vous ajoutez les morilles farcies et laissez frémir. Vous assaisonnez délicatement. Délice. Applaudissez.

— Huîtres tièdes au pistil de safran, coupa Henri, qui languissait après sa part d'applaudissements. Compter six huîtres par personne, les ouvrir, les disposer sur six boules de papier d'aluminium, après les avoir vidées de leur jus et en avoir coupé le muscle. Bon. La sauce. Mon Dieu, la sauce… D'abord, euh, voyons, d'abord…

— … Une cuillerée à soupe d'échalotes hachées, un verre de champagne…, souffla Simone.

— CHUT ! Une cuillerée à soupe d'échalotes hachées, un verre de champagne, le jus des huîtres, que vous placez sur un feu vif et faites réduire de moitié. Vous crémez légèrement, montez au beurre sans faire bouillir. Vous ajoutez à la sauce un pistil de safran. Vous passez les huîtres au four sans les cuire, pour les réchauffer, à peine. Vous saucez chaque huître dans la sauce. Voilà. C'est tout.

— Qu'est-ce que ça veut dire, « montez au beurre sans faire bouillir », s'enquit Priscille, et où est-ce que ça se trouve, des pastilles de safran ?…

— Japonaiseries et tempura, annonça Bob. Inglédients : tlès glosses clevettes, calmals, glos champignons, aubelgines, patates douces, poivlons vels, pousses de bambou, feuilles d'algues, deux œufs, deux petites tasses d'eau glacée, deux petites tasses de faline. Mélangez la faline, honolables affamés, les œufs et l'eau, et vous avez une pâte. Plimo. Deuxio. Loulez les inglédients dans la pâte – loulez-les bien !… et faites-les blunil dans l'huile. Teltio. Tlempez les beignets dans la sauce Ten Tsuyn. Ah. Et comment faile la sauce Ten Tsuyn ? Hin ?… Une tasse de bouillon, honolables épais, un qual de tasse de saké, deux cuillelées à table de sucle, quatle cuillelées à table de sauce soya, et galnil de « yakumi », c'est-à-dile, honolables imbéciles, de ladis et de gingemble lâpé. Arigato !

— Tournedos trois gourmets, tonna Henri, au milieu des sifflets enragés. Par personne, vous comptez trois filets mignons d'un quart de pouce chacun : vous faites griller dans le beurre à la cuisson désirée – saignant, je recommande. Sur le premier filet, vous disposez du foie gras truffé, puis le deuxième filet, puis une tranche de ris de veau cuit dix minutes dans un court-bouillon, puis le troisième filet, puis de la moelle de bœuf crue.

— Une sorte de Big Mac, en somme…

— Silence !… Vous réchauffez au four dix minutes et nappez de sauce madère. Sauce madère : sauter des oignons et des pleurotes dans du beurre, déglacer avec du madère, noyer de consommé.

— Et un peu d'estragon frais, ajouta doucement Simone, et du…, mais Henri la regarda de telle façon qu'elle se tut précipitamment.

— Bijoux de mer cardinale. Pour quatre personnes. Vous triplez au besoin. Vous assommez deux homards de deux livres et les plongez cinq six minutes dans un court-bouillon.

— Je ne pourrais jamais assommer de homards vivants, gloussa Priscille.

— C'est plus facile d'assommer les êtres humains, convint Gaby.

— Vous les décortiquez, les coupez en deux, les faites sauter dans le beurre, les flambez au cognac. Vous ajoutez de la crème, de la bisque de homard frais, jusqu'à ébullition. Vous pliez deux filets de sole de une livre en trois, les joignez aux pinces, les faites cuire dans la sauce, les enlevez. Vous réduisez la sauce et l'épaississez avec du beurre. Vous garnissez le coffre des homards avec les filets de sole, les pinces et les morceaux de homards. Vous nappez avec la sauce passée au chinois fin.

— Salade Henri-de-Nouvelle-France.

— Tiens tiens, ricana Bob. Tu viens de la rebaptiser, Narcisse ?…

— Salade Henri-de-Nouvelle-France, réitéra Henri, imperturbable. Un demi-ananas, deux pommes, 350 grammes de roquefort, 350 grammes de lard salé, 350 grammes de croûtons, salade frisée, salade rouge, mayonnaise. Couper tous les ingrédients en cubes, cuire les lardons et les croûtons au beurre, dresser les salades dans le saladier, ajouter les substances froides, puis les chaudes. Arroser de mayonnaise à l'eau.

— Il a oublié les amandes grillées, glissa furtivement Simone à l'oreille de Gaby. Il faut toujours terminer avec des amandes grillées.

— Reine de Saba, claironna Bob, car l'assistance, l'estomac renâclant, commençait à s'impatienter. Fondre 200 grammes de chocolat dans une cuillerée d'eau, incorporer 50 grammes de beurre hors du feu. Par ailleurs, battre quatre jaunes d'œufs avec quatre cuillerées à soupe de sucre, y incorporer une grosse cuillerée à soupe de farine, battre quatre blancs d'œufs en neige, les ajouter doucement, ainsi que le chocolat, aux jaunes d'œufs. Cuire dans un moule à pain beurré pendant 25 minutes à feu moyen, vérifier la cuisson avec une aiguille, glacer à l'aide de deux grosses cuillerées à café de café, justement, soluble dans l'eau chaude, s'il vous plaît, ajouter du fondant, masquer le gâteau, décorer de noix et d'amandes. C'est tout, plèbe mugissante !

— Il y a aussi des petits légumes à la vapeur, un parfait givré au kalhua, les surprises de fraises, les truffes au chocolat, les marrons glacés de Paris…

— Et les vins, bordel ! Écoutez au moins un peu ça, obtus. Un Graves Château de Chantegrive 82, un Pinot Auxerrois, un Lalande Pomerol Château de la Commanderie, un Aloxe Corton 78, un Jura blanc Château d'Arlay, un champagne rosé Bruno Paillard…

Ils bâfrèrent des heures durant.

Les merveilles disparurent toutes de la table, livrées maintenant à de noires et difficiles métamorphoses. Pour hâter la digestion, l'on consomma passablement de hasch et de coke, l'on échangea des plaisanteries subtiles, histoire de ne pas perdre la main («Quelle différence y a-t-il entre une cuisse de dinde et une cuisse de Lise Bacon?… Pourquoi les chattes des Anglaises ont-elles le poil angora?… Un jour, une chlamydia rencontre une gonorrhée… »). Gaby se surprit à rire à quelques reprises; elle était la seule femme encore attablée fraternellement aux côtés de ces esprits irrésistibles – si l'on excepte Priscille qui se tenait d'ailleurs à l'écart, le front plissé par l'incompréhension. Lorsqu'elle s'en aperçut, Gaby ressentit comme une bouffée de fierté – ah ah, mes petites, regardez comme je m'intègre bien – puis, tout à coup, elle eut honte.

— Bon bon, maugréa-t-elle. Ça va faire, les histoires de cul! Si on dansait?…

Elle voulut entraîner Luc avec elle, mais il s'était évaporé allez savoir où. Elle se rabattit alors sur Bob, qui résista pour la forme puis la suivit dans un coin du salon où ils remuèrent poliment sur des musiques de Tom Waits. Depuis cette fois où il lui avait fait part de son désarroi, les choses semblaient s'être raccommodées avec Priscille : Gaby avait recommencé à surprendre leurs regards appuyés, leurs courtes étreintes, leurs conciliabules entre deux portes, drôle de relation qui semblait se complaire dans une atmosphère de trouble clandestinité.

— Et puis?… Tu vas bien? voulut-elle s'assurer alors qu'ils faisaient mine de danser.

— Mais tout à fait. Cette question!…

Mais surtout, à partir de cette nuit où Bob s'était montré vulnérable, il n'avait plus été question de confidences entre eux deux, il n'avait plus été question de rien, en fait, il passait en coup de vent dans son bureau avec une affabilité insupportable et distante, il se donnait beaucoup de mal pour avoir l'air heureux.

Elle eut envie de lui avouer là, tout crûment, qu'elle se languissait de leur vieille camaraderie ricanante, mais il détourna les yeux dès qu'il sentit les siens qui le cherchaient avec un peu de gravité, et il prétexta une soif subite pour s'éclipser.

Que le diable l'emporte.

Gaby dansa encore un peu, puis elle s'arrêta, prise de nausées existentielles. Elle baguenauda à travers les vastes pièces. Elle trouva Luc, dans la cuisine, en train d'astiquer les chaudrons en compagnie de Simone. Elle trouva Henri, dans les toilettes, en train de se vomir les entrailles. Elle trouva Bob et Priscille, dans le boudoir, en train de se peloter allègrement. Elle ne trouva de Père Noël nulle part, il avait sans doute passé tout droit.

* * *

C'était fou : les vieilles chaises longues échouées là comme des éclopées, le sapin de Noël ahuri transplanté sur le balcon, les cadeaux dans la neige, le télescope jouant au mirador dans un coin, champagne froid et croustilles à volonté, et elles deux, surtout, sparadrapées dans des couvertures qui leur donnaient de grands airs de momies, complètement fou et plaisant. En bas, il y avait des lumières et des gens, sans doute, ratatinés dans leur chaleur, en haut, les Pléiades et Orion leur faisaient des clins d'œil sympathiques.

— T'en vois combien, d'étoiles, toi, dans les Pléiades ?

— Quarante-trois, fit Marie-Pierre, la prunelle sarcastique.

En guise de représailles, Camille lui expédia une croustille par la tête.

— Menteur ! Combien t'en vois ?

— Sept.

— Moi, j'en vois NEUF ! dit Camille, triomphante. Ça veut dire que j'ai une meilleure vue que toi.

— Non. Ça veut dire que tu sais pas compter.

Elles jouèrent à celle qui parviendrait à faire basculer l'autre de sa chaise longue, puis à celle qui boirait son champagne la tête renversée sans en perdre une goutte, puis à celle qui saurait reconnaître, les yeux fermés, la saveur et la marque PRÉCISES des croustilles que l'autre lui enfournait dans la bouche. Le champagne était une gracieuseté de Gaby, les croustilles également, elles n'avaient eu qu'à fouiller dans le garde-manger où quinze sacs d'échantillons plus hétéroclites les uns que les autres hibernaient en silence.

— Hostess-tomate-à-la-mexicaine !

— Non. C'est Ruffles-ondulé-au-bacon-hawaïen !

— Shit !

Camille gagna à tout, sauf au jeu du champagne-bu-à-l'envers dans lequel Marie-Pierre démontra une perfide habileté et beaucoup d'expérience. Pour se féliciter, elles déclarèrent ouverte la cérémonie des cadeaux. Camille reçut de son père un appareil photo, merveille presque neuve, très perfectionnée et équipée d'un téléobjectif ; Marie-Pierre reçut de sa fille une illustration couleur qu'elle n'eut pas le droit de regarder avant de s'être braqué l'œil dans la lunette du télescope.

— Je te donne M42 d'Orion, lui souffla Camille à l'oreille. La plus belle nébuleuse du ciel.

Elle était là, au bout de la lunette, exactement comme sur le papier glacé, une anémone pourpre perdue dans des splendeurs bleutées et noires, un morceau de magie arraché à l'espace.

— C'est trop, dit Marie-Pierre, impressionnée.

— Je sais.

Elles s'étendirent sur la même chaise longue pour économiser la chaleur.

— Joyeux Noël, dit Camille.

— Joyeux Noël, ma trésore.

— Je suis bien. Mais je suis mal, en même temps.

— Ah ?

— Oui.

Camille s'enfouit le nez sous l'aisselle de Marie-Pierre, parcourue de petits tressaillements de détresse.

— J'aimerais tellement ça, être comme tout le monde.

— Comment, comme tout le monde ?

— Je sais pas. Comme les autres. Anémone Bouchard. Sylvie Tétreault. Tout le monde.

Marie-Pierre lui tira sévèrement les cheveux pour la forcer à se tourner vers elle.

— Il faut pas être comme tout le monde. Il faut marcher toute seule à la tête, pis essayer de trouver un chemin que personne d'autre a pris avant.

— Pourquoi ?

— Parce que les chemins des autres ne mènent pas assez loin.

— C'est ce que t'as fait, toi, papa ?

— C'est ce que TOI, tu dois faire, éluda Marie-Pierre.

Camille se recoucha en boule sur son père, perplexe ou rassérénée, assaillie en tout cas par un début de blizzard qui venait la rappeler à l'ordre glacial des choses.

Et tandis qu'Orion dérivait ailleurs sans sparages inutiles, Marie-Pierre chanta des berceuses de sa voix cassée, le poids vulnérable de Camille sur son ventre lui donnait comme des rêves de maternité et elle était heureuse, fais dodo mon ange effrayé et dissemblable, fais dodo ma petite étoile.

15.

Qu'avait-il donc de plus, de distinctif, de tellement excédentaire ?

Tout. Il avait tout.

D'abord les cheveux. Ces cheveux-là avaient emprunté des reflets à Dieu sait quel démon chatoyant et voilà qu'ils se mouvaient tout seuls, liquides et autonomes, jamais atteints par les poussières et les crasses environnantes. Les yeux, évidemment. Verts, c'est tout dire. Avec des profondeurs et des circonvolutions dans l'iris, plein de choses inépuisables qui allaient vous chercher loin. Et la silhouette, le torse, les membres, tout ce qu'il est convenu d'appeler d'emblée le corps : parfait, hélas, parfait d'un bout à l'autre. Enveloppé de si séduisante façon, le corps : aujourd'hui un manteau de toile et d'astrakan, hier une grande veste parachute rouge cerise, et des pulls incroyables aux épaules de footballeur, et des pantalons que l'on aurait dits en soie naturelle, au moins cinq paires de bottes aux cuirs de couleurs vives, vêtements hardis toujours manufacturés dans les boutiques dispendieuses de l'Ouest mais portés si négligemment, indifférence sans calcul, je-m'en-foutisme artistique, comme s'il se fût agi de hardes usagées. Allure TERRIBLE.

Il était facile de l'observer à loisir, pour une fois, dissimulée bien calmement près des casiers, et Camille ne s'en privait pas. En effet, un administrateur doué d'un sens certain de la provocation avait cru bon d'installer des miroirs un peu partout dans la polyvalente, et dans l'un d'eux non encore fracassé par la fougue de ces belles jeunesses mutines, elle voyait Lucky Poitras. Assis par terre près de son casier, lui aussi, en compagnie de deux filles et d'un gars plus vieux qui ne pouvaient que boire ses paroles et réverbérer un peu de son éclat, les falots. Il parlait, Lucky Poitras, et tout en parlant, il faisait virevolter des cartes, mouvements lestes de prestidigitateur, miel et charisme de cette voix.

— Saragosse, New York, ou peut-être Florence, disait-il. Il y a une école, à Florence, ils te font travailler uniquement ce que t'as de meilleur : si t'es bon musicien, ils font de toi un super maestro ; si tu dessines bien, ils t'aident à devenir un deuxième Picasso. Pas de niaiseries académiques pour ralentir tes dons naturels !… Si tu sais pas en quoi t'es bon, ils le trouvent pour toi. C'est par là que tous les futurs génies passent, paraît-il.

— Fuck ! fit l'une des filles, des trémolos extatiques dans la gorge. Et c'est là que tu étudierais ?

— Peut-être. Je suis pas décidé. J'aimerais bien Paris, aussi, mais mon père dit qu'il ne se passe plus rien de sauté, à Paris…

— C'est vrai, bafouilla l'autre gars, dans une tentative ultime pour récupérer des bribes de l'ébahissement admiratif des deux filles. C'est fini, Paris, j'ai lu ça dans un magazine, l'autre jour…

Qu'il s'en aille, qu'il s'en aille au plus sacrant, se répétait intérieurement Camille, qu'il se fasse engloutir par ces villes floues qui se referment sur leurs proies, monstrueuses Drosera, et leur inoculent un parfum de néant et d'irréalité, que son aura maudite se volatilise pour de bon à Beyrouth-la-sanglante ou Oriximina-l'Amazonienne… Car cela n'était plus tenable, toujours l'angoisse et le déchirement en le croisant, l'appréhension et le désir tremblant de le croiser, toujours. Je n'aimerai plus personne, se disait Camille, personne ne sera jamais aussi beau que lui.

— Pas avant l'année prochaine, de toute façon, conclut Lucky Poitras.

— Ah, l'Europe ! exhala l'une des filles.

— L'Europe, ou l'Amérique du Sud…

— Ou l'Asie ! C'est super, aussi, l'Asie, paraît-il.

— Djakarta, Istanbul…

— N'importe où, mais ailleurs…

— Ah oui, ailleurs, AILLEURS !

Ils frissonnèrent de concert, traversés par la nostalgie de ce qu'ils ne connaîtraient jamais, là-bas la vie exultait sans eux, parée comme une courtisane arabe, jungles volcans et révolutions grandissimes, comment devenir et être dans la drabe slotche de Montréal. Lucky sortit de sa poche un petit sachet, un miroir, une lame.

— Directement de Lima, sourit-il. Pure à 90 %.

Les yeux des autres s'allumèrent, ceux de Camille tentèrent d'y comprendre quelque chose. Ah bon, oui, maintenant, elle voyait : de la poudre blanche, excessivement chère, qu'ils allaient s'enfiler par les narines, allégresse garantie. La lame de Lucky se mit à cliqueter joyeusement sur le miroir tandis que les autres, dans l'expectative absolue, respiraient avec difficulté. Lucky poussa le miroir en direction de la plus vieille des filles.

— Commence. Tu peux en faire deux lignes.

Il lui tendait aussi un billet roulé en guise de paille que l'autre gars prit la peine de défroisser soigneusement.

— Un cent ?... Un vrai cent dollars ?

Lucky haussa des épaules quelque peu ennuyées par l'amateurisme.

— Ben quoi ?... Mon père m'en donne comme ça à tous les deux jours...

— Ostie que t'es chanceux, capitula l'autre.

Et pourtant, ce père n'avait l'air de rien, une tête affairée et grisâtre, des vêtements de fonctionnaire, un bungalow simplet que mille fois Camille avait couvé du regard, car les Poitras n'habitaient qu'à deux kilomètres de chez elle. Mère anémique, sans luminosité aucune. Un enfant, unique de toutes les façons.

Après avoir sniffé sa première ligne, Lucky Poitras se tint un moment les yeux mi-clos, puis il les ouvrit et les darda abruptement sur le miroir, le grand, celui à travers lequel Camille n'avait pas cessé de jouer les Mata-Hari.

— En veux-tu, Star War ? demanda-t-il, le sourire finement goguenard.

Camille se rejeta aussitôt en arrière, catastrophée, tout ce temps il avait été conscient de sa présence, le traître, et il n'avait rien manifesté, comment lui pardonner jamais, elle s'enfuit à tire-d'aile par l'autre corridor, anéantie par l'humiliation et par cette nuance très insupportable dans sa voix, fendante ironie, oui, mais pire encore, commisération et pitié, comment lui pardonner jamais.

* * *

Examen de mathématiques, le second de la session d'hiver. Le prof distribuait les questionnaires en se déplaçant latéralement, crabe burlesque et cravaté, afin de ne rien perdre des mouvements suspects qui auraient pu provenir de ses victimes, car il était vieux et haïssait excessivement les tricheries.

Assise la dernière au fond, Camille réfléchissait à la théorie des ensembles. À sa façon. C'est-à-dire qu'elle était à dresser mentalement un inventaire de ce qui la distinguait de l'ensemble des autres filles : cela promettait d'être désespérant. Voyons voir. L'ensemble avait des seins. L'ensemble portait les pantalons à fourche basse et les montgolfières en guise d'épaules prescrits par la mode. L'ensemble se maquillait. L'ensemble aimait *Dynastie* et la planche à voile. L'ensemble vibrait aux mêmes incompréhensibles plaisanteries et partageait les mêmes mots de passe. L'ensemble idolâtrait Prince et Ozzy Osbourne. L'ensemble avait des amis, des partenaires sexuels et de grands projets de maternité. L'ensemble avait un père en forme d'homme. L'ensemble savait toujours jusqu'où ne pas aller pour demeurer dans l'ensemble.

Bon. Subsistait-il dans tout ça quelque chose de réparable, pouvait-elle décemment espérer quelque nivellement prochain dans ces innombrables disparités ? Guère, très guère. Les seins refusaient de lui venir et la musique d'Ozzy Osbourne lui donnait des maux de tête.

Alors que le vieux prof progressait rapidement vers elle en dépit de sa démarche suspicieuse et latérale, Camille prit une décision soudaine, irrévocable : elle était condamnée à être différente ? Soit. Elle le serait totalement. Sa position à la queue du peloton ne lui assurait aucune espèce d'intégration ? Très bien. Elle en prendrait la tête.

— Tenez, ricana le vieux prof en laissant choir le questionnaire sur sa table. Pour enrichir votre collection de zéros…

Camille ne daigna rien lui rétorquer, le mépris n'aurait qu'un temps, mathusalémique crustacé.

* * *

— …mille… matiques… triche… amille…

Voilà qui était fulgurant et promettait d'ébranler les assises confortables de l'astronomie moderne : l'univers ne serait pas en expansion constante par suite du fameux Big Bang originel, mais les milliers de galaxies en mouvement dans l'espace se déplaceraient parce que aspirées par une force mystérieuse, une masse énorme tournoyant aux confins du cosmos. Pas éjectés du passé, mais aimantés vers un impact futur. Pas exhalés, mais inspirés. Cette masse énorme nous magnétisant à la vitesse de six cents kilomètres par seconde prendrait-elle donc le visage de notre apocalypse, le grand visage impénétrable et terrifiant de Dieu ?…

— …arler… chologue… mère… amille…

Ils étaient sept à prôner cette révolutionnaire théorie, et pas des plus crétins, non, sept astrophysiciens réputés pour leur sagesse et forts de l'estime générale, dans les universités de l'Arizona et de Cambridge, au très sérieux Dartmouth College, aux observatoires nationaux de Kitt Peak, de Lick, de Greenwich… Une seule femme, parmi eux : Sandra Faber, de Californie. De plus en plus d'adeptes scientifiques gagnaient leurs rangs et leur cause, se laissaient séduire par ce concept de « vaste convoi » précipité dans le ciel, car de lumineuses espérances venaient d'éclore brusquement, la solution se retrouvait braquée devant, et non derrière, les générations montantes pourraient partir à l'assaut de la Vérité bouleversante.

— …triche… amille… TRICHE… arle !…

Il fallait écrire à cette seule femme parmi ces sept, cette homina faber de l'observatoire de Lick, Californie, il fallait exiger de plus amples explications, lui offrir assistance et collaboration… Car l'obscurité, à bien y réfléchir, demeurait quasi totale, l'énigme avait été inversée, d'où émanaient ces innombrables corps célestes qui sprintaient aussi follement vers la Force de gravitation mystérieuse ?…

— CAMILLE ! JE TE PARLE !…

Tiens donc, l'ennemi venait d'être débouté de son flegme, l'ennemi perdait pied. Camille coulissa un œil dans sa direction : J. Boulet – car c'était lui, l'inévitable – arborait un sourire lisse de Bouddha bien au-dessus de ses affaires, mais plein de choses venimeuses se bousculaient dans son regard bleuâtre, il regrettait sans doute que la strappe et la torture ne fussent plus de mise pour éduquer les enfants. Elle se résigna à regagner le mièvre soubassement où se tenait cet homme, l'histoire qu'il était à s'inventer tout seul devenait ennuyante à mourir et risquait de la cloîtrer ici pendant des siècles.

— Je n'ai pas triché, dit-elle haut et clair.

— Ah bon, eh bien, tiens donc, jubila cet homme, pour qui la moindre réfutation était jouissance, car matière à cogner dru en retour. Je ne demande qu'à te croire, crois-moi, tu sais combien je souhaiterais te faire confiance.

Il se leva, ragaillardi, alla s'adosser à la fenêtre, tout contre la plante qui avait succédé au ficus assassiné – un philodendron pertusum dont les vastes feuilles, nota distinctement Camille, ne purent réprimer un tremblotement de répugnance à son contact.

— Explique-moi une ou deux petites choses, dit J. Boulet. Je ne comprends pas bien. Depuis septembre, zéro partout, ou presque. Puis tout à coup, en maths et en physique, le même jour : BINGO !… La connaissance infuse, le score plus que parfait, cent pour cent, ah ah petit Jésus, qu'on se bidonne et que c'est facile. Alors ?

— Quoi ?

Il était étonné qu'elle parle, même peu, cela bouleversait la méthode pédagogique qu'il avait entreprise avec elle au prix de quel bringuebalage de méninges ; cherchant à s'adapter à ce nouveau symptôme, il refeuilletait mentalement les encyclopédies qui avaient nourri sa prime carrière et lui avaient laissé sans doute ce teint de papier mâché – chapitre XLVIII, volet trois, petit b) Comment opérer avec les enfants schizophrènes qui refusaient de parler mais qui maintenant parlent –, attends un peu mon J., tu n'as pas fini d'être bouleversé, se réjouissait Camille.

— Je veux savoir qui t'a refilé les questions d'examens, dit-il finalement, froid et succinct.

— Personne.

— Je ne te crois pas.

Camille se racla la gorge avec une déférence hypocrite et se leva elle aussi.

— Dans l'ensemble E, commença-t-elle à réciter avec un timbre monocorde, on définit des opérations qui, à l'aide de deux parties, permettent d'en obtenir une troisième. Si A et B sont deux parties de l'ensemble E : 1) l'intersection de A et B, notée A inter B, est formée des éléments de l'ensemble E qui appartiennent à la fois à A et à B, ce que l'on appelle l'ensemble des éléments communs ; 2) l'union ou la réunion de A et B, notée A union B, est formée des éléments de l'ensemble E qui appartiennent à A ou à B, c'est-à-dire à au moins l'un des deux. Par conséquent, si X appartient à A inter B, donc X appartient à A et X appartient à B, et si A est inclus dans B, A inter B = A. Par ailleurs, A, B, C étant trois parties quelconques de l'ensemble E, la différence des éléments de l'ensemble E qui n'appartiennent pas à E est une partie de l'ensemble E appelée partie complémentaire de A. On note E-A : C A/E quand il n'y a pas...

— Ça suffit, dit J. Boulet.

— Les ondes électromagnétiques comprennent selon leur longueur les rayons gamma – de 0,005 à 0,25 angström –, les rayons X – jusqu'à 0,001 micron –, l'ultraviolet – de 0,02 à 0,4 micron –, la lumière visible – de 0,4 à 0,8 micron –, l'infrarouge – de 0,8 à 300 microns – les ondes radioélectriques – du millimètre à plusieurs dizaines de kilomètres –, et toutes ces ondes se propagent, dans le vide, à la vitesse de 300 000 kilomètres/seconde et oscillent selon un paramètre de...

— ÇA SUFFIT, J'AI DIT !

Il avait plus que pâli, J. Boulet, grande face blanche barbouillée ici et là de poils et allumée par deux cailloux déments, hou ce n'était pas joli à voir.

— Y faudra vous habituer, dit tranquillement Camille. Dorénavant, j'aurai 100 % partout.

Elle lui tourna le dos et marcha hors de son antre, il ne tenta rien pour la retenir.

* * *

Elle les haïssait.

Cela la réveillait, parfois, cela occupait une grande place tangible dans ses intérieurs, un poids mou parasitait son estomac comme lorsqu'on a trop mangé. Enceinte d'une haine à deux têtes. Cela lui suçait de l'énergie mais lui en infusait en retour : des osmoses monstrueuses circulaient en elle, quand elle les regardait, qui auraient glacé d'effroi plus d'un généticien mis au courant de la chose.

Ils se voyaient souvent, dans la clandestinité la plus parfaite, croyaient-ils, benêts. Tous les mercredis soir, chez Michèle. Lorsqu'ils la pensaient au diable vauvert en compagnie de son père. Elle avait pris la sournoise habitude de revenir plus tôt, c'était une telle masochiste luxure que de les surprendre par les fenêtres, que d'épier durant des heures leur gluante promiscuité. Ils se téléphonaient, aussi. Ricanements d'arriérée, petite voix traînarde qu'empruntait Michèle en ces laides occasions. D'autres fois, Michèle sortait le rejoindre en alléguant une réunion du Barreau ou n'importe quel prétexte gâtifiant. Il n'y avait qu'à la regarder pour savoir, bonheur niais étampé dans la face quand elle volait à sa rencontre.

Ils échangeaient un peu de mucus, se tâtaient maladroitement, en aveugles pudibonds. Ils parlaient beaucoup, en même temps, instructives conversations.

— Pas normale, disait J. Boulet. Pauvre petite Camille, si peu normale…

— Oui mais mais, résultats brillants, maintenant, première de classe partout, maintenant…

— Justement !… Duplicité !… Pire que tout, la duplicité.

— C'est vrai, la duplicité…, soupirait Michèle en se tordant les mains.

— Elle te ment, elle NOUS ment depuis des mois en feignant l'ignorance crasse… Terriblement malsain, le mensonge…

— Précisément, parlant de mensonge…, déglutissait faiblement Michèle. Il me semble, ne croirais-tu pas, que dirais-tu, j'aimerais TELLEMENT qu'elle sache… pour nous deux…

— Attendons encore un peu. Je sens chez elle, comment dire, comme des bribes de méfiance… à mon égard… (ô le sagace imbécile!)

— C'est parce qu'elle te connaît mal… La pauvre enfant n'a pas eu l'occasion d'apprécier véritablement les contacts masculins, vraiment masculins, tu comprends… (ô la navrante épaisse!)

Que faire, où frapper, comment égrener la superbe du bicéphale ennemi? Camille courait désespérément d'une fenêtre à l'autre et braquait sur eux la seule arme qu'il lui fût donné de posséder, le téléobjectif de son nouvel appareil photographique. J. Boulet et Michèle se pelotant sur le sofa. Schlack. J. Boulet empoignant avec des délicatesses le téton droit de Michèle. Schlack. J. Boulet demeuré seul et se curant méditativement les narines. Schlack. Gros plan des grosses fesses de J. Boulet, nues et livides comme dans un film d'horreur. Schlack. Gros plan du zizi de J. Boulet, une virgule égarée dans la brousse. Schlack.

Le moment opportun, elle aviserait. Cette édifiante collection de photos, agrandies et artistiquement encadrées, ferait joli sur les murs de la poly, ou tiens, sur ceux de la Commission scolaire, toujours soucieuse de lier plus intime connaissance avec son personnel.

* * *

C'était une automobile noire élancée, une sorte d'oiseau de proie posé sur la neige.

— Limousine de sous-ministre, avait ricané Marie-Pierre, qui s'y connaissait en choses douteuses.

Ce soir-là, elles revenaient du bistro L'Odéon, la panse garnie de gastronomies illicites – comme chaque semaine –, et une neige follette les avait incitées à marcher un peu sur le Mont-Royal. Accalmie et beauté. La ville devenue métaphore, rêve d'écureuil engourdi dans un érable. Et soudain, à un tournant, elles avaient aperçu la voiture. Un bel objet brillant en stationnement interdit, dans lequel deux silhouettes avaient l'air de danser.

— Retournons sur nos pas, avait dit Camille, appréhendant gangsters et terrorisme.

Marie-Pierre lui avait adressé un sourire tout en aspérités.

— Aucun danger, ma poulette. Ils sont beaucoup trop occupés.

— Pourquoi ? Qu'est-ce qu'ils font ?

Il y avait une grande et une petite silhouette dans la voiture, la plus grande étreignait l'autre presque avec violence. Marie-Pierre fut sur le point d'entraîner Camille ailleurs, mais elle haussa les épaules, après tout le spectacle de la vie est pour tout le monde.

— Il y a des requins, dit-elle. Ils achètent le corps des autres et ils le mangent.

Camille la considéra avec des yeux effrayés.

— Je parle au figuré. Enfin, pas tout à fait.

La plus petite silhouette venait d'émerger à l'extérieur et de refermer la portière, l'automobile noire amorçait des manœuvres ronronnantes de décollage.

— Et plus le corps est frais, ajouta Marie-Pierre avec un rien de durcissement, plus le requin est content.

— Ah. Tu veux parler de prostitution.

— Oui, s'étonna Marie-Pierre. T'as raison. Appelons les choses par leurs noms.

Elle prit le bras de Camille pour l'inviter à poursuivre la promenade, mais Camille se raidit, obstinément rivée au sol. Elle regardait cette chose inconcevable : devant elles, il y avait la voiture luisante qui filait sur la neige et, abandonné derrière, marchant déjà à pas d'adulte pressé par l'existence, il y avait Lucky Poitras.

16.

Les mots tombaient comme des poids morts : derrière eux, derrière leurs petits cadavres empilés civilement dans la chambre, plein de lueurs se profilaient qui ne verraient jamais le jour, le non-dit rôdait en se lamentant et c'est lui qu'il fallait tenter d'écouter de toutes ses forces.

— L'hiver, disait Maurice.

Il entendait par là : j'ai froid j'ai mal venez à mon secours maudit baptême, n'importe quoi pour revoir le parc Lafontaine dans ses bourgeons éclatés et ses odeurs de lilas, je donnerais n'importe quoi, gnochon imbécile qu'attends-tu pour faire un miracle ?

— Je t'ai apporté des chocolats belges, soupirait Dominique.

Il voulait dire : vois comme je fais mon possible, parlons d'autre chose pour l'amour du ciel parlons tout court, essayons d'établir entre nous un lien minimal pourquoi n'as-tu jamais été intéressé par mon existence ?

— Traitements sadiques, disait Maurice, maudite chimie qui te fait lever le cœur comme un ivrogne, moi qui avais les cheveux en pleine santé regarde-moi, bande d'assassins, ordonné de me sacrer la paix, pour une fois m'ont écouté les imbéciles, viennent de réaliser qu'ils me rendent malade à me soigner de force, envie de les poursuivre en justice pour abus de pouvoir et affaiblissement criminel d'organisme, qu'est-ce que tu en penses ?…

Il voulait dire : vais-je si mal que ça ?

— Repose-toi donc, disait Dominique, fais un peu confiance aux autres, essaie de dormir, je vais tenter de t'obtenir une chambre particulière, si tu veux.

Il voulait dire : oui.

Six mois au maximum, avait sentencé le médecin. Maurice était infesté de métastases, voilà la raison pour laquelle, à court d'arguments, on avait interrompu la chimiothérapie. Seules des complications pulmonaires le retenaient encore à l'hôpital : aussitôt que l'on aurait évincé ces symptômes parasites, hop, il serait libre d'aller mourir où bon lui semblerait.

Dominique l'observait sans émoi. L'émoi n'était pas de mise, ni l'affolement, Maurice restait encore trop semblable à lui-même, vivant et exécrable, pour imaginer qu'il pût un jour en être autrement. La mort demeurait une abstraction à laquelle Dominique n'arrivait pas à croire tant qu'elle ne s'était pas installée pour de bon et alors c'était trop tard, il ne pouvait trouver de rapport logique entre une carcasse rigidifiée inerte et un être à borborygmes et à souffle, aucun fil crédible ne reliait ces deux entités distinctes – pomme et poire, cheval et veau, vague parenté de forme et c'est tout. Et il en était de même pour nombre de concepts nébuleux – la vieillesse, notamment, la vieillesse était un leurre et un mystère : comment croire en toute ingénuité que Maurice avait déjà été jeune, par exemple, que quelque part dans un passé enfoui, le visage de Maurice était autre chose que ce cloaque crevassé, IMPENSABLE, totalement impensable, les gens naissaient vieux et malades ou jeunes et beaux à jamais, ne POUVAIENT se métamorphoser à ce point, autrement tout cela était monstrueux, monstrueuse la vie et abominable son sens cruel de la continuité.

Près d'eux, heureuse diversion, le compagnon d'infortune et d'hôpital de Maurice, à angle droit sur son lit, mangeait une pomme. C'est-à-dire que des quartiers de pomme déflagraient dans sa bouche avec force, on ne savait qui de la mâchoire ou du fruit était à se désintégrer aussi spectaculairement.

— Je vais le tuer, dit Maurice. Dis-lui d'arrêter ou je le tue.

Force de la nature, s'extasiait intérieurement Dominique, même trémulant dans les affres de l'agonie, même exténué jusqu'à la moelle, son père trouvait l'énergie de haïr, voilà qu'il déroulait son animosité en direction du voisin de chambre avec toute la conviction dont il était capable – le malheureux cessa immédiatement de mastiquer, atteint par quelque chose de froid et de sec qu'il ne s'expliqua pas.

— Sourd-muet ! fulmina Maurice. Ce type est SOURD-MUET ! Ha ! Il fait plus de vacarme qu'une armée de dinosaures en marche, qu'une tribu de macaques hystériques, il ne mange pas, il spliche-splache effroyablement, il ne boit pas, il niagarise, il cataracte infernale, et quand il dort, c'est un million de fois pire, je le tue avant de sortir d'ici, il a inventé une nouvelle façon de respirer – beû-GARR beû-GARR – et son sang, me croirais-tu, le sang qui lui circule dans les veines fait un gargouillis épouvantable on jurerait qu'une motoneige lui sprinte dans les artères – pourquoi ris-tu ?

— Mais… m'enfin, papa, tu ne vas quand même pas lui interdire d'exister…

— QU'IL EXISTE MOINS FORT ! Tiens, ferme le rideau, rien que de le voir me défonce les tympans.

Dominique s'exécuta, après avoir glissé un long regard du côté de l'homme-orchestre : il était plutôt jeune, avec un visage réjoui qui jurait dans l'environnement anémique. Une femme était entrée sans bruit dans la chambre et maintenant elle se tenait près de lui, ils conversaient à l'aide de leur dialecte de signes et semblaient échanger des propos très gais. Dominique les contempla un moment, recueilli, leurs mains voletant dans les airs avaient la sérénité des choses qui sont plus fortes que la mort.

Maurice s'était mis à regarder intensément par la fenêtre : grisaille du stationnement et du ciel, bancs de neige souillés, retournés sur le flanc comme des galettes de détritus, lumière souffreteuse en perte de vitesse, déjà, avant d'avoir pu jaillir tout à fait.

— L'hiver, recommença-t-il à soupirer.

Dominique se déplia au-dessus du fauteuil, enfila une manche de son vieil anorak, eut besoin de regagner sur-le-champ la liberté extérieure, l'oxygène même imparfait de la rue Jeanne-Mance.

— Je la vois partout, dit abruptement Maurice. Elle entre ici à toute heure du jour, elle se cache derrière les infirmières, elle prend la voix du médecin, elle me regarde à travers les rideaux, je la vois même dans le fond de mes assiettes, dans le miroir, dans la cuve des toilettes…

— De qui parles-tu ?

— Mais c'est la nuit, le pire – la voix de Maurice n'était plus qu'un chuintement angoissé. La nuit, elle vient s'asseoir carrément sur mon lit, je la sens, un poids glacé qui me coupe les jambes oh dieu du ciel maudit, elle vient plus près à chaque fois, quand je ferme les yeux elle émerge de l'autre côté de mes paupières, elle est partout noire épouvantable, plus je hurle dans mes rêves plus elle s'approche de moi, je la vois sans arrêt je te dis, en ce moment même pour l'amour du Christ elle est devant moi JE LA VOIS DANS TES YEUX !...

— Calme-toi, dit Dominique, et il lui serra les mains comme on fait à un enfant qui cauchemarde.

— Chch... ne prononce pas son nom, supplia Maurice, étreint par l'épouvante, ne dis surtout pas son nom, parle-moi, dis-moi n'importe quoi, j'ai la chienne, AIDE-MOI !

Quels mots inventer, quels gestes, toute l'impuissance du monde sur ses épaules, Dominique commença à réciter d'une voix tremblotante les premiers vers glanés en désordre dans sa mémoire, le *Cortège* de Prévert.

— Un vieillard en or avec une montre en deuil/ Une reine de peine avec un homme d'Angleterre/Un serpent à café avec un moulin à lunettes/Un ramasseur de conscience avec un directeur de mégots/Une petite sœur du Bengale avec un tigre de Saint-Vincent-de-Paul...

Maurice avait fermé les yeux, presque calme, seule une petite veine folle tressaillait encore sur sa tempe et criait au secours.

— Un membre de la prostate avec une hypertrophie de l'Académie française/Un contrôleur à la croix de bois avec un petit chanteur d'autobus/Un chirurgien terrible avec un enfant dentiste...

* * *

« J'ai la peau douce. Touche. Touche là, dans l'entrelacs du cou et de l'épaule, là où ça luit comme une nectarine et où c'est fragile. Ça suffit. Je suis douce comme ça sur toute ma périphérie, tu peux me croire, ma douceur est si considérable qu'elle en deviendra légendaire. C'est en dedans que j'ai des dents et des cicatrices. Oui, en dedans, ce doit être quelque chose à voir : barbelés et stalactites, déchirures toutes raccommodées de travers. On ne peut pas encaisser de coups semblables impunément, sans qu'ils finissent par s'imprimer quelque part. Du moins, les apparences sont sauves, mon chou, mes belles apparences n'ont-elles pas le satin et le lisse des êtres qui n'ont jamais souffert ?

« C'est à dix-huit ans que mon existence a basculé par en dedans. Note ça. Dix-huit ans. Le bel âge. L'âge maudit du début de rien, en ce qui me concerne. À dix-huit ans, les filles explosent de partout, leur corps est en fête, l'amour les ouvre, les embaume, ah que je les ai haïes, que j'ai haï leur sensualité et ce hurlement primal qui les faisait naître une deuxième fois… Elles étaient interpellées par la vie, elles pouvaient s'y jeter tête baissée, comprends-tu, tandis que moi, j'étais une enveloppe désertée, j'étais une morte, moi – mais avec les mêmes appétits, les mêmes excitations qu'elles, plus Femme qu'elles, peut-être, mais condamnée au néant à cause de ce corps, de ce maudit misérable corps.

« Alors j'ai fui en dedans, à l'intérieur de moi, là où j'étais une femme et où je n'avais pas besoin de seins pour le prouver. J'ai tiré les rideaux autour. Disparus, les apparences, les corps, les surfaces menteuses. La vie de l'esprit, l'étude, la recherche… J'ai récolté de telles notes, à la faculté des sciences, qu'ils en sont restés estomaqués. Universités McGill, Yale, d'Oxford, de Cambridge, de la Sorbonne : j'ai tout raflé, partout, premiers rangs, bourses, honneurs, primes au succès… Je suis devenue une dynamite pensante. Le Cerveau de l'Amérique.

« Je m'ennuie d'eux, parfois : mes petites cellules folichonnes, mes amibes, mes tréponèmes spiralés, mes beaux trypanosomes. Comme un jeu de logo, une circulation métaphysique : tu regardes sous le microscope et ils sont là sans que tu t'en doutes, ils font sérieusement leurs petites virées parallèles sans s'occuper de toi. Les bacilles sont tellement géométriques qu'on les croirait en plastique. Les foraminifères ont des rosaces de toute beauté. Les radiolaires ressemblent à des flocons de neige. Ça se renifle comme des chiens pour se reconnaître, ça se bouscule un peu, ça s'agglutine, ça forme des chaînes, des toiles d'araignées, des sets carrés, ça se cannibalise dans la bonne humeur, oh ça mène une joyeuse vie au-dessus de tout soupçon. Dans la discrétion. C'est ce que j'aimais d'eux : leur discrétion. Leur simplicité. Ne ris pas. Leur authenticité, si tu veux savoir : dans la vie à notre échelle, pas moyen de mettre la main sur des êtres dépourvus de calculs et de machinations, comme les microbes, qui existeraient simplement pour l'amour de l'existence. Shit ! Il faut toujours des buts, des désirs, des ambitions mirobolantes, nous sommes tellement chiants. Et arrogants. Moi, par exemple. Quand j'ai isolé l'hématozoaire responsable de la leucémie, quand j'ai identifié le premier virus d'Alzheimer, je me suis empressée de le gueuler sur les toits, d'en faire des traités, des conférences, des livres. Une pluie de distinctions m'est tombée sur la tête. Splouche !… N'empêche qu'après, quand je regardais mon hématozoaire et mon virus sous le microscope, quand je les surveillais

en train de s'adonner à leurs petites occupations inno-
centes, eux qui m'avaient laissée pénétrer sans défiance
dans leur intimité, je me sentais crapuleuse, j'avais
l'impression d'avoir commis une trahison. Oh, il
n'est pas facile d'être pur. Si cela avait été possible,
ce n'est pas une femme que j'aurais aimé devenir,
mais un ange. Un ange, mon chou. Est-ce qu'un
ange parviendrait à te faire bander ? »

— S'il avait votre apparence, sans aucun doute, dit
Dominique.

Les choses en étaient là, entre eux. Point de non-
retour, pensait Dominique. Il se trouvait embrasé par
Marie-Pierre Deslauriers, hebdomadairement Elle lui
offrait sa vie sur un plateau verbal, hélas ce n'était pas
suffisant, il aurait pactisé avec les plus effroyables divi-
nités et jeté son âme aux orties – s'il avait été persuadé
d'en avoir une – pour qu'Elle daigne coucher avec lui
rien qu'une fois. Elle ne voulait pas. Certes, Elle se
montrait outrageusement familière avec lui, tolérant
qu'il Lui effleure les bras, le cou, qu'il L'embrasse à la
saignée du coude ou sur d'autres sites inoffensifs, le
traitant en animal domestique que l'on affectionne
mais que l'on garde à une enrageante distance – à
cause des puces, peut-être. Ou des bactéries.

— L'autre jour, dit Marie-Pierre, un type m'a assurée
que je ressemblais à Sainte-Perpétue – tu sais, Félicité
et Perpétue, les martyres dévorées par des lions…
— Quel type ? Quelqu'un avec qui vous avez couché ?
— Mais certainement.
— Vous en passez combien, comme ça, par semaine ?
grinça Dominique.
— Le plus possible, répondit-Elle doucement.

— Pourquoi pas moi?

— Il ne faut pas mêler les choses. C'est de ton regard que j'ai besoin. Et d'une partie de ton cœur.

Elle marchait devant lui. Toutes les fois qu'ils se rencontraient, il y avait un moment où Elle cessait de parler et se mettait à déambuler ainsi devant lui, excessivement lentement. Elle pivotait sur Elle-même avec une langueur de fauve pour qu'il La saisisse sur toute sa surface. Elle se déshabillait aussi, parfois, pas toujours. Exprès devant lui, pour que son regard L'atteigne partout. C'est un jeu, disait-Elle, regarde-moi comme si j'étais une statue, une image. Elle souriait. Il n'y avait aucune perversité dans son sourire.

— Les hommes ne savent pas regarder, dit-Elle. Il faut tout de suite qu'ils touchent, qu'ils empoignent.

— Mais moi? Moi?…

— Toi? C'est vrai, toi, mon chou. Je suis pour toi une Elle majuscule, n'est-ce pas?

— Oui.

— C'est ça qui me fait chier, fit-Elle gentiment. Je veux être une elle minuscule, une elle tout court. Je tiens à être empoignée, même si je déteste ça. J'aime qu'un homme soit poilu et immense, avec des épaules effrayantes, je suis bourrée de clichés et attirée frénétiquement par les machos. Je voudrais être vénérée par des armoires à glace, effleurée délicatement par des brutes. Je voudrais que Sylvester Stallone pleure en embrassant le bas de ma robe, oh, rien que d'imaginer Sylvester Stallone en train d'embrasser le bas de ma robe en pleurant, je deviens toute mouillée. C'est comme ça. C'est une malédiction.

— Je vois, soupira Dominique.

Il ne voyait rien, en fait, sinon qu'il ne serait jamais assez viril pour Elle : à peine deux poils sur le thorax, et encore, ils étaient blonds, ce qui annihilait toute velléité de mâlitude.

— Quand j'étais un homme, poursuivit-Elle en se rasseyant près de lui, quand j'étais un simulacre d'homme, moi non plus je ne regardais rien. Je ne voulais plus rien regarder, je te l'ai dit, toute ma vie se résumait aux plaques que je glissais en dessous de mon microscope. Un jour, j'ai levé les yeux, j'ai regardé : surprise ! Une femme se tenait à côté de moi, j'étais marié avec elle et je ne m'en étais pas même aperçu !

Elle éclata de rire comme à une désopilante facétie, entraînant avec Elle Dominique qui oublia un instant qu'il n'avait que deux poils chétifs sur la poitrine et pas l'ombre d'une chance de partager un jour sa couche.

— Ce qui prouve, sourit-il, que l'on a tort d'être distrait.

— Tu l'as dit. D'ailleurs, à partir de ce moment-là, la peur m'a domptée, penses-tu, j'ai réintégré instantanément le monde extérieur pour ne plus jamais le quitter des yeux !

Elle retrouva une espèce de gravité et se nicha l'épaule contre celle de Dominique, ô cette chaleur caniculaire qui émanait d'Elle.

— Les êtres combatifs ont quelque chose de magnétisant, dit-Elle. Michèle, par exemple…

— Personnellement, reconnut humblement Dominique, je suis l'être le moins combatif que je connaisse.

— Michèle, enchaîna Marie-Pierre sans tenir compte de la confession, Michèle a toujours obtenu ce qu'elle désirait et a toujours désiré des choses inaccessibles. Elle a eu sa première bicyclette à l'âge de deux ans, et sa première voiture à quinze. Elle a étudié le droit international dans une université japonaise exclusivement réservée aux hommes. Elle est devenue principale actionnaire de la plus grosse étude légale de Montréal. Et elle m'a eue, moi, sans aucun doute l'objet le plus inaccessible de sa panoplie. Oh, les êtres combatifs sont admirables, mon chou, le destin accepte de se plier à leurs caprices ou alors, ils le cassent en deux, tac! comme du petit bois d'allumage.

« Michèle m'a connue alors que mon cerveau commençait à enfanter de la gloire à pelletées, et elle est tombée fiévreusement en amour avec eux deux. Mon cerveau et ma gloire, ligotés ensemble comme des siamois. Il n'y a rien de plus sexy que la notoriété, tu dois savoir cela. À ce moment, il n'est pas une semaine où mon nom ne figurait quelque part, dans un journal ou à la télévision, la microbiologie était en voie de devenir plus à la mode que Pink Floyd. C'était embarrassant, tous ces regards braqués sur ma personne – tu vois comme j'ai changé depuis que j'ai mué d'écorce… Michèle m'a offert, en quelque sorte, de me protéger des autres. En échange, je la faisais participer au grand essor de la science moderne, quel troc fantastiquement honnête, mon chou, tu ne trouves pas? Du reste, c'était un être humain agréable, toujours vêtue avec une élégance rare, je nous voyais fort bien en train de manger ensemble un Wellington arrosé de Cabernet Sauvignon le samedi soir, et le dimanche, nous aurions discuté avec brio de trichomonas et de zooglées bénéfiques, ô la joyeuse équipée que celle-là! Hein? Pensais-je. »

— Mais, m'enfin, bafouilla Dominique, entre vous, la, les, le…

— … lit ?… Oui, évidemment, soupira Marie-Pierre. Cela aurait pu faire problème, mais Michèle se montrait très raisonnable, très patiente, tu vois, je l'avais presque convaincue que j'étais un pur esprit, je le pensais sincèrement moi-même. Presque, je te dis. Au début, il y avait l'ombre du Nobel qui planait sur moi, et qu'est un vague transfert de semences sexuelles auprès de l'ombre du Nobel ?

« Mais il n'y a pas eu de Nobel. Shit. Je dis shit pour elle, car moi, ça ne me faisait pas le début d'un pli sur la fesse gauche, ne fronce pas les sourcils comme ça. Le soir où qu'elle a appris que c'était un Américain qui avait raflé le Nobel, elle a pleuré toutes les larmes de son corps, la pauvre pitoune, "Comment peuvent-ils nous faire ça ?", sanglotait-elle, le destin se mettait à lui envoyer des pieds de nez pour la première fois de sa vie, elle a été mortellement déçue, bref, et elle a commencé à souhaiter obtenir d'autres choses inaccessibles à charge de revanche – mais CARRÉMENT inaccessibles, celles-là… – comme d'exiger que je me comporte différemment avec elle, que je me montre plus homme, vois-tu, mais oui, plus HOMME, moi ! quelle sinistre blague que l'existence, parfois, et nous avons commencé à être très malheureux ensemble. »

Marie-Pierre alla se verser un grand verre de cognac sans en offrir à Dominique et l'avala d'un trait.

— Je suis fatiguée, mon chou, dit-Elle.

— Attendez ! supplia Dominique. Voulez-vous dire que vous n'avez jamais couché ensemble ?

— C'est tellement important, pour toi. Eh bien, oui, mon minou, une ou deux fois, peut-être. Et l'enfant est venue tout de suite.

— Vous avez eu un enfant ? blêmit Dominique.

— Pourquoi pas ? Qu'est-ce que tu as contre les enfants ?… Il faut bien assurer la survie de l'espèce.

Elle lécha le rebord de son verre à petits coups de langue gourmands.

— Ce n'est pas une enfant, d'ailleurs, ajouta-t-elle en souriant. C'est quelqu'un de très vieux et de très sage, beaucoup plus que toi et moi. Pourquoi me regardes-tu de cette façon ?

— Je vous aime, dit Dominique, et Marie-Pierre lui abandonna distraitement une main qu'il tenta de broyer entre les siennes.

— Tu crois cela, dit-Elle. En réalité, ce n'est pas moi que tu aimes.

— Que voulez-vous dire ? JE VOUS AIME !

— Tu aimes l'idée que je représente, tu aimes en moi la Femme avec un F majuscule, justement… Tu es très énormément excité, mon chou, par mon F majuscule. Ne compte pas sur moi pour régler tes problèmes.

— Quels problèmes ? s'alarma Dominique. De quoi parlez-vous ?

Marie-Pierre lui tapota affectueusement la joue.

— Allons donc. Il y a en toi plein de zones troubles, ça se hume à plein nez. Pense à ça, la prochaine fois que tu tiendras ta petite femme sur ton cœur, et que ton sexe mignon restera flatte comme un gentil mollusque. Et maintenant, ouste, mon minou, je crois t'avoir assez vu aujourd'hui, va-t'en, je te dis !

* * *

Dominique se rendit jusqu'à la rue Saint-Denis, qu'il descendit exprès pour le plaisir acide d'être bousculé par le vent et de patauger dans la slotche, aux intersections. Le sel attaquait le vieux cuir de ses bottes et la neige diarrhéique peaufinait admirablement l'ouvrage, grelottant et trempé jusqu'aux mollets peut-être se trouverait-il ainsi empêché de ressasser les malaises plus internes.

Que voulait-Elle insinuer, pourquoi lui dire des choses blessantes alors qu'il Lui tendait son cœur tout nu ? Ingrate. Perfide. G… garce, voilà. Garce, garce. Il parviendrait à La haïr, un jour. Elle le croyait homosexuel, et sans doute trop lâche pour l'admettre, ah ah quelle imagination débridée et quelle extravagance gauloise.

L'était-il ?…

Et Dominique Larue, à demi suffoqué par le froid, se mit à épier les jeunes hommes qui zigzaguaient vélocement sur le trottoir, à tenter d'imaginer leurs cuisses velues, leurs petites fesses fermes, leur… queue, bon, queue, verge, pénis, bander, bandant, mais rien de rien, il ne sentit rien affluer en lui, pas le fantôme du spectre d'un début de désir. Rasséréné et claquant des dents, il jeta alors sa fantaisie lubrique sur les jeunes femmes qui s'en allaient galopant dans la rue, emmitouflées dans des peaux de bêtes… Fesses, fente, tétins, tétons, mouillée, vulve, spliche splache, chatte, minou, miaou miaou !

Rien non plus. Il ne sentit rien.

À quoi était-il donc ? À quelle sorte d'animelle ou de végéton ? Quelqu'un d'autre qu'une transsexuelle parviendrait-il à le faire frémir un jour ? Mais qui au juste, Lucifer, était-il, tant qu'à interroger l'insondable, QUI ÉTAIT-IL ?…

Un robineux, posté à l'angle de la rue Sainte-Catherine, lui révéla qu'il était le petit-fils de Jacques Cartier et de Lady Di. Ça ne lui coûta qu'un dollar.

* * *

Cette nuit-là, Dominique Larue commença, pour de bon, à écrire.

17.

Belle porte, se dit-elle. Frêne rose. Lourde et ornementée comme une florentine, avec des angelots en relief, des panneaux biseautés, une queue de dragon jouant les heurtoirs. Porte d'aristocrate. Ou de parvenu. Payée par elle, au fait, des années auparavant, car elle avait déjà habité là, derrière ces angelots joufflus qui roulaient de petits yeux salaces dans le frêne rose. Marie-Pierre se recula pour mieux juger de l'ensemble de l'architecture. Inouï. Elle avait résidé dans une chose aussi immense, susceptible de contenir plusieurs familles proliférantes. Pis encore, cette chose avait été sienne, à l'époque où elle était mâle pourvoyeur. Ma maison, gloussa-t-elle sarcastiquement. Figée dans une pérennité imbécile, atteinte d'immobilisme profond. Les fenêtres avaient été repeintes, c'est tout. Les pommiers avaient à peine grandi, à en juger aux quelques cimes hagardes qui émergeaient de la neige.

Il n'était pas trop tard pour rebrousser chemin. La maison, tout à coup, venait de reprendre une physionomie atrocement familière, le passé blafard ricanait derrière les fenêtres et la porte tarabiscotée : danger ! hurla la petite bête qui dort en chacun de nous, DANGER DANGER, vociférèrent muscles, viscères et vertèbres de Marie-Pierre, qui recula lentement, hypnotisée par l'angoisse, prête à s'enfuir sur-le-champ. Mais la porte s'ouvrit à ce moment précis, et Michèle apparut sur le seuil.

Choc, indéniablement mutuel. Elles échangèrent un regard ahuri. Michèle portait quelque chose de mauve et de soyeux, très joli, qui s'harmonisait avec le gris bourgeois de la pierre – ô cette aptitude à se fondre dans les décors qu'elle manifestait depuis toujours, cet esthétisme minéral, dans une vie antérieure elle avait dû être mosquée ou temple phénicien.

— Entre, dit-elle avec une impassibilité de granit.

Ni bonjour, ni grimaces préambulaires. Soit.

Après tout, elles s'étaient vues pour la dernière fois huit ans auparavant, aussi bien dire la veille, que sont deux mille neuf cent vingt-deux misérables journées lorsque l'on s'aî-aî-me.

— Comment vas-tu ? sourit Marie-Pierre. Tu sembles très en beauté.

— Je ne t'ai pas demandé de venir ici pour que l'on discute de nos états d'âme, dit sobrement Michèle. Donne-moi ton manteau. Tu peux garder tes bottes, si tu les assèches bien.

Elle n'avait pas changé. Ni les odeurs, ni le vestibule, ni rien de ce que Marie-Pierre pouvait embrasser d'un premier regard. Le temps, ici, avait mis des gants blancs – peut-être même s'était-il abstenu de passer. Tandis qu'elle livrait d'inimaginables batailles, écartelée entre des morts et des gestations déchirantes, tout, dans cette maison, n'avait pas cessé de prôner tranquillement la vanité du mouvement.

Marie-Pierre posa son sac sur le guéridon – le même, niché dans son invariable recoin.

(Pierre-Henri Deslauriers posait sa serviette sur le guéridon. Moment de silence et d'affaissement. Il abandonnait, avec sa serviette, le monde de l'infiniment petit pour pénétrer dans celui de la respectabilité. Le vestibule exsudait des odeurs de panique bien domptée.)

— Passons au salon, si tu veux, ordonna Michèle.

Tout ce temps, elle s'était livrée à des prouesses oculaires pour ne pas avoir à regarder Marie-Pierre, mais arrivées là, quasiment face à face dans la pièce très éclairée, il n'y avait plus de dérobade possible, ses yeux papillonnèrent, s'adonnèrent à des cabrioles effrayées mais finirent par s'immobiliser sur sa vis-à-vis.

— Mon Dieu ! exhala-t-elle faiblement.

Elle ne trouva rien d'autre à proférer, anéantie par l'incrédulité, statue de sel zieutant Gomorrhe et n'en revenant pas du tout, faciès pétrifié d'Australopithèque apercevant son premier mégalosaure. Coucou !

— Ça surprend un peu, au début, convint gentiment Marie-Pierre. Mais on s'habitue très vite.

Elle se congratula intérieurement d'avoir emprunté à Gaby des vêtements décents qui gommaient un tantinet son éclatante féminitude. Michèle la parcourut une dernière fois de son œil subjugué puis elle se contraignit à regarder ailleurs.

— Je n'ai pas l'intention de m'habituer, articula-t-elle avec effort. Venons-en au fait, au fait.

— Mais oui, dit Marie-Pierre, aimable pour rien.

— J'aurais pu prévenir la police, je te jure que ce n'est pas l'envie qui a manqué, je pourrais encore le faire d'ailleurs. Je te trouve dégoûtant, éclabousser Camille ta propre fille avec la fange dans laquelle tu te vautres, c'est très au-delà de ce que je puis supporter, tu es descendu bien bas, Pierre-Henri Deslauriers, bien bas.

— MARIE-PIERRE. De quoi s'agit-il, me feras-tu la grâce de te montrer plus explicite ?

— Il s'agit d'acte criminel, il s'agit de VOL, recel et détournement de mineure, est-ce que c'est suffisant, est-ce que ça te dit quelque chose ?

Elle ne criait pas, non, on ne pouvait pas dire qu'elle criait, les décibels de sa voix se tenaient à un niveau plus qu'acceptable, et pourtant l'on s'en trouvait assourdi, elle dégageait des sonorités violentes qui allaient vous atteindre plus loin que le tympan. La haine fait des miracles.

— Je ne vois pas, émit songeusement Marie-Pierre, non, détournement de mineure, je ne vois vraiment pas...

— Ne joue pas sur les mots, c'est de CAMILLE que je parle, et de VOL, je savais que tu essaierais de nier... Comment appelles-tu ça, quelqu'un qui s'empiffre au restaurant et qui se sauve sans payer, hein, Pierre-Henri Deslauriers, auras-tu au moins le courage de me répondre ?...

(Réponds, Pierre-Henri Deslauriers. Fouille dans le lacis ténébreux qui te tient lieu de cervelle et extirpe de là des réponses mortes ou vives. Pourquoi ne m'aimes-tu pas, pourquoi ne me prends-tu jamais comme on prend une femme, où ta vie s'enfuit-elle et avec qui, quel abominable secret gît derrière tes silences ?...

Et cette plus jeune Michèle attendait dans les affres, aurait attendu ainsi pendant des siècles car Pierre-Henri Deslauriers n'avait rien à donner, surtout pas de réponses, et voilà que les forces matrimoniales faisaient se muer les lieux en tribunal inquisitorial, voilà que chacune des pièces, des potiches, des molécules de la maison se mettait à scander sans relâche pour-quoi pour-quoi pour-quoi...)

— Nous marchions tranquillement dans la rue, cet homme surgit et empoigne Camille en beuglant qu'il la reconnaît et que voleuse! voleuse! EN PLEINE RUE à l'heure de pointe, si tu crois que c'est édifiant, si tu penses que je n'avais pas envie de disparaître sous terre, le propriétaire de L'Odéon en train de bousculer ma fille comme la dernière des gredines, il a fallu que je le calme, que je le rembourse sur-le-champ, trois cent vingt-cinq dollars, oh j'ai honte, je ne pourrai jamais te pardonner la honte que j'ai ressentie, TROIS CENT VINGT-CINQ DOLLARS!...

— Je te rembourserai, fit Marie-Pierre à voix basse.

— Oh? Vraiment? ricana Michèle. C'est trop. C'est trop aimable de ta part.

N'ayant jamais évolué à l'aise dans le sarcasme, elle reprit presque aussitôt un visage de circonstance, dignité accablée et affliction abyssale.

— Et la caméra? soupira-t-elle. La caméra que tu as volée et osé offrir à Camille et qui se trouve présentement au poste de police car j'avais des soupçons, combien fondés, triple hélas! Elle a été réclamée par quelqu'un, il a fallu que je prétende l'avoir trouvée dans une ruelle, ils ont été bien bons de me croire (surtout que les ruelles n'abondent pas dans le coin, se risqua à songer Marie-Pierre), quelle déchéance, quelle déchéance, mon pauvre Pierre...

Que rétorquer, qu'opposer à la morale bien pensante et à la logique cruelle des gens qui ont tout, compte en banque et conscience rutilante? Rien, bien entendu, quelques révolutions ont déjà fait des tentatives en ce sens – en pure perte.

— Je n'ai pas volé la caméra, dit humblement Marie-Pierre. Je te jure. Quelqu'un me l'a donnée.

C'était l'éberluante vérité. Trois nuits avant Noël, alors que Marie-Pierre périclitait dans un bar, un individu aux yeux exophtalmés était venu s'asseoir à côté d'elle, l'avait reluquée négligemment pendant une heure en s'envoyant une dizaine de bières derrière la glotte et lui avait confié soudain le sac qu'il transportait avec lui : « Je reviens dans dix minutes, Trésor Fatal, avait-il marmonné, garde ça pour moi… » Deux heures après, il n'était toujours pas revenu, et Trésor Fatal avait gardé le sac – qui contenait incidemment un appareil photo et deux ou trois objets connexes.

Michèle trouva l'explication si pitoyable qu'elle ne daigna même pas la contester.

— Tu comprendras que dans les circonstances, conclut-elle professionnellement, il n'est plus question que tu voies Camille de près ou de loin, que tu lui adresses la parole, que tu tentes quoi que ce soit pour l'approcher. Jusqu'à sa majorité. Mes avocats veilleront sur la chose : toute tentative de ta part sera considérée comme du harcèlement criminel et passible d'emprisonnement.

Elle s'absorba tout à coup dans l'inventaire recueilli de ses ongles – dix, elle en avait dix.

— Nous n'avons plus rien à nous dire, je crois. Estime-toi chanceuse… chanceux de t'en tirer à si bon compte.

(Zigzaguant et bavotant dans l'immensité des choses, couleuvrette opiniâtre mille fois éboulée par terre et mille fois redressée, Bébé Camille fonçait vers le but ultime du moment, Pierre-Henri Deslauriers, vertigineusement debout dans le salon. « Ma-ma ! zozotait-elle, en s'arc-boutant amoureusement sur ses genoux, MA-MA-MA… » « C'est papa qu'il faut dire, corrigeait

de loin Michèle, PA-PA-PA… » « MA-MA ! » s'entê-
tait à vociférer Bébé Camille, cramponnée au pli des
pantalons, et Pierre-Henri Deslauriers, touché par la
grâce, prenait la couleuvrette dans ses bras et la faisait
valser dans le grand espace intergalactique de la pièce.)

— C'est joli, tes rideaux… La dentelle a toujours
quelque chose d'aérien…

N'importe quelle phrase ferait l'affaire, pour l'instant, il s'agissait de colmater l'émotion, repousser précautionneusement la réalité afin qu'elle perde de son
acuité, gagner du temps, enfin.

Qu'avait-il été dit, quelqu'un avait-il dit quelque
chose, pourquoi cette maison charriait-elle des odeurs
de phénol et de sueur écœurantes ? Où était Camille ?
Camille. Voilà le nom de la douleur méchante qui lui
griffait l'estomac : Camille. Marie-Pierre reprit pied et
contenance.

— Bon…, dit-elle – elle esquissa quelques pas dans
le moelleux du tapis. Ce sera… – elle soupesa les mots,
soucieuse de faire précis – ce sera une grande souffrance… Pour elle aussi, tu comprends.

Étrange bruit, à côté. Marie-Pierre chercha du
regard : ça provenait de Michèle, une espèce de gémissement semblait turbiner à l'intérieur de sa gorge, se
débattant pour sortir.

— Ça ne va pas ? s'inquiéta Marie-Pierre.

Le gémissement prit de l'ampleur, fut sur le point
d'enfanter des choses effrayantes, sanglots ou hurlements peut-être, mais il se cassa tout net, soudain,
freiné par une volonté de fer.

— Non, ça ne va pas, expira Michèle, ça ne va pas
du tout, tu l'as toujours fait exprès pour que je me
sente coupable, je me sens coupable de tout avec toi,

comme si tout était ma faute, ce n'est quand même pas ma faute ce qui est arrivé, tout ce qui t'est arrivé à toi n'est pas ma faute, vas-tu me le dire un jour, vas-tu finir par me le dire, que CE N'EST PAS MA FAUTE?...

— Mais bien entendu que ce n'est pas ta faute, calme-toi, ma chérie…

— NE M'APPELLE PAS TA CHÉRIE! hurla Michèle, et elle se mit à sangloter pour vrai, toutes vannes béantes.

(Les larmes de Michèle jaillissaient de loin, comme d'un autre âge, «Ne pleure pas, ma chérie», tentait d'apaiser Pierre-Henri Deslauriers, «Je ne veux pas que tu deviennes une femme, se désespérait Michèle, je ne peux pas m'être trompée à ce point, pourquoi faut-il que cela m'arrive à moi?...»

Pierre-Henri Deslauriers posait sa main sur la nuque inconsolable: «C'est à MOI que cela arrive», aurait-il souhaité faire observer doucement, mais l'inanité des mots lui sautait en pleine face, les êtres sont condamnés à cheminer côte à côte, leur détresse parallèle sous le bras.)

— Elle me déteste, renifla Michèle, s'efforçant de réintégrer une apparence de flegme, elle me déteste depuis toujours.

— Mais non, ne dis pas ça…

— Je me fends en dix pour elle, je lui donnerais n'importe quoi, je lui DONNE n'importe quoi, mais ça ne sert strictement à rien, c'est trop injuste, les enfants sont écœurants d'injustice…

— Elle traverse une période difficile, prépubertaire, tu sais ce que c'est, s'entendit ânonner Marie-Pierre avec un certain étonnement.

— NON, je ne sais pas! cracha Michèle, griffes acérées. Pourquoi ce n'est pas toi qu'elle déteste, hein? Tu ne t'es jamais occupé d'elle, JAMAIS, pourquoi ce n'est pas toi qu'elle déteste?

— Je n'en sais rien, s'excusa humblement Marie-Pierre. Je te jure que je ne fais rien pour ça.

Michèle la considéra silencieusement, comme pour la première fois, et quelques défenses s'effritèrent sur son visage.

— Je ne devrais pas t'en vouloir, murmura-t-elle. Tu as toujours été bon, et gentil, et honnête avec moi, c'est vrai. Ma raison le sait. Si j'étais bonne, moi aussi, je ne t'en voudrais pas. Mais je ne suis pas bonne. Je suis déchirée par le passé et par Camille et par la sensation que quelque chose de ma vie a foutu le camp, et je ne m'en remets pas. Va-t'en, maintenant. Je ne souhaite pas te revoir… Marie-Pierre.

Mais pourtant, essayons encore un peu, vois comme un pont pourrait se tisser entre nos fossés respectifs, rejoignons-nous pour de vrai comme si ce carnavalesque mariage ne nous était jamais tombé dessus… Mais les mots se bloquèrent quelque part avant d'exister, VA-T'EN, répétèrent le fauteuil Chippendale l'horloge grand-père et le sempiternel guéridon, DÉCAMPE, MARIE-PIERRE, psalmodièrent les rideaux tapis et tuiles, les meubles et boiseries et même l'ombre de Pierre-Henri Deslauriers, surgi raidement en haut de l'escalier.

Donc elle s'en alla. Une voix chuchota « Bonne chance » tandis qu'elle refermait la porte derrière elle; elle se retourna mais il n'y avait personne, que les angelots en frêne rose qui lui adressèrent un clin d'œil compatissant.

18.

Depuis que l'amour avait fait irruption dans sa vie – shabadabada shabadabada –, Gaby se portait bien. Elle dormait toutes ses nuits tel un marmouset sevré, avait perdu trois kilos, arborait un œil frais et hygiénique. Et surtout, l'angoisse avait déguerpi, cette angoisse mollasse qui assassine les solitaires à petit feu pour les punir de ne pas assez endurer les autres, sans doute.

L'amour tient occupé. Désormais, Gaby n'envisageait plus les fins de semaine comme des no man's land pavés d'incertitudes, pas davantage ne se laissait-elle happer par les actualités télévisuelles desquelles surgissent toujours trop et inopportunément quelque visage famélique ou carbonisé, quelque victime non consentante des aléas pourtant naturels de la planète. Qui l'eût dit, le bonheur résultait de choses simplettes : savoir avec qui l'on va manger et dormir le samedi soir, ignorer les malotrus qui ont le mauvais goût d'agoniser ailleurs au même moment.

Luc Desautels drainait avec lui ordre calme et propreté. Plein d'autres choses, aussi, pour être juste, mais ces trois précédentes vertus valent d'être citées en exergue parce que rares chez les hommes, disons-le même sexistement.

Les fins de semaine se vivaient généralement chez lui, avec des temps pour les excès et d'autres pour la continence, l'ensemble, bref, syncopé de façon que tout y trouve son compte. Exemple. Si, certain soir, ils s'adonnaient à des rabioles de foie gras et des animaux mayonnaisés, le lendemain, ils broutaient des verdures crues. S'il avait été question le vendredi d'abondants alcools, il s'agissait le samedi d'eau très plate. Quand trois heures du matin les surprenait debout quelque part en pleine effervescence, c'est que dix heures du soir les avait vus couchés la veille. Splendeur de la règle de l'alternance qui savait s'appliquer à tout, mécréance impardonnable de l'avoir méconnue si longtemps. Un week-end sur deux se voyait consacré au plein air, l'autre ayant cédé aux jouissances enfumées de la ville. Une soirée au cinéma de répertoire était invariablement suivie d'une soirée au cinéma grand public, Pierre Richard succédant à Tarkovski dans la logique sans faille de Luc et de Lavoisier, rien ne se perd ni ne doit se manquer car on ne sait jamais où le chef-d'œuvre va frapper.

Gaby s'était accommodée fort aisément de ce plaisant ordre des choses, dorénavant on savait où on allait, que diable, foin des errances improvisées et de l'indécision qui tue – du reste son foie s'en trouvait mieux. Bien sûr, une petite partie d'elle, enfouie et tout à fait ignoble, ne pouvait s'empêcher – avant les représentations cinématographiques, par exemple – de lorgner avec désolation le pop-corn au beurre, de lui trouver des mines décisivement plus appétissantes qu'aux carottes crues, mais elle résistait, héroïque, la santé gagnait sans cesse du terrain sur le vice.

Question rôles sexuel et domestique, l'émerveille-ment perdurait. L'homme nouveau avait fini par naître, et Luc Desautels en constituait un prototype émoustillant. Non seulement épousait-il les revendications les plus intimes de Gaby mais il les devançait, les estimait timorées – la féminisation des termes était à prescrire, TOUTE la langue française par trop phallo se devait d'ailleurs d'être reconstruite, vivement la prêtrise et la papauté pour les femmes, ma Mère, enfin le choix des premières places sur les champs de bataille, ma Générale, anovulants et tampons hygiéniques couverts par l'Assurance-Maladie il va sans dire, garderies, BILLIONS de garderies disséminées dans les quartiers et les villages et les monts et les vaux, c'est un *must* et ça ne se discute même pas. Gaby l'écoutait, bouche bée, se pinçait intérieurement pour s'assurer de la véracité de l'existence, tâtait du regard l'entrecuisse de cet inénarrable Luc pour vérifier qu'il avait là un renflement non équivoque, si peu d'impérialisme, chez un mâle, ne laissait pas de l'ébaudir.

L'épineuse répartition des tâches ne faisait pas problème, ne le ferait jamais : il s'acquittait de tout. La participation de Gaby se limitait à grattouiller la pelure de quelques végétaux et à nettoyer occasionnellement le comptoir après, tandis qu'il avait couru les vivres et les aubaines à travers la ville, domestiqué la poussière, rangé l'inrangeable, qu'il démarrait les potages, ficelait les rôtis, entortillait les pâtes, assaisonnait les sauces, dressait les couverts, insistait pour laver la vaisselle d'une main et l'essuyer de l'autre, renettoyait le comptoir derrière Gaby, TOUT, disions-nous, et il ne s'agissait pas d'un euphémisme. Au début, prise d'atavisme femelle et de culturelle culpabilité, Gaby tenta d'intervenir. Une fois, entre autres, où il s'attardait dans une autre pièce, elle attaqua sournoisement la vaisselle : il ne fut pas long à survenir.

— Laisse, intima-t-il.

— Bien sûr que non, ricana-t-elle.

Ils insistèrent amoureusement de part et d'autre, se disputant le privilège de décrasser le fond des écuelles – cela devenant ridicule, Luc sembla plier. Sans rompre tout à fait, car il demeura tapi dans l'encoignure de la cuisine, à observer. Après un moment, Gaby, qui s'adonna à rencontrer son regard, y perçut distinctement comme une petite douleur.

— Qu'est-ce que tu as ?

— Mm ? sourit-il. Mais… rien.

Silence lilliputien.

— Là, dit-il enfin, en montrant mélancoliquement les verres. Il y a des taches. Et les ustensiles, minou. Il faudrait que. Si c'était possible. Si on ne les essuie pas tout de suite, ça fait des cernes, regarde, c'est épouvantable, c'est barbouillé, complètement. Je peux m'en occuper, si tu veux, minou.

Minou voulut, cette fois et toutes les autres après.

Les lundis, mardis et jeudis, ils prenaient congé l'un de l'autre à cause du travail copieux de Gaby qui la retenait souvent jusqu'à la nuit, mais ils se téléphonaient immanquablement pour se chuchoter des gentillesses. Et les mercredis, Luc couchait chez Gaby, afin de rompre libidineusement l'interminable semaine : influence métaphysique des lieux, teinte des murs ou affriolance des parfums féminins y lévitant, les mercredis soir, allez savoir pourquoi, ils faisaient beaucoup l'amour.

Luc apportait aux choses du sexe le même soin discipliné qu'au reste. Il aimait que la passion soit judicieusement encadrée car, autrement, comment distinguer le Sapiens du raton laveur ? Je vous le demande. C'est ainsi que l'amour se pratiquait toujours sur le lit, dans une ou deux positions inaltérables ayant fait leurs preuves. Gaby risqua subtilement des variations à quelques reprises mais il résistait, récalcitrant aux fantaisies comme le chat l'est à l'eau et l'hindou au Tamoul.

— Attends un peu, sainte bénite ! le freina-t-elle pourtant un mercredi, alors que le désir s'apprêtait à les conduire vers la chambre. On ne pourrait pas faire ça ici contre le mur, ou à moitié habillés, pour faire changement, ou sur la table de cuisine ou par terre, maudite marde, POURQUOI PAS PAR TERRE ?...

Luc la considéra un moment en silence, chagriné par l'âpreté de sa voix.

— Si tu veux, dit-il.

Il s'étendit docilement sur le sol. Gaby l'y suivit.

Mais rien de bon n'advint là ; sans le piquant de la spontanéité, ne restait que le dur du bois franc, et ils se relevèrent passablement courbaturés afin de poursuivre la chose sur le lit.

Tel était Luc Desautels. Charmant, propre, et d'une perversité très au-dessous de la moyenne. Certes, Gaby avait connu des amants plus inventifs. Mais personne, jamais, ne l'avait regardée de cette façon en lui faisant l'amour, personne avant lui n'y avait mis de l'amour, tout simplement – cela valait, à vrai dire, bien des perversités.

* * *

— C'est un bien grand malheur, disait Marie-Pierre, le regard affectueusement monopolisé par son entrecôte béarnaise. Les femmes se battent pour qu'on reconnaisse leur autonomie. Mais dans le fond, hein, ma chérie, nous rêvons toutes d'être entretenues...

— Meuh non ! s'insurgea Gaby. Qu'est-ce que tu racontes là ?

— Tu n'as pas remarqué ? – la voix de Marie-Pierre se fit susurrante. Surveille un peu, au restaurant, quand vient le temps de régler l'addition… C'est fou ce que les femmes se mettent à regarder ailleurs à ce moment, les pauvres chouchounes, c'est fou comme elles n'ont pas l'air concernées par la chose. Même dans les télé-romans de Lise Payette, les Libérées ne sortent jamais leur portefeuille pour payer leurs co-que-tails…

— En tout cas, je peux te garantir que Luc et moi, nous réglons tout moitié-moitié.

— Et ça te fait plaisir ?

— Certainement ! mentit Gaby.

Il était minuit, ce jeudi soir, elles se trouvaient atta-blées en compagnie d'amicales bouteilles et de très fraternelles viandes saignantes – manger avec Marie-Pierre signifiait déserter lâchement le brocoli diététique et ses verts mérites, mais Gaby ne s'en plaignait pas trop.

— Les Chinois l'avaient compris, pulsion égale contradiction, le yin et le yang ce n'est pas que pour les chiens. Prenons toi, par exemple. Repasse-moi un peu de ce pain croûté qui est un péché, ma chérie. Merci.

— Quoi, moi ? s'arrêta de mastiquer Gaby.

— Et le boursault, passe-moi le boursault, quelle onctueuse merveille. Tu ne manges pas de boursault ?…

— Oui. Prenons-moi-par-exemple. Qu'est-ce que ça signifie ?

— Ça signifie que tu as un côté yang très très fort. Je t'assure. Mais il n'y a pas de mal à ça, bien entendu.

Marie-Pierre contempla Gaby et son morceau de boursault avec la même souriante tendresse puis elle rota, comblée.

— Et ça fait quoi, un côté-yang-très-très-fort ? rompit doucereusement Gaby.

— Mon Dieu. Ça fait partie de toi, c'est tout. Le yang est mouvement, extérieur, chaud, fonctionnel, agissant, c'est le principe mâle de l'univers, comme tu le sais probablement.

Gaby déboucha une autre bouteille de vin pour célébrer l'événement : qu'est-ce que la vie ne nous réservait pas comme surprises, voilà qu'on lui révélait qu'une puissance phallique se dissimulait dans ses intérieurs et ne demandait qu'à surgir – les poils lui surviendraient bientôt en grand nombre, sans doute.

— Es-tu en train de me dire que je suis un homme qui s'ignore ? ricana-t-elle. Crois-tu que je devrais me faire opérer, moi aussi ?

Marie-Pierre leva les yeux au ciel et tendit son verre.

— Tout de suite les grands mots !… Y a pas à dire, vous êtes pointilleux sur la chose, vous, les Biologiques… Tout est toujours tranché au couteau pour vous, c'est tellement plus facile comme ça, hein ? Les Femmes d'un bord, les Z'hommes de l'autre, et swingue la baquaisse dans l'fond d'la boîte à bois !

Elle épongea son assiette et celle de Gaby à l'aide d'un vaste croûton imbibant, y ajouta un petit quart de kilo de fromage, pour la consistance, et deux trois rasades de vin, pour l'humidité, le tout s'évanouit immédiatement, gloups ! entre ses maxillaires besogneux.

— C'est un fait, déglutit-elle sobrement. Il y a beaucoup de yang en toi. Des pulsions mâles multiples qui gigotent et que tu ne laisses pas s'exprimer. C'est mauvais.

Gaby lui opposa un sourire grinçant.

— Tu m'énerves avec tes chinoiseries, le sais-tu ? Tu m'énerves énormément.

— Oui, persista Marie-Pierre comme pour elle-même, fascination du pouvoir, désir de vaincre et de mort, c'est très clair, quel dommage de retenir tout ça, c'est toute ta force motrice qui se trouve ralentie.

— Écoute, je sens que ton charabia m'exaspère, même si je n'y comprends que dal, et puis tu parles la bouche pleine, c'est écœurant. Je mets un peu de musique, O.K. ?

— Comme tu veux, ma chérie.

Un jazz somnolent se prit à sombrer dans la pièce. Marie-Pierre fit mine d'y prêter une attention recueillie quelques secondes mais elle ne s'estima pas réduite au silence pour autant.

— C'est un signe des temps, peut-être, reprit-elle sarcastiquement. Vous êtes tous pareils. Mâle et femelle enchevêtrés en dedans mais vous refusez ça, vous vous démenez pour rester conformes à votre façade externe, toujours. Ce doit être bien fatigant.

— Et toi ? dit Gaby. Parlant de façade… Le mâle-en-dedans-de-toi, qu'est-ce que tu en as fait ?

— Moi, ce n'est pas pareil, rit Marie-Pierre. Il n'était pas en dedans, moi, mon mâle, il se tenait à l'extérieur, et je lui ai réglé son compte.

Elle se leva soudain, émue par le trombone belliqueux qui venait de se joindre au piano, la musique était yang et elle avait envie de danser. Gaby l'observa d'un œil qu'elle aurait voulu vindicatif : il n'y avait rien à faire, cette chose hormonée, comme aurait dit Bob Mireau, parvenait inévitablement à la désarmer. Maintenant, par exemple, elle bougeait de façon heurtée et asynchrone sur la musique ; cela aurait dû être disgracieux, mais ça ne l'était pas. Peu importe ce qu'elle faisait et comment, le moindre de ses gestes acquérait une luminosité inattendue. Marie-Pierre Deslauriers semblait en accord TOTAL avec elle-même, voilà. Exaspérante harmonie que rien ne pouvait altérer. «C'est pour ça que je suis passée à ton émission de débiles, avait-elle confié quelque temps auparavant. Pour que les gens me trouvent harmonieuse et parfaite et que ça les écœure. Pour semer le doute dans leurs esprits tellement remplis de certitudes.»

Des doutes, elle en semait à la pelle. Gaby la regardait danser et elle se disait que c'était inexplicable, cet être inexplicable commençait à lui arracher de l'affection, à lui devenir quasiment nécessaire.

— J'aimerais beaucoup rencontrer ta fille, lui lança-t-elle à brûle-pourpoint.

Marie-Pierre s'arrêta de danser. Revint languidement vers la table et prit le temps de vider la bouteille de vin.

— Camille?… Elle est en voyage, présentement, Camille. Elle étudie à l'étranger, je ne te l'avais pas dit?

Elle s'abîma dans la contemplation de la boucle d'oreille qu'elle avait abandonnée sur la table au début du repas – du métal chromé, agressivement bon marché, qui représentait un oiseau difforme –, se l'accrocha au lobe, chercha l'autre boucle et ne la trouva pas.

— Shit, marmonna-t-elle. La vois-tu quelque part?

Elles interrogèrent les assiettes vides et les reliefs coagulés, fouillèrent à quatre pattes sous la table, dans les anfractuosités du plancher, la laine du tapis. Rien.

— Bof! On la retrouvera un autre jour, assura Gaby, la bouche en cœur et l'oiseau chromé enfermé dans sa main.

* * *

Elle aurait dû se douter de quelque chose, pourtant. Mme Wagner, à l'entrée, avait déplissé dans sa direction sa paupière de batracien; pendant deux substantielles secondes, ce matin, elle l'avait choisie entre tous, propulsée au faîte de sa serpentante attention. Le fait était rare et permettait quelque inquiétude. Et plus tard, dans les corridors de CDKP, il y avait eu ce pas de côté bizarrement esquissé par Henri – comme un cheval se cabre, il avait soudain obliqué vers un bureau attenant plutôt que de la rencontrer. Le destin nous glisse ainsi sans relâche des indices, mais on n'en a cure, on vaque myopement à ses petites affaires pendantes, ce que faisait Gaby.

L'affaire pendante du jour était un petit vieux aimable qui avait fait de l'assassinat pendant une vingtaine d'années – comme on fait des ménages ou des tartes à la farlouche. Il en avait tué douze, comme ça, pour le gouvernement du Canada, raconterait-il sur les ondes, beau métier propre et discret que celui de bourreau et qui ne laisse pas d'odeur, en attendant le rétablissement de la peine capitale il s'était recyclé dans le roman policier. Ensuite, il y avait cette jeune femme spécialisée dans l'hypnose à distance que Gaby se proposait de garder pour la fin de l'émission au cas où elle réussirait à endormir pour de bon les auditeurs.

Une fois ces nouveaux échantillons de la démence humaine expédiés au studio, la journée n'était guère avancée, il en restait plein d'autres – des meilleurs et des plus abominables – à débusquer et à caser dans les grilles horaires futures: c'est donc en galérienne échevelée et véloce, se démenant contre les téléphones et le temps qui fuit, que Bob Mireau la surprit cette fin d'après-midi-là, et il pénétra dans son bureau avec les précautions que l'on réserve d'ordinaire aux cathédrales.

— As-tu une minute ? s'enquit-il respectueusement.

La présence de Bob s'était faite si parcimonieuse, ces dernières semaines, que d'étonnement Gaby lâcha tout, récepteurs téléphoniques et hurluberlus arc-boutés à l'extrémité.

— Mais évidemment ! Des centaines, des billions de minutes, si tu veux.

Il lui dédia un maigre sourire et chercha un site convenable, parmi les journaux étalés sur la table, pour s'appuyer le postérieur. Mais cela ne sembla pas lui faciliter les choses, au contraire, il resta là, les reins coussinés par la presse du mercredi, le front parcouru d'ondes horizontales, muet pour le restant de ses jours.

— Belle journée, tenta de l'assister Gaby. Le printemps est dans l'air, non ? oui ?... Veux-tu qu'on aille prendre un verre ensemble quelque part, ou manger un morceau après l'enregistrement, oui ? non ?...

— Pas tellement le temps, grommela Bob, autre fois, peut-être.

Puis il se jeta à l'eau, floue, cela ne fit que de petites vagues, pour commencer.

— Les sondages BBM nous disent en perte de vitesse, as-tu lu ?...

— Tellement peu, balaya Gaby. On demeure au premier rang.

— C'est fâcheux, quand même. Ça commence comme ça, une centaine d'auditeurs qui te lâchent, puis c'est des milliers, puis c'est foutu complètement, non, je te dis, c'est fâcheux.

— Ce n'est pas la première fois, voyons, Bob, on a toujours remonté la pente, et raidement.

Il se réinstalla dans un silence boudeur ; une mèche de cheveux lui débula sur l'œil sans qu'il songe à la chasser – un petit garçon, songea Gaby, étreinte par la sollicitude, un petit garçon comique et misérable qui a besoin sans cesse d'être requinqué.

— Tu t'en fais trop, lui tapota-t-elle la main. Tu t'en fais toujours trop, tu es le meilleur animateur de la ville, que dis-je, du pays, les gens feraient des bassesses pour ouïr ta voix de velours, mon beau.

Il retira sa main avec une précipitation qu'il essaya, en vain, de camoufler.

— Justement, marmonna-t-il. Cette émission est particulière, elle repose en fait sur la recherche, presque uniquement sur la recherche, je sais que tu travailles énormément, Gaby, je sais combien ça peut être stressant pour toi.

Cette fois, Gaby comprit. Les vagues roulaient, énormes, dans sa direction.

— Shoote, dit-elle froidement. Arrête de tourner autour et shoote !

— Comprends-moi, évita-t-il de la regarder, je suis très très très content de ce que tu as fait jusqu'à maintenant, mais c'est un job éreintant, la recherche, qui demande constamment de l'innovation, il faut du sang neuf, de temps à autre, pour qu'une émission comme la nôtre, la mienne, roule, tu le sais, la radio, c'est implacable.

— Pourri, tu veux dire. Je suis congédiée. T'as quelqu'un en vue, à ma place ?

— Eh bien, rosit-il. Peut-être, mais je n'ai pas vraiment pensé, peut-être, oui.

— Laisse-moi deviner, gloussa Gaby. Je parie que son nom commence par P… P, comme dans PUTAIN, comme dans PRISCILLE. Hein ?…

— Ne sois pas vulgaire, soupira-t-il.

Puis elle craqua. Une terrible envie de s'effondrer la tête entre les bras, de se laisser aller toute, molle et vidée.

— Mon Dieu, Bob, chevrota-t-elle. Je ne peux pas le croire. Des années qu'on fait équipe ensemble, des années.

Elle ne trouvait que ces mots-là à répéter, des années des années, et ils contenaient en effet tout ce qu'il est possible d'exhaler d'amertume et d'accablement, des années de complicité de regards entendus de fous rires et de certitudes vibrantes que l'on touche quelqu'un pour vrai, en dessous du masque, des années de vent, au fond.

Ensuite, elle sentit que Bob Mireau s'approchait d'elle et lui effleurait la nuque, imperceptiblement. Sa voix lui parvint comme d'une pièce voisine, sincèrement abattue.

— C'est elle. Elle veut ton job à tout prix. Et moi, je la veux, elle, à tout prix. Plains-moi, Gaby, oh plains-moi, je suis entraîné dans quelque chose d'infernal.

19.

Les embûches se multipliaient.

D'abord, le printemps. Il avait décidé d'exploser en plein début de mars, le gueux, et cela troublait bien des concentrations précaires, dont celle de Dominique Larue. Ça sentait la renaissance, dehors ; pire, ça s'infiltrait en dedans, ça vous inondait de petite lumière gaillarde jusqu'à tard dans l'après-midi, et le sombre travail de l'esprit s'en trouvait affecté, que voulez-vous. Même en tenant les stores hermétiquement scellés et en s'enfermant dans les cagibis les plus enténébrés, Dominique Larue se voyait rejoint par un printemps biologique qui lui couraillait dans les veines et lui intimait l'ordre de s'envoyer en l'air, plutôt que de gratter schizophrènement le papier.

Le grattage schizophrène du papier avait pourtant porté fruit, ce n'était pas le moment de l'interrompre : deux cent quatre-vingt-onze pages empilées là, devant lui, monument de fertilité auquel il manquait cependant encore trop de morceaux pour qu'on puisse l'appeler roman.

Tiraillé, donc, par les morceaux manquants, harcelé par les invites grivoises du printemps, Dominique Larue n'était pas heureux malgré ses deux cent quatre-vingt-onze pages. Ce manuscrit était plein de Marie-Pierre Deslauriers, il embaumait son parfum et dégageait, son aura purpurine, il avait besoin d'Elle pour connaître son aboutissement. Or, Marie-Pierre Deslauriers se faisait évanescente depuis quelque temps, entrant dormir chez Gaby à des heures invraisemblables, ne manifestant plus de velléité de se laisser interroger et piller l'âme par Dominique.

Dans ces conditions, il n'y avait qu'une chose à faire, comme pour les sarcelles : L'assiéger dans sa tanière, s'imprégner au moins de ses odeurs à défaut de sources d'inspiration plus palpables. La Recherchiste avait décidément un grand cœur, à moins qu'elle n'ait été exaspérée de le trouver sempiternellement sur le seuil, marinant dans une patiente déconfiture ; elle lui avait remis les clés de l'appartement, il y serait plus confortable pour faire le pied de grue.

Tous les jours depuis, Dominique s'installait rue de l'Esplanade avec son manuscrit. Il regardait mélanco-liquement bourgeonner les arbres du parc Jeanne-Mance, en face, il se mangeait les joues, il relisait son manuscrit et le savait par cœur, il explorait furieuse-ment les tiroirs de Marie-Pierre dans l'espoir d'y déni-cher les morceaux manquants de son œuvre.

Elle avait peu de vêtements, Marie-Pierre, mais beaucoup de cosmétiques – et de lingerie légère, dans laquelle son identité semblait s'être toute réfugiée.

Dominique fourrageait dans la soie des slips et des soutiens-gorge sans être assailli par des pensées lubriques : ces trophées bouleversants qui bruissaient entre ses doigts disaient mieux que n'importe quoi la fragilité et l'ampleur du combat qu'Elle avait mené ; à les toucher furtivement, il se trouvait soudain en sym-biose spirituelle avec Elle, comme sur le point de saisir des bribes pantelantes de sa vérité et il réentendait sa voix, les inflexions rauques de sa voix qui savait narrer si calmement l'inénarrable.

« Imagine un peu, s'esclaffait-Elle, imagine la tête des autres quand j'ai commencé à me montrer sous mon vrai jour. Horreur et abomination ! Au secours ! Au monstre ! Les yeux paniqués de la petite réceptionniste du Centre de recherches le matin où je me suis pointée avec du mascara et des boucles d'oreilles ! L'effroi métaphysique de tous mes valeureux subalternes ! Polis, oh tout le monde archipoli, des Bonjour-monsieur-le-Directeur par-ici, des Comment-allez-vous-monsieur-le-Directeur par-là, et des sourires joviaux qui bégayaient : non non je ne remarque rien d'inhabituel, mais aussitôt le dos tourné, ouf, ça jaspinait ça caquetait ça s'affolait, qu'est-ce mon dou se pourrait-il, serait-il donc en train de revirer toc-toc ?... »

Elle riait, Marie-Pierre, Elle enterrait sous son joli rire de crécelle les humiliations et les vacheries de ce passé couillon, mais Dominique Larue, lui, ne parvenait pas à rire, son cynisme lui donnait la chair de poule.

« Je pensais que je pouvais les habituer tranquillement, gloussait-Elle, je me disais qu'avec un petit maquillage une journée, un petit bijou le lendemain, une petite jupette un peu plus tard, pourquoi pas, ils se feraient petit à petit à ma nouvelle image, ils verraient que je restais toujours le même brillant-efficace-et-ordonné-directeur, ils accepteraient graduellement ma nouvelle identité et m'en aimeraient davantage, et la chrysalide, dans l'estime et la tendresse générales, snif snif, pourrait enfin devenir papillon. Bullshit. »

C'est ainsi qu'à présumer de la tolérance des hommes et de l'existence du Père Noël, Elle avait tout perdu,

Marie-Pierre, chaire professorale à l'université, contrôle des laboratoires, poste de direction au Centre de recherches modernes du Canada et considération de ses pairs, il va sans dire, toutes mécaniques intimement liées. La débandade s'était faite si frénétique que ça en était désopilant, nombre de choses lui restaient cependant sur l'estomac, comme cette lettre du conseil d'administration du Centre lui réclamant les deux médailles honorifiques qu'on lui avait décernées récemment, lettre à laquelle Elle avait répondu aimablement que c'était impossible, chers Messieurs, les médailles lui étaient fort utiles en ce moment puisque utilisées comme cache-tétons dans son spectacle d'effeuilleuse. Ils L'avait crue, sans aucun doute, ils avaient dû être enchantés de sa réponse, voilà le genre d'abjection qu'ils espéraient d'Elle.

« Mais je les comprends, au fond, ajoutait-Elle miséricordieusement, qu'est-ce que tu veux, mon pauvre chou, je n'étais pas jolie-jolie dans ma période de transition, moitié mâle moitié femelle et pas moyen de savoir lequel va l'emporter sur l'autre, la face au vif à cause de l'épilation et du sablage, la pomme d'Adam proéminente au-dessus de mes seins flambant neufs, Hulk en train de muter vers une grâce encore lointaine, je les comprends parfaitement, moi-même à cette époque je détestais assez m'apercevoir dans les miroirs. »

C'est alors que Dominique Lui avait parlé de courage, croyait-il se rappeler, de son courage à Elle dans la traversée de ces choses épouvantables, et qu'Elle avait eu un sursaut de colère, son premier.

« Quel courage ? s'était-Elle emportée. Mais de quoi, pour l'amour, me parles-tu ?… À partir du moment où j'ai vu ce Transsexuel à la télévision américaine qui clamait que CELA était possible, je ne me suis jamais posé de questions, mon garçon, j'ai plongé là-dedans comme dans une eau de Jouvence, ce n'était pas une question de courage, shit, c'était une question de survie. Tu confonds tout, tu veux de l'héroïsme à tout prix, veux-tu que je te dise ce qui aurait été du courage, hein? Garder ma maudite écorce d'homme jusqu'à la fin de mes jours, voilà ce qui se serait appelé du courage, de ce faramineux courage que tu admires tant.»

— Vous avez trouvé? le salua sarcastiquement Gaby.

— Oh. Il est quelle heure?

— Deux heures trente. Du matin, bien entendu.

— Bien entendu, soupira Dominique.

Cette fois encore, il s'était fait surprendre par la Recherchiste les mains dans les dessous soyeux de Marie-Pierre: il ne s'en formalisait plus, ni elle, tous deux se montraient soucieux de respecter les libertés et les lubies psychotiques du prochain.

— Je suppose que je devrais rentrer, suggéra Dominique.

— Votre femme s'inquiète peut-être, oui.

— Nous ne sommes pas mariés, dit-il en manière de justification.

Elle lui offrit un café qu'il troqua comme d'habitude contre un verre d'eau citronnée, et ils s'assirent côte à côte dans la cuisine où persistaient à errer les relents carnivores de Marie-Pierre.

— Je me demande à quoi il ressemble, émit songeusement Dominique.

— Qui?...

— Le type avec qui Elle passe ses nuits – LES types –, plutôt, devrais-je dire, compléta-t-il avec une désolation polie.

Toutes les fois qu'ils se rencontraient par hasard, ils ne parlaient que de Marie-Pierre, particulièrement à cette heure mourante de la nuit qui semblait Lui appartenir en exclusivité. Dominique connaissait donc très peu de chose de Gaby, et elle de lui, mais cela leur convenait parfaitement, ils avaient ensemble cette zone commune et c'était reposant de n'en pas chercher d'autre.

— Il n'y a pas de types, dit tranquillement Gaby.

— Pourquoi dites-vous ça ?

— Parce que je le SAIS. Elle n'a jamais couché avec personne, et Elle n'est pas près de le faire.

— …

— Vierge, qu'on appelle ça, je crois, ironisa-t-elle en guise d'éclaircissement supplémentaire.

— Mais pourtant, s'ébahit Dominique, ses amants, Elle parle tellement souvent de ses amants…

— Oui. Et de sa merveilleuse mère Aster morte noyée. Et de son anonyme de père qui a trépassé à sa naissance.

Il attendit la suite. La Recherchiste s'exprimait avec l'assurance amicale de quelqu'un qui ne cherche pas à convaincre, mais qui dit les choses simplement comme elles sont.

— Sa mère s'appelait bien Aster, et c'est vrai qu'elle est morte quand Marie-Pierre avait douze ans. Noyée, c'est beaucoup dire. Noyée dans l'alcool, mettons : cirrhose du foie et ramollissement cérébral. Profession : prostituée. Assez jolie femme, oui, si on aime le genre criard. Son père, lui, vit toujours, en institution. Soixante-dix ans, très délabré, complètement sénile. A été condamné dans sa jeunesse folle pour des vols sans envergure et des tonnes d'agressions. Irresponsable et violent, le parâtre classique, bref.

— Comment savez-vous ça ?

— C'est mon métier, dit Gaby. Enfin, ça l'était.

Dominique ne releva pas la morosité soudaine dans sa voix : cela outrepassait leur zone commune.

— Et le reste, les études brillantes, le Cerveau de l'Amérique, le presque prix Nobel ?…

— Rigoureusement vrai. Elle fabule ici et là, vous savez, ça ne veut pas dire qu'elle ment continuellement.

— Mais comment savoir, maintenant, s'inquiéta Dominique, ce qui est vrai et ce qui ne l'est pas ?

— Quelle importance ?… C'est un roman que vous écrivez, ou un documentaire ?…

— J'aime la vérité, sourit-il faiblement.

La vérité, eut-il envie de rire. La vérité, c'est que Mado le croyait à la bibliothèque – certaines restent ouvertes toute la nuit, lui avait-il affirmé solennellement. La vérité, c'est qu'il fuyait frénétiquement la maison, et le téléphone, peur panique du téléphone qui déchire la quiétude lorsqu'il sonne tard le soir, pour annoncer des choses effrayantes, la mort du père, par exemple.

Ils s'en tinrent là, pour cette fois, recroquevillés en eux-mêmes. Gaby ouvrit grande la fenêtre : la nuit afflua aussitôt autour d'eux, chargée d'odeurs de terre qui incitaient à garder le silence.

* * *

La nuit, ici, n'avait jamais tout à fait prise : c'était des lumières qui éblouissaient plus crûment que le plein jour, c'était des déflagrations de portes, des voix incessantes, des bruits de corps qui luttent pour survivre coûte que coûte.

Maurice était effrayant à voir. Un teint d'outre-tombe, déjà, l'épiderme vaincu, les os remontant à la surface comme des choses essentielles – mais une vivacité malgré tout dans l'œil, qui ne voulait pas abdiquer.

— Assieds-toi, aie pas peur. C'est pas contagieux, mourir.

Le téléphone avait fini par rejoindre Dominique. À trois heures quarante de la nuit – ou du matin –, au milieu d'un sommeil informe d'animal, la voix de Maurice, tout à coup : « Viens. Je sais l'heure qu'il est. J'ai des choses à te dire. » Il avait raccroché presque tout de suite. « Il est mort ? » avait chuchoté la tête ébouriffée de Mado, à côté, immédiatement prête aux catastrophes et au soutien moral.

Pas encore, mais cela fondait sur lui à toute allure – jamais la mort de son père n'avait-elle osé se montrer à Dominique de façon aussi impudique et difficilement soutenable, exacerbée par le décor livide qui ne tentait même pas de camoufler l'évidence. Chambre à agonisants, que quelqu'un d'autre, après Maurice, imprégnerait de ses odeurs d'angoisse terminale, au suivant au suivant.

— Je ne voudrais pas que tu reviennes après cette nuit, je tiens à passer de l'autre bord tout seul, comme j'ai vécu, c'est l'unique logique possible, est-ce que tu peux accepter cela ?

— Oui, dit Dominique.

Peu d'images heureuses, mais quelques-unes, cependant, que la rareté rendait impérissables – comme cette fois où Maurice lui avait offert un oisillon, pour rien, pour le plaisir de lui donner quelque chose, et cette autre où il l'avait emmené au cirque, petites lumières fugitives dans les brumes de l'enfance, un sourire, une intonation douce, une main qui presse l'épaule, gestes parcimonieux et malhabiles mais gestes quand même, velours échappé du passé pour rappeler les liens vitaux du sang malgré tout le reste et pour faire se crisper le cœur, papa, mon pauvre papa.

— Fais pas cette tête-là, ça ira mieux pour toi après, y a rien de pire que de traîner un père qui est pas à la hauteur.

Il parlait si bas que Dominique aurait pu ne pas entendre si son attention n'avait été douloureusement cramponnée à lui, disposée à saisir les mots avant même qu'ils prennent forme.

— Mais non, tenta-t-il de protester, et Maurice agita une main fatiguée pour le faire taire.

— Y a plus de temps à perdre, ce n'est pas le moment de se raconter des menteries. Je ne t'ai pas aimé, je n'ai pas aimé ta mère, il n'y a qu'une personne que j'ai aimée, tellement fort, si tu savais, tellement fort que ça fait encore mal, il faut que je te le dise.

Les yeux de Maurice se débattirent dans l'eau une éternité, tandis que Dominique essayait de calmer les soubresauts rauques de sa respiration.

— Il s'appelait Julien, c'était un homme, c'était un très jeune homme, il travaillait à la librairie à côté de chez nous et quand je l'ai connu, ça a été un éblouissement effrayant. J'ai gardé tout cela en dedans si longtemps que ça a dû pourrir, tu vois, ton père est une vieille tapette honteuse, ÉTAIT, car je ne suis plus rien maintenant, plus rien. Ça a duré six mois avec lui, six mois d'extase extraordinaire, je ne peux pas te raconter à quel point, six mois à me cacher de ta mère et à me cacher de moi-même… Mais je n'ai pas pu continuer, je voyais ça comme une chose laide défendue alors que c'était un bonheur si éclatant, je n'ai pas été capable d'affronter ça, ni de toucher ni d'aimer personne, après… Il pleurait quand je l'ai laissé, je le vois encore, Julien, il pleurait comme un petit garçon, mais moi je le pleure depuis tout ce temps-là, trente ans que je le pleure en cachette, Julien, c'est ça qui est épouvantable et qui m'a rempli de poison…

Et Maurice se mit à pleurer, fort et librement, pour une fois. Dominique resta là à le regarder avec vigilance, à regarder ses mains flétries décrire ces petits mouvements harmonieux qui lui rappelaient inexplicablement Marie-Pierre. Puis, Maurice s'apaisa.

— Je vais dormir un moment, je crois, murmura-t-il. Tu me fais du bien, je sais que tu me pardonneras de ne pas t'avoir donné plus de place dans ma vie. Va te coucher, maintenant, essaie un peu d'être heureux.

Il semblait déjà dormir lorsque Dominique l'embrassa sur le front et quitta la chambre d'hôpital. Mais Dominique, lui, ne chercha pas le sommeil, il dériva pendant des heures dans le petit matin grelottant en se chantant tout bas des comptines.

* * *

C'est deux jours après que le téléphone sonna, une fois de plus, et que Dominique reconnut le médecin de son père, à la façon qu'il avait de se gratter la gorge lorsqu'il se sentait dépassé par les événements.

— M. Larue?…

— Il est mort? fit Dominique.

Silence et raclement de gorge.

— Pas… pas exactement, hésita le docteurâtre. Non, ce serait plutôt le contraire. Il va bien, il va même très bien, ses métastases ont complètement disparu, comme ça, volatilisées, c'est à n'y rien comprendre du tout…

20.

« *She wore bluuuue vel-vet*
Bluer than ever were her eyes... »

La voix d'Isabella Rossellini n'était pas exactement
ce qu'on se serait attendu à voir sourdre de ce corps
boudiné et mou qui se dandinait sur la scène, mais les
clients-clientes du Néfertiti, peu tatillons quant au
réalisme, ne ménageaient pas les applaudissements.
Tellement que l'éléphante interrompit un moment
son numéro de *lipsing* pour saluer, laissant la voix
d'Isabella Rossellini poursuivre toute seule sa mélopée
sur les amours textiles, ce qui n'incommoda personne.
Sauf Marie-Pierre, peut-être, reléguée au fond du bar,
et que l'amateurisme navrait toujours.

Elle ne se rappelait plus ce qu'elle était venue chercher ici : une chose semblait sûre, c'est qu'elle ne le
trouverait pas.

L'endroit était semblable aux autres du sud-est de
la ville dans lesquels elle s'était quelquefois fourvoyée.
Ni moins miteux, ni pire. Sa seule particularité, c'est
qu'il abritait des transsexuels de tout acabit, faux et
vrais, achevés et en devenir. Femmes pour la plupart
– ou du moins s'affichant comme telles –, mais femmes
exacerbées, au maquillage et aux atours de carnaval,

faune théâtrale semblant sortir tout droit d'une ancienne œuvre de Michel Tremblay.

La quantité de seins était impressionnante. Tout le monde en arborait, des ronds et des joufflus, des amples et des montagneux, tout le monde se les zieutait mutuellement, soupesant les volumes et les formes, conjecturant sur la supériorité des siens, haïssant celles qui en exhibaient d'invincibles. Les hormones et la silicone se portaient haut et ferme. Le reste des anatomies, cependant, nageait en pleine ambiguïté. Systèmes pileux affleurant sous le make-up, musculatures débordant des décolletés, arêtes aiguës fendillant les épidermes, et nombre de zizis, probablement, emprisonnés sous les jupes. Cela donnait des résultats spectaculaires, un tantinet monstrueux, cela sentait les créatures frankensteiniennes abandonnées en cours de route par leur créateur.

Une strip-teaseuse avait maintenant pris place sur la scène minuscule. PAMELA LOVELACE! avait annoncé le – ou la – MC, androgyne vestonné et cravaté. Et tout de suite, des vaguelettes avaient agité l'assistance, cette Pamela Lovelace semblait très prisée de ses pairs. Des accointances de longue date reliaient tout ce monde, visiblement, habituées du milieu et des sexes flous, les clientes chahutaient et s'interpellaient à travers la salle, par-dessus la tête de Marie-Pierre qui se tenait coite sur sa chaise, le cœur mangé par une détresse diffuse. C'était ça, au fond, qu'elle était venue chercher ici, un sentiment d'appartenance à quelque communauté, une espèce d'intégration chaleureuse qui romprait la marginalité au moins un instant, mais l'étincelle ne se produisait pas. Ne subsistait que le sentiment pénible d'être plus étrangère, plus exclue ici, parmi ses sœurs artificielles, que dans le monde biologiquement standard.

— Elle est pas laide, Pamela, commenta quelqu'une à l'adresse de sa voisine, toutes deux placées près de Marie-Pierre. Pas laide pantoute, c'est de valeur, ses cheveux... As-tu remarqué comme ses cheveux calent, sur le front ?...

— Ouais. Elle a de belles jambes, en tout cas, un petit peu ravagées par les varices, mais ça paraît pas trop, de loin...

— J'ai entendu dire qu'y fallait qu'ils lui remontent la matrice, le chirurgien a manqué son coup.

— Arrête donc, toi ?... Va falloir qu'elle lâche le strip pour un bout...

— Mouais. Elle va perdre sa job ici, en tout cas.

— Bwof. Pour ce que nous autres, on va perdre...

Elles échangèrent un petit rire aigrelet, et Marie-Pierre se demanda à quel stade de féminisation elles en étaient arrivées, elles, sous les fourreaux luisants qui leur moulaient les cuisses, et si la mesquinerie des esprits était yin ou bien yang. Mais les deux observées jetèrent à Marie-Pierre au même instant un regard pernicieux qui la fit battre en retraite derrière son quatrième gin soda. Surtout, ne pas se faire remarquer.

L'ennui avec les liquides, même alcoolisés, c'est qu'ils tendaient à conduire irrémédiablement vers la salle de bains. Depuis un moment, Marie-Pierre se tortillait sur place, angoissée à l'idée de devoir traverser le bar entre les haies de prunelles vindicatives, elle qui, en tout autre lieu, eût traqué coquettement l'attention. Mais ici, son intuition le lui jurait, l'exposition ostentatoire pouvait être dangereuse. Déjà, son statut d'étrangère lui avait valu quelques examens appuyés ; mieux valait se fondre, caméléonne, dans la quasi-obscurité. Elle profita donc du point culminant du numéro de Pamela Lovelace – la valse migratoire de la petite culotte au-dessus de la foule en délire – pour se glisser subrepticement vers les toilettes.

Oh.

Si le camouflage avait été possible dans la petite salle emboucanée et noire, l'heure de la vérité sonnait ici, sous les néons cruels, parmi la multitude. Car elles étaient au moins six à se refaire le maquillage, à attendre que se libère un siège, à fumer et à sniffer de la dope, à se shooter, aussi, – une seringue chuta presque aux pieds de Marie-Pierre –, à placoter, à rire. Et à la regarder.

Oh, ces têtes hallucinantes, ces caricatures de femmes au mascara trop noir, aux boucles d'oreilles trop bringuebalantes, aux appendices mammaires trop développés...

Monstres.

Marie-Pierre chercha frénétiquement quelque chose de rassurant à quoi s'agripper, son propre reflet dans le miroir, peut-être, mais voilà qu'elle ne parvenait plus à se reconnaître dans ce fatras de visages, voilà qu'elle se révélait atrocement semblable aux autres, atrocement excessive comme elles, mes sœurs, mes sœurs abominables.

Sa panique était si flagrante que des rires se mirent à éclore, les têtes convergèrent unanimement vers elle.

— D'où c'est qu'elle sort, celle-là ? résuma une grande noire à la crinière hérissée.

Elle s'approcha de Marie-Pierre qui recula d'autant, ankylosée comme dans un cauchemar.

— As-tu une graine, toi, rigola-t-elle, ou ben une plotte ?... Hein ?... Je te parle. As-tu encore ta graine, mon beau p'tit bébé ?...

Elle faisait exprès d'appuyer sur le gras des mots pour en exsuder toute la vivifiante vulgarité ; les autres se désopilaient, pliées en quatre.

— Montre ça à matante, récidiva Crinière Noire en avançant jusqu'à toucher Marie-Pierre, sépulcralement blanche. Je gagerais que tu l'as encore, ta vieille graine pourrie!…

— Non!…, bafouilla Marie-Pierre, l… laissez-moi, JE NE SUIS PAS COMME VOUS! cria-t-elle en s'enfuyant hors des toilettes, et du Néfertiti, si précipitamment qu'elle y abandonna son sac à main, l'un de ses talons hauts, et beaucoup de ses illusions.

* * *

La nuit était faite pour marcher, marcher sans trêve, il finirait par y avoir quelqu'un au bout de la noirceur; dans les histoires, il y a toujours quelqu'un qui surgit, et c'est l'amour. Dans les histoires des autres. Mais la sienne semblait tellement singulière, construite de guingois comme par un artisan aveugle, peut-être que son histoire à elle, déjà flageolante, ne supporterait pas que des inconnus s'y infiltrent. C'était là une pensée affligeante, comme toutes celles qui se trouvaient à l'assaillir tandis qu'elle marchait au hasard des rues léthargiques. Quelques bars étaient encore ouverts mais elle en avait hanté une quantité si phénoménale, ces derniers mois, que l'alcool lui suintait par les oreilles – ô ce besoin toujours pressant du regard des autres, ce besoin de croire à l'inconnu romantique qui ne se manifesterait jamais.

Marie-Pierre s'aperçut que ses jambes traîtresses l'avaient menée jusqu'à la rue de l'Esplanade, sans qu'elle y prête attention, là où la Recherchiste et l'Auteur attendaient pour l'épier sans doute – vite, obliquer vers le parc et les touffeurs amicales des érables.

Elle avait mis du temps à se rendre compte.

Cela n'avait débuté que par une impression, de ces impressions fuyantes que l'on chasse comme des moucherons parce qu'elles ne semblent fondées sur rien, mais qui reviennent et s'agrippent. Têtues.

L'impression d'être observée. Même claquemurée dans la salle de bains, même barricadée derrière la porte de sa chambre, même totalement seule dans le grand appartement de la Recherchiste. L'impression constante d'yeux sur elle, sur ses gestes et ses parties intimes. Elle était devenue d'une pudeur extrême, ne s'autorisant plus aucune espèce de licence exhibitionniste devant l'Auteur ou la Recherchiste. Mais toujours, malgré sa discrétion nouvelle, le sentiment hérissant d'être scrutée à la loupe.

Ensuite, les gens. Ceux qu'elle croisait sur le palier, sur les trottoirs, près des dépanneurs du quartier, jusque dans certains bars : depuis quelque temps, en la voyant arriver de loin, ils interrompaient immédiatement leur conversation pour ne la reprendre que lorsqu'elle était passée ; dans son dos, ces conciliabules, ces chuchotements dont il n'était plus permis de douter, cette cryptographie mystérieuse dont ils paraissaient détenir tous la clé. Et qui la concernait : impression opiniâtre, qui prenait vertigineusement des allures de certitude.

Il semblait y avoir une manière de lien entre ces deux impressions, que Marie-Pierre ne parvenait pas à circonscrire. Elle n'avait jamais appartenu à ces créatures faiblardes que l'imagination épivarde, elle connaissait le poids du rationnel et du tangible. Mais il fallait accepter l'incontestable, quelque chose se tramait, dont elle saisissait furtivement des bribes.

Ce n'est que plus tard qu'elle avait découvert les caméras.

Disséminées dans l'appartement aux endroits stratégiques, petits yeux noirs musardant à la hauteur de ses hanches et de sa poitrine, près du siège de toilette, dans la douche, au-dessus de son lit, dans les miroirs, partout où elle était susceptible de se dévêtir ou d'être nue. Partout.

Et maintenant lui revenait en mémoire tel et tel geste suspect de la Recherchiste et de l'Auteur, se relayant pour dissimuler ces caméras miniatures, vérifiant en douce qu'elles étaient toujours en place, au besoin en rectifiant subrepticement la position… Oui, tout s'imbriquait parfaitement, ces caméras alimentaient sans doute une chaîne de télévision parallèle, pirate en quelque sorte, à laquelle des gens avaient accès – voilà pourquoi ils la reluquaient de travers lorsqu'elle passait près d'eux, voilà la nature de ces conciliabules malveillants, ils ricanaient en se remémorant l'émission de la veille où elle avait figuré à son insu, nue et innocente, allongée dans son lit ou se savonnant dans son bain…

Oh, la duplicité humaine ne finissait pas de l'étonner, elle qui croyait en avoir inventorié le moindre méandre.

Marie-Pierre arrêta subitement de marcher. De nouveau, sensation d'être épiée, immédiate et prégnante. Gagnant jusqu'ici, jusqu'à la quiétude relative du dehors, se resserrant autour de son espace vital. Elle ne fut pas autrement surprise lorsqu'elle les aperçut tous en faction près du terrain de tennis, entourés de projecteurs et d'une ribambelle de techniciens blasés, fourbissant déjà les caméras pour mieux les braquer sur elle, un sourire effiloché de traître aux lèvres, l'Auteur, la Recherchiste, et même l'Enfant, déception hurlante, l'Enfant qui serrait affectueusement les doigts de Pierre-Henri Deslauriers, tous agglomérés dans leur émoustillant désir de se servir d'elle…

Elle courut pour échapper aux lumières agressives qu'ils dardaient dans sa direction, cabriolant à travers les souches, s'écorchant les coudes aux rosiers, semant des lambeaux de robe derrière elle… Elle courut puis s'arrêta, rejointe par un reste de bon sens.

Il n'y avait pas de poursuivants, ni de caméras. Les lumières, maintenant, l'encerclaient de toutes parts puisqu'elle se trouvait précisément aux intersections des rues du Parc et Mont-Royal, dans un enchevêtrement de lampadaires. Elle s'effondra sur le trottoir, fauchée par la terrible évidence, elle était en train de devenir folle, elle, le Cerveau de l'Amérique.

21.

Shelton. C'est un nom qui n'avait l'air de rien, Shelton, qui n'évoquait pas d'extravagance, on pensait tout juste à une marque de céréales fibreuses et insipides. Et pourtant, ce Shelton, cette méchante céréale de blé concassé, venait de donner son nom à une supernova. Salaud de Shelton, pensait Camille. C'est toujours aux Anglais que ça arrive : il se trouvait là, ce Shelton, à étudier bêtassement le ciel, il avait de grandes dents et des boutons, sans doute, et voilà que paf ! il découvrait une supernova, et que son nom allait passer à la postérité et s'étioler languidement dans le cosmos pendant des centaines de milliers d'années.

La vie recelait de ces injustices. Camille s'était juré d'être la prochaine de son siècle à découvrir une supernova, c'était là, lui semblait-il, un défi raisonnable si l'on tenait compte des kyrielles d'heures d'expectative passées au bout du télescope à ne laisser filer aucune fluctuation de lumière suspecte. Les supernovae ne fréquentaient guère les humains, avaient assez peu à voir avec les fraises, mettons, on ne les cueillait pas comme ça d'une œillade hasardeuse. La dernière supernova aperçue l'avait été en 1604, du temps de Galilée. Et maintenant, puisque Shelton-Wheats s'était emparé de celle-là, que restait-il comme probabilité terrestre de mettre le grappin sur l'une de ces merveilles ?…

Merveille périlleuse, toutefois, pour ceux qui l'avoisinaient trop familièrement. Que l'on songe un peu. Une étoile comme Sirius, distante de huit années-lumière (une année-lumière correspondant comme on le sait à la bagatelle de 9 trillions 460 milliards 610 millions de kilomètres…), qui se mêlerait de devenir une supernova, c'est-à-dire de mourir, entraînerait des cataclysmes sans précédent sur la Terre. Explosion nucléaire ravageuse – mais combien féerique – qui muerait soudain cette inoffensive étoile en astre dix fois plus lumineux et brûlant que le soleil, carbonisant du même coup les végétaux et les systèmes pileux, anéantissant l'ozone, déshydratant l'Atlantique, mettant ainsi un terme à la loufoque escalade guerrière… (Vous en vouliez, une bombe ?… En voici une, et naturelle, celle-là, que les écologistes se rassérènent.)

Quel vacarme, quels prodigieux remous sonores devaient se propager dans un espace oxygéné lors de l'explosion d'une grosse étoile… Camille tentait d'imaginer la chose : le mot « bruit » y perdrait tout son sens, sans doute, et l'oreille humaine, assez infatuée pour assister à l'événement, la faculté d'ouïr à jamais.

La nuit était claire. Castor et Pollux glissaient à l'est, Procyon projetait son phare interrogateur dans l'espace, le Lion se dirigeait vers Camille en caracolant doucement, empêtré dans ses mines naïves de berceau pour enfant. Cela était inépuisable et apaisant, il y aurait toujours cette beauté flottante, là-haut, dans laquelle glaner des forces, et Camille en ressentit un contentement inouï, tout à coup, le désespoir n'était qu'un vocable creux inventé par les gens qui ne regardent jamais les étoiles. Elle eut même une pensée fraternelle pour Shelton-All Bran, de l'autre côté du globe, qui, disait-on, avait perdu le sommeil, maintenant, depuis qu'il avait effleuré son premier mystère.

Le désespoir avait pourtant montré sa grande face laide ces dernières semaines, il n'avait pas toujours été possible de l'esquiver. Oh, ce premier mercredi de vide, à tenter de faire comme si de rien n'était tandis qu'il n'appelait pas, et voici qu'il était six heures et que Michèle, anxiété suspecte à l'encoignure des yeux, lui proposait des filet mignon frites petits choux au beurre crème caramel sa préférée, et voici qu'il était neuf heures et dix heures et minuit, jeudi samedi dimanche, et que le mutisme de son père devenait une chose affolante, un crime, un accident mortel. Il ne reviendrait plus, il était mort quelque part sans personne pour lui fermer les yeux, et Camille avait beau vouloir donner le change à l'ennemi, elle s'atrophiait à grande vitesse. À tel point que l'ennemi s'en trouva mobilisé, je t'en supplie, la supplia en effet Michèle avec cet air d'en connaître plus long, il va bien j'en suis sûre, j'ai entendu dire qu'il était très occupé, je t'en supplie mange un peu.

Occupé.

Cette éventualité était mille fois pire que la mort, comment manger et vivre si son père ne l'aimait plus, pas assez pour lui jeter au moins des miettes de signe de vie, comment faire pour se mettre à le haïr?... Puis il y avait eu la lettre.

Pas vraiment une lettre, des mots griffonnés à l'endos d'une carte postale, et acheminés d'invraisemblable façon. Un matin, alors qu'elle se rendait à l'école, le chauffeur d'autobus de huit heures tapantes l'avait accostée à l'entrée du véhicule : « Est-ce que tu t'appelles Camille?… Une femme m'a donné ça pour toi, maudit métier me v'là rendu facteur, une chance qu'elle était belle.»

La carte représentait un pan de ciel nocturne, les mots disaient ceci :

« Sois patiente, ma trésore. Des circonstances incontrôlables sévissent. Je viendrai bientôt te chercher, quand tu seras une femme. Marie-*Père*»

C'était tout. Sobre et implacable, et attestant que l'absence aurait une longévité sans appel. Mais, en même temps, il y avait cette lumière assurée au bout de la tranchée, son père l'aimait et l'emmènerait avec lui dans un futur à peine concevable, il fallait donc recommencer à vivre pour que le temps se morcelle plus vite. Et Camille, patiente comme une planète en formation, se remit à manger, à dormir, à récolter des notes impeccables. L'ennemi fut soulagé.

En ce moment, tandis que le Cancer s'étirait en plein mitan du ciel, cette femme, sa mère, occupait la maison avec l'autre de son engeance. Ils avaient maintenant la promiscuité extravertie, ils ne se gênaient plus pour s'agglutiner en public. Cet homme, maintenant, partageait souvent les repas de cette femme, et Camille était tenue d'assister à l'abomination. Cela s'était fait avec des entourloupettes doucereuses, comme une couleuvre se faufile dans le lit d'un oiseau. Mémorable samedi de printemps, où Michèle, brandillante d'émoi, lui avait livré la marchandise.

— J'ai beaucoup d'affection pour toi, avait-elle avant-proposé, tu es ma n'unique irremplaçable n'enfant, mais une femme a besoin, une femme, je suis encore une femme, une femme une femme, une femme a aussi besoin de.

Elle ne s'en sortait pas, entortillée dans des rougissements et des sueurs de jouvencelle, et Camille ne faisait rien pour l'aider, visage serré comme un couteau.

— Forniquer, avait-elle émis enfin. Dis-le, maman, forniquer.

Michèle avait alors perdu toutes ses couleurs et le peu de mots qui lui végétaient dans la gorge, elle s'était confondue en protestations sanglotantes – «je l'aime, s'était-elle ridiculisée, je l'aime et il m'aime et je te supplie de nous laisser vivre un peu cela moi qui ai tant tellement souffert de la solitude, d'ailleurs tu le connais déjà».

Et comment que je le connais, pauvre candide poire, pauvre fruit blet, je le connais mieux que tu ne le feras jamais. Et tandis que Michèle prononçait le nom exécré, Camille se demandait comment réagir : feindre l'ahurissement, lâcher des bramements d'épouvante, menacer de ne plus retourner à l'école, s'enfuir de la maison – ou rester là, comme un ver, à gruger perfidement la belle po-pomme de leur idylle ? Cette dernière option ne lui déplaisait pas, elle était la seule à présenter des possibilités réelles.

— Essayons, avait imploré Michèle, essayons une ou deux fois, je te jure qu'il t'étonnera, s'il te plaît, ma chérie.

Les une ou deux fois avaient proliféré, depuis, on ne les comptait plus pour ne pas vomir, mais l'étonnement, lui, tardait à se manifester. Acculée au répugnant, Camille s'était inventé des attitudes constructives.

Chacune de leurs agapes communes était devenue un champ d'expérimentation dans lequel elle trifouillait avec des subtilités de savant, à l'affût du défaut de la cuirasse, du talon d'Achille du Minotaure. Ce soir, par exemple, elle avait découvert que J. Boulet abominait le crissement que fait la fourchette lorsque négligemment frottaillée contre la canine ou l'assiette. Hataboy. La fourchette s'était alors vue livrée à de minutieuses gymnastiques qui lui avaient sans doute érodé l'épiderme, pauvre argenterie. Précautionneusement et par intervalles, toutefois, pour que l'opération conserve des allures d'innocence. J. Boulet souffrait avec discrétion, en couvant l'ustensile du crime de regards propitiatoires.

— C'est une belle passion, l'astronomie, se désâmait-il, bien belle et nourrissante, tu dois passer des heures comme ça à contempler les astres brillants sans te rendre compte du temps qui passe et qui *fugit*, hein, n'est-ce pas, Camille?…

— Crrrii…, opinait la fourchette.

— Des heures, tu peux le dire, des nuits entières, secondait jovialement Michèle, elle camperait dehors jusqu'à l'aube à 35 degrés sous zéro si je la laissais faire, n'est-ce pas, hein, ma chérie?…

— Crroui…

L'efficacité se voyait doublée si l'on ajoutait aux papotages de la fourchette une bouche activement entrouverte sur des nourritures en liquéfaction profonde, ou des clapotements de lèvres, ou quelque délicat et incessant reniflement qui indique sans coup férir que des humeurs louches s'entrechoquent dans les voies respiratoires.

— LA NATURE DONNE DES PLAISIRS EXTRA-ORDINAIRES, tonnait J. Boulet pour masquer les bruits ambiants. C'est comme moi, la cueillette des champignons sauvages, je peux errer des kilomètres en forêt pour débusquer des *cantharellus cibarius* et des *tricholoma flavovirens* et des *rozites caperata* et des *agaricus campester* qui sont bien meilleurs que les *agaricus silvicola*...

— Mais ce n'est pas un peu dangereux, se tourmentait Michèle, il n'y en a pas parmi eux qui sont vénéneux et même mortels?...

— Il faut connaître bien entendu, l'*amanita virosa* par exemple est tout à fait remarquable par sa couleur blanche satinée et sa volve et sa marge non striée et son odeur de rose un peu fanée qui suffisent à la distinguer des *agaricus* TORRIEU DE TORVIS POURQUOI FAUT-IL QUE TU GRATTES TA FOURCHETTE COMME ÇA?!!

— Qu... qu'est-ce, qu'y a-t-il?..., avait dégluti Michèle aux abois.

— J'en sais rien, maman, avait grelotté Camille, angélisme plaintif dans l'iris, voix attendrissante d'agnelle que des satyres déchiquettent.

La compensation était survenue après, sous la forme d'une polémique un peu poivrée entre Michèle et son Dulciné dans la salle de bains où ils manœuvraient pour se rendre discrets. En vain, car les oreilles de Camille auraient percé des cloisons autrement plus matelassées pour ne rien perdre de cette apothéose fondante qui rachetait au centuple le drabe repas.

— Elle me nargue, chuintait J. Boulet, tu ne t'aperçois donc de rien, elle a le don de m'émousser la patience que j'ai pourtant considérable...

— Tu exagères, je connais suffisamment ma fille pour savoir quand elle est innocente et quand elle ne l'est pas, perds un peu, je te prie, ces lubies butées de directeur d'école.

— Ah ah vraiment, lubies butées de directeur d'école, grinçait haut et fort J. Boulet hors de lui, tu veux que je m'en aille à l'instant, c'est ça que tu veux, que le directeur d'école et ses lubies butées maniaques maniaco-dépressives sortent de ta vie à jamais?…

Hélas, la symphonie avait été de courte durée, un silence efféminé avait succédé à cet échange viril, et ils s'étaient rabibochés dans les bras l'un de l'autre, viens que je te ne m'excuse et que je me ne t'embrasse. Mais un jour viendrait où le fiel des propos atteindrait un seuil irréparable, peut-être, et où la réconciliation se ferait malaisée, c'est ce vers quoi il fallait tendre toutes ses énergies créatrices. Elle dénicherait les odeurs auxquelles l'inconscient de cet individu était allergique et elle s'en oindrait de la tête aux pieds, elle coudrait des bactéries létales dans les ourlets de ses sous-vêtements, elle assaisonnerait les potages de ce mycologue grotesque de brassées d'*amanita virosa*, dont le nom vénéneux n'était pas tombé dans l'oreille d'une sourde.

En attendant, le Cancer était là, au-dessus de sa tête, disposé à l'entraîner vers des évasions provisoires, et Camille braqua sur lui le télescope. L'ennemi s'était montré soulagé de la voir déguerpir à l'extérieur, peut-être serait-elle autorisée à y séjourner une partie de la nuit. Tiens, dans l'amas de la Crèche, ne venait-elle pas de voir vaciller quelque chose, l'embryon d'une supernova, qui sait?…

— Salut!... C'est un globule de Bok que tu regardes?...

Lucky Poitras. Il avait surgi félinement de l'obscurité et il se tenait maintenant à quelques pieds d'elle, les mains dans ses poches.

— Nnon, bégaya Camille. C'est une, c'est un, je regarde la Crèche, un amas d'étoiles au milieu du Cancer, là, on la distingue un tout petit peu à l'œil nu, mais pas beaucoup parce que c'est pollué.

Parler faisait du bien, tenait l'émotion à distance, vite, trouver d'autres mots pour que le miracle perdure et que l'apparition ne soit pas tentée de se volatiliser.

— Les paysans l'appelaient la Ruche, et ils s'en servaient comme d'un test atmosphérique infaillible. Loin de la ville, on peut distinguer aux jumelles une dizaine d'étoiles. Mais avec mon télescope, j'en vois presque cent. Veux-tu regarder?

— Oui, dit-il.

Il s'approcha. Son odeur de chèvrefeuille, bizarrement, n'était plus qu'un filet, étouffé par des effluves gras qu'elle ne connaissait pas. Comme ça, de près, elle remarqua qu'il y avait des taches et des déchirures sur son beau jacket de cuir.

— Où est-ce que je regarde? chevrota-t-il.

Ce n'est qu'à ce moment que Camille s'aperçut qu'il pleurait. Sans un son, comme malgré lui, obéissant à une douleur fondamentale.

Elle le prit dans ses bras. Il était beaucoup plus grand qu'elle mais pesait étonnamment peu contre sa petite épaule, elle aurait pu le bercer ainsi des heures, dans l'émerveillement d'accéder à ce côté inespéré de l'armure, là où les hommes sont fragiles et tendres et se laissent consoler.

22.

— C'est là, affirma la Recherchiste.

Elle montrait le bas d'un duplex rénové avec une méticulosité rustique – portes et encadrements de fenêtres en bois décapé et reverni depuis peu, façade repoussée jusqu'à la pierre, jardinet, devant, dans lequel proéminaient déjà des touffes bien disciplinées de jacinthes et de jonquilles.

— Plutôt mignon, apprécia Dominique Larue, non sans une condescendance narquoise dont il eut honte.

— Oui, dit Gaby, en le regardant du coin de l'œil.

— Est-ce qu'il habite seul ?

— Il vit avec un garçon assez jeune, son petit ami, je présume.

De nouveau, elle le toisa rapidement de biais, sans lui poser de questions. Sa discrétion, depuis le début, avait été exemplaire. Dominique n'avait eu qu'à lui manifester son désarroi – il souhaitait retrouver quelqu'un dont il ne connaissait que le prénom et l'emploi exercé trente ans auparavant – et elle s'était mise en branle sans lui en parler, aiguillonnée par le défi ou l'amitié qu'elle lui portait. Deux jours plus tard, alors qu'il se rendait chez elle, elle l'avait fait monter dans sa voiture et conduit jusqu'à la rue Laval, jusqu'à cette petite maison coquettement retapée en face de laquelle ils étaient stationnés, maintenant, comme deux privés en filature.

— Son nom de famille est Gascon. Il a quarante-huit ans, mais il en fait un peu plus. Dans précisément cinq minutes, il va sortir travailler. Il travaille au ministère des Affaires culturelles depuis quinze ans. Il a acheté le duplex en 1980, il loue le haut à sa sœur Gisèle qui est divorcée et fonctionnaire municipale. Tous les hivers, il passe trois semaines en Guadeloupe. Il y a deux ans, il a failli mourir d'une infection très rare de la rate, mais il est complètement rétabli, maintenant. Voulez-vous son numéro d'assurance sociale?…

— Vous êtes aussi forte que la CIA, fit-il respectueusement.

— Bof, grimaça-t-elle. J'ai des contacts. Et beaucoup de temps libre, présentement.

Comme toujours, elle s'exprimait avec une désinvolture sarcastique, comme pour se moquer d'elle-même, et Dominique, peut-être pour la première fois, fut sensible au charme tranquille qu'elle dégageait. Il eut le sentiment, en même temps, d'une sorte de gaspillage, cette fille et lui étaient programmés pour ne pas se rencontrer davantage alors qu'il sentait bouillonner entre eux des similitudes étonnantes – jusqu'à cette manie qu'elle avait, comme lui, de se mordre les joues à tout propos sans s'en rendre compte. Peut-être l'aurait-il aimée, c'était là une hypothèse dérisoire, peut-être auraient-ils vécu quelque chose ensemble s'il n'y avait eu l'ombre démesurée de Marie-Pierre pour tout masquer autour d'Elle.

— Aucune nouvelle… d'Elle ? s'efforça-t-il de demander froidement.

– Non. Elle a laissé chez moi toutes ses affaires, elle reviendra sûrement les chercher. Un jour.

— Un jour, répéta-t-il, petit rire lugubre à l'appui.

— Je vous laisse ici ?

— Sans doute, soupira Dominique. Merci. Merci énormément.

Avant de descendre de voiture, il se tourna vers Gaby et ils restèrent là, un moment, dans une torpeur ridicule, à ne pas savoir quoi dire. Ils faillirent s'embrasser, mais échangèrent plutôt une poignée de main chargée d'une cérémonieuse émotion, comme s'ils se doutaient tous deux qu'ils n'allaient jamais se revoir. Puis, la voiture de Gaby s'évanouit au coin de l'avenue des Pins, et Dominique, les yeux rétrécis par le petit soleil vagissant, demeura seul en face de la maison de Julien Gascon, l'homme qui, trente ans auparavant, lui avait volé l'affection de son père.

Il ne savait pas comment il aborderait cet homme, quels mots précis parviendraient à frayer hors de sa bouche et à engendrer sur-le-champ une force de persuasion lapidaire. Ce qu'il savait, c'est qu'il voulait que cet homme l'accompagne chez Maurice le jeudi suivant, il voulait offrir Julien Gascon à Maurice, tel un présent enrubanné qui dirait mieux que les mots infirmes : vois, je ne te juge pas, tu n'es pas une vieille tapette infamante, vois, papa, comme je t'aime tel que tu aurais pu être. Et les yeux de Maurice se brouilleraient d'émotion et de surprise à la vue de ce petit Julien restitué, même l'espace de quelques heures, Julien Gascon aurait aussi des larmes ainsi que Dominique, il va sans dire, ce serait mélodramatique et très beau.

Tout à ces ruissellements futurs, Dominique faillit rater la sortie d'un individu qui s'éjectait du bas du duplex à ce moment précis, une mallette à la main et le pas trépignant de ceux qui sont en retard. Par chance, quelque chose chez les jonquilles retint soudain l'attention et le pas de cet individu à la mallette, qui alla reluquer les amaryllidacées sous leurs coutures pâlottes comme pour y déceler quelque malfaisant animalcule.

C'était un homme gras, à qui il manquait très peu de grammes pour qu'on le dise gros. Il portait un habit bleu clair étriqué aux épaules et distendu sur les fesses, qui lui donnait la silhouette surannée d'une bouteille de lavande, et il était chauve à contrecœur, c'est-à-dire que deux trois mèches grisonnantes avaient été implacablement ramenées de la nuque où elles logeaient à l'origine jusqu'au front rondelet et lisse – ce long périple, visiblement, ne leur avait pas plu.

La déception de Dominique fut grande. Le petit Julien n'était pas beau du tout. Trente années avaient passé, peaufinant leurs ravages, il voulait bien l'admettre, mais comment traîner jusque chez son père cette amphore pastel sans que cela soit interprété comme une gigantesque moquerie ?… Puis il songea que Maurice lui-même n'était plus trop accablé sous le faix de la beauté, et que ces retrouvailles improvisées scelleraient quelque chose d'essentiel, leur montreraient, à tout le moins, ce à quoi chacun d'eux avait échappé en rompant opportunément.

Cependant, l'homme à la mallette fouillait entre les gerbes de jonquilles en lâchant de menues onomatopées inaudibles, inconscient de l'intérêt qu'il suscitait. Dominique s'approcha de lui.

— M. Julien Gascon ? coassa-t-il.

L'habit bleu clair fendit le vent d'un quart de tour, le petit Julien parut, de face.

— C'est moi, s'étonna-t-il.

Or, cela était étrange, les yeux de ce petit Julien quelconque et gras se posèrent sur Dominique avec une ingénuité charmante, ils étaient d'un bleu de mer très pur qu'on aurait dit dérobé à quelque archange, on comprenait soudain, en les apercevant, de quelle étincelante façon le chauve petit Julien avait pu être beau.

— Je m'appelle Dominique Larue.

— Larue, Larue…, médita-t-il en souriant. Ça me dit quelque chose…

Oui, Maurice ressusciterait tout à fait en retrouvant, ne serait-ce qu'une fois, l'éclat ancien de ces yeux-là, il fallait donc que la rencontre ait lieu puisque Julien Gascon lui-même, malgré les trente années de flétrissement, semblait en avoir gardé de cabalistiques souvenirs.

— Larue, répéta-t-il, grave et ruminant. Mais oui! LARUE! Ce n'est pas vous qui avez écrit *Sans reproche et sans cœur* il y a de ça presque douze ans?…

— Ah… Euh… oui, convint Dominique, sous le coup d'un ébaubissement sans borne.

— Je le savais! jubila l'autre en laissant choir sa mallette au milieu des jonquilles. Je n'oublie jamais les noms importants, et votre roman était important, on sentait vagir là quelque chose de grand qui ne demandait qu'à prendre de l'envol et de la maturité. C'était un beau début de carrière, vous n'avez rien publié, depuis?…

— C'est-à-dire que…

Il y avait si longtemps que cela n'était arrivé – un étranger devant lui avec des mots favorables pour son ancienne prose –, si longtemps que quelqu'un d'autre que Mado ne lui avait donné le sentiment d'être un écrivain véritable que Dominique en éprouva une indescriptible frayeur, immédiatement épongée, toutefois, par un sec ravissement.

— Je termine quelque chose, en ce moment, se pavana-t-il modestement. C'est-à-dire que c'est terminé, en fait, mais la fin ne me satisfait pas totalement.

Les beaux yeux continuaient de contempler l'écrivain en lui avec une déférence sincère pour laquelle Dominique eut envie de l'embrasser.

— Perfectionniste, hein?…, approuva le cher et charmant Julien. Douze ans pour lécher un roman et vous ne vous en estimez pas complètement satisfait… – oh que ça nous change de ces excréteurs qui nous inondent de premières versions à tous les automnes, quelle misère. Et comment avez-vous eu mon nom?

— Eu votre nom?…, écholalia Dominique, sans saisir le rapport.

— Ce programme est encore tout à fait confidentiel, mais je peux vous certifier que vous êtes admissible, et même assuré d'obtenir une aide substantielle, nous gardons ça entre nous, bien entendu.

Sur ces phrases sibyllines, la porte du bas du duplex s'ouvrit de nouveau, et émergea à la lumière du jour un éphèbe ravissant qui portait un sweat-shirt noir et des shorts si serrés et si courts qu'un espiègle testicule, à tous les deux pas, tentait de se faufiler à l'extérieur pour voir ce qui s'y tramait.

— Ô Mathias! lui lança provençalement Julien.

— Ô Julien! rétorqua de même le Mathias – ils venaient sans doute de frayer tous deux avec quelque œuvre pagnolesque.

— Le croirais-tu?... Le nouveau programme, tu sais, dont je m'occupe au MAC, «Retour à la création»... On n'a pas même encore imprimé les formulaires, et les auteurs défilent déjà ici pour demander les subventions...

— Non, voulut rectifier Dominique.

— Ce que je crois, cher, susurra l'éphèbe, c'est que ton attassé-case est en train d'écraser les narcisses...

— Zut, fit mâlement Julien. Le chat du voisin a encore pissé dessus, cette nuit.

— Pas une raizon pour les asseurer, jogga l'éphèbe dans ses shorts affriolants, et il disparut dans la rue Laval plus vite que son ombre.

Cela ramena le petit Julien à des considérations horaires, et il poussa un feulement affolé en regardant sa montre.

— Passez me voir à mon bureau, s'ébranla-t-il sur le trottoir. «Retour à la création» entend encourager les drop-out de l'écriture, c'est tout à fait pour vous. Ça parle de quoi, au juste, votre roman?

— Mon Dieu..., le suivit Dominique, avec un élancement de douleur à l'évocation involontaire du fantôme de Marie-Pierre. Ça parle... il est question d'identité sexuelle, je crois.

— Identité sexuelle, opina Julien. Très très bon. Passionnant. Il est temps qu'un homme s'intéresse à ces choses.

Dominique osa lui barrer le chemin, tant pis pour les manières et la subvention, sans doute.

— Attendez! Vous connaissez mon père, lâcha-t-il brutalement. Maurice Larue. Vous avez, lui et vous...

quand vous travailliez à la librairie du Sagittaire… Ça fait bien trente ans… MAU-RI-CE LA-RUE, épela-t-il avec ferveur.

Les yeux bleus le toisèrent avec un rien d'impatience, puis virevoltèrent à droite, à gauche, à la recherche du temps perdu.

— La librairie du Sagittaire… Oui, bien sûr. J'y ai appris à lire, ou presque. Mais vous m'entretenez là de préhistoire… Maurice Larue, dites-vous ?…

Il sourit avec bonté à Dominique qui semblait attendre sa réponse dans un grand écorchement des sens.

— C'est bien possible, dit-il gentiment. J'en ai connu tellement, à cette époque, vous savez combien la jeunesse est folâtre…

Passez me voir à mon bureau, réitéra le seul grand amour de Maurice, en trottinant vers sa Fuego. Dominique le laissa s'enfuir pour toujours : il n'était vraiment pas beau, de dos, et, consolation ultime, ses cheveux venaient de réintégrer leur lieu de naissance, lui laissant la tête comme une vaste opaline.

* * *

Sa mission avortée et l'avant-midi à peine balbutiant, Dominique se résigna à rentrer chez lui. Il avait un chez-lui, après tout, ces pérégrinations multiples entre l'hôpital qu'avait déserté Maurice et l'appartement que n'embaumait plus Marie-Pierre avaient contribué à le lui faire oublier. Un chez-lui fleuronné d'une petite femme affectionnante : quel honnête homme n'aurait pas trouvé là une forme béate d'accomplissement ?…

La porte était ouverte. Angoisse et tressaillements. Combien de cambrioleurs étaient à criminaliser à l'intérieur?... Portaient-ils des armes neuves et mouraient-ils d'envie de les étrenner?...

Sérieuses devinettes que celles-là, qui auraient exigé qu'on y réfléchisse à tête reposée et ailleurs, mais Dominique, héroïquement avancé jusqu'au seuil, manqua du temps nécessaire. Un gros dictionnaire voltigeait dans sa direction, imité bientôt en cela par quelques ouvrages de poids et d'intérêt variables – parmi lesquels il reconnut son Grevisse et son Petit Robert qui filèrent trop vélocement pour qu'il puisse les saluer au passage. Ensuite, la totalité de ses stylos Bic se précipitèrent joyeusement à sa rencontre, en escadron kamikaze résolu à l'éborgner, puis sa Canon portative et une mignonne lampe de bureau pesant dans les vingt kilos vinrent s'écraser derrière lui, tous objets familiers qui ne lui avaient jamais laissé entendre, pourtant, qu'ils étaient doués d'aérodynamisme.

Enfin, à l'autre bout du corridor, il aperçut la petite femme affectionnante elle-même, Mado, qui manœuvrait ainsi vers lui les formes inanimées dans le but vraisemblable de l'assassiner, stupeur.

— Menteur! s'arrêta-t-elle finalement, à bout de souffle. Salaud d'écœurant de menteur!

Elle se massa un instant le gras du bras, que ces innombrables lancers du poids avaient endolori, et elle regarda Dominique dans le blanc des yeux.

— JE SAIS TOUT, martela-t-elle, polaire.

Bon. Si elle le disait. Dominique exhala un long soupir, à la fois accablé et soulagé d'un fardeau substantiel.

— Le docteur Frôlette va bien? persifla Mado. T'en a-t-il donné pour mon argent?... Le divan de son bureau ne t'a pas paru trop inconfortable?...

— C'est vrai, capitula immédiatement Dominique. Mais je peux te rembourser tout de suite la majeure partie de ses...

— VOLEUR! l'interrompit Mado. Voleur et chiffe molle! Même pas foutu, en plus, de se tenir un peu debout, de faire au moins un peu semblant de nier! Femmelette! MAUDITE FEMMELETTE!

Tiens. Cela était troublant, voilà qu'elle aussi se mettait à soulever des doutes quant à son identité profonde – en termes plus incisifs que Marie-Pierre, cependant.

— Quand je pense, n'en revenait pas Mado, quand je pense qu'en guise de thérapie et avec mon argent, tu t'envoyais en l'air avec... avec une fille de radio, qui n'a rien de plus que moi, regardez-moi ça, une brunette insignifiante, une tête de souris morte de peur!...

Dominique remarqua les photos, tout à coup, un pan entier de mur du corridor était tapissé de photos agrandies de Gaby, que Mado n'avait pas cessé de bastonner de ses poings, tout en vociférant.

— Gaby?..., s'ahurit-il. Ah, mais non, tu te trompes totalement!...

Mado poussa un rugissement.

— Et il nie! Il ose nier, avec les preuves en dessous des yeux!... Là, regarde-toi rentrer chez elle, et là, regardez-vous en train de vous échanger des œillades brûlantes de chat-qui-pisse-dans-le-son!... Ça me lève le cœur, tiens! et tiens!...

Elle se mit à déchiqueter quelques photos au hasard, dont une prise le matin même, dans la voiture de Gaby, alors qu'ils étaient en faction solennelle devant la maison de Julien Gascon.

— Tu vois! triompha Mado. Tu ne trouves rien à dire, hein?... J'ai engagé un spécialiste pour monter ce dossier, un détective privé qui excelle dans les histoires d'infidélité – c'est d'ailleurs le cousin germain du docteur Frôlette, HA!!!

Famille d'incapables, médita douloureusement Dominique, en se félicitant d'avoir au moins échappé aux séances psychédéliques du premier. Puis il se demanda s'il valait la peine de guerroyer plus avant avec sa concubine pour tenter de rétablir la vérité vraie.

— Tu as passé plus de temps avec elle en six mois que tu n'en as passé avec moi les six dernières années!

— Écoute, dit Dominique. Cette fille n'est qu'une amie, qui hébergeait chez elle quelqu'un d'autre avec qui je n'ai eu que des relations platoniques, je te jure, mais dont je me suis considérablement inspiré pour mon roman...

— TAIS-TOI DONC! le foudroya-t-elle. Tant qu'à inventer des histoires, aie la décence d'en échafauder de moins abracadabrantes!

En vérité, cela était frustrant plus que n'importe quoi d'autre, ne pas pouvoir au moins prononcer le nom de Marie-Pierre, ne pas être autorisé à évoquer son existence précieuse, comme si Elle n'avait été qu'un fantasme fumeux, cela était frustrant à un degré inimaginable.

— Je ne t'ai «trompée», comme on dit, avec personne d'autre, réitéra-t-il avec lassitude, mais je te concède que ce n'est pas l'envie qui a manqué.

— Non, grinça-t-elle. Ce sont les forces, probablement, qui t'ont manqué.

— L'argent de la clinique, je prévois pouvoir te le rendre en totalité d'ici, disons... un mois. Cela te convient-il?...

En manière de réponse, elle eut un sourire, ténu, et elle sortit un papier de sa manche droite.

— J'ai fait quelques calculs, fit-elle presque aimablement. Cinquante-deux semaines de supposée thérapie à 50 $ pièce fait 2 600, avec les intérêts courants : 2 912. Tu vis à mes crochets depuis deux ans, ta part de loyer dû monte maintenant à 8 400, plus les charges connexes, 960, plus les intérêts, 940 : 10 300. Nourriture et restaurants : 10 940 – c'est une moyenne très conservatrice –, spectacles et voyages : 4 400. Tu as emprunté la voiture 113 fois : 2 260, et je ne compte pas les hausses du prix de l'essence. Tu me dois 30 812 $, mon amour, acheva-t-elle avec un ricanement acide, crois-tu pouvoir me rembourser d'ici un mois ?…

Dominique la considérait, dans un silence épouvanté.

— Le chagrin que tu me fais, lui, je ne peux pas le quantifier. Tu vas laisser cette fille immédiatement. Il n'est pas question que l'on se quitte, ce serait trop facile. Il n'y a qu'une façon, pour toi, de te racheter. Je vais oublier tout ça, même l'argent que tu me dois, à cette seule condition : tu me donnes ton roman.

— Mon…

— Ton roman ! siffla-t-elle, les yeux étincelants. Je veux le signer de mon nom, qu'il m'appartienne en propre, comme si je l'avais écrit.

— Tu veux rire ! éclata de rire Dominique.

— Je suis très sérieuse, dit Mado.

Elle l'était. Elle faisait déjà le geste, gracieux, de dédicacer des exemplaires.

23.

Observe-les bien, Gaby. Ils disent : je veux. Ils ont toutes sortes de façons de dire je veux, une trémulation subite du sourcil, des éclairs intimidants dans l'œil, le timbre de la voix péremptoire, parfois les poings, parfois les armes – ça dépend des émissions et des budgets. C'est là l'unique manière d'obtenir les choses, les femmes, le monde : tous ces gens qui disent JE VEUX, à la télévision, sont des gagnants, Gaby. Depuis des années, ils te les ânonnent, les règles du jeu toutes nues et simplifiées : comment as-tu pu passer à côté, pauvre myope, pauvre gourde, comment as-tu pu jouer de travers si longtemps !... Et après les séries filmées et les dramatiques, il y a surtout le téléjournal, il y a les entrevues : regarde-les, Gaby, ceux-là qui défont l'actualité et qui donnent sa couleur à l'univers, admire comme ils ne sont jamais pris en flagrant délit de faiblesse, comme ils exsudent finement l'assurance guerrière ; ils mentent avec tant de fierté qu'on en a les larmes aux yeux, ils trompent avec une telle conviction qu'on a envie de les applaudir, ils maîtrisent l'art de paraître forts en tout temps, comme les montagnes, comme les serpents. Voilà pourquoi ils méritent d'être ce qu'ils sont, président des États-Unis, premier ministre du Canada, prospères possédants de manoirs et d'usines. Les femmes, à ce jeu, toujours se sont montrées plus lentes, il est vrai, mais elles se rattrapent, n'aie crainte, elles gagnent alertement du terrain et des joutes, bientôt il n'y aura plus de sexisme dans la virile détention du pouvoir.

C'est ainsi que Gaby se laissait dériver dans la vérité du petit écran, là où les recettes de la vie sont si généreusement prodiguées, pour peu qu'on y demeure attentif. Sur ses genoux, il y avait trois sacs de croustilles béants et presque vides, que sa main visitait par alternance pour bien mélanger les saveurs et les graisses, et nichée contre ses pieds, une majestueuse bouteille de Pepsi-Cola qui lui permettrait de résister aux avances du sommeil. Car il fallait veiller, éterniser autant que possible cette journée marquante qui venait de voir éclore, après une soporifique gestation de trente-deux ans, la nouvelle Gaby.

Cette nouvelle Gaby avait été obséquieusement saluée par Mme Wagner, ce matin, à l'entrée de CDKP, obséquieuse salutation à laquelle elle s'était bien gardée de répondre, en distinguée animatrice soucieuse de ne pas copiner trop avec la plèbe. Car cette nouvelle Gaby était animatrice, que oui ! et officiait dans le studio et à l'heure jadis réservés à Bob Mireau. Exit Bob Mireau, exit Priscille-la-sémillante. La révolution avait été mûrement planifiée : cette nouvelle Gaby avait des dents, alors que l'ancienne promenait dans l'existence ses gencives élimées par les fadasses aimableries.

Être fort et dire JE VEUX, cela signifiait d'abord savoir utiliser les travers de ses frères humains. Henri-le-réalisateur, par exemple, n'avait pas le sens de l'humour et vénérait une image de lui qui avait peu à voir avec la réalité, ce qui revient au même. Aussi, lorsqu'il avait trouvé, un jour, sur son bureau, un enregistrement de soixante minutes dans lequel la voix spirituelle de Bob Mireau déclamait des plaisanteries rebondies qui giraient toutes plus ou moins autour de lui, de son ventre dodu, de sa dentition chevaline et de son esprit bovin, Henri-le-réalisateur n'avait pas aimé du tout. Plus tard, lorsque les plaintes d'auditeurs avaient commencé d'affluer au studio, fustigeant l'ivresse scandalisante de Bob Mireau sur les ondes, et énervant un peu le patron de CDKP qui se trouvait à être le frère aîné de Henri et qui avait jeté sur lui le blâme, ça non plus il n'avait pas aimé du tout. Par contre, lorsque son ex-recherchiste Gaby s'était retrouvée dans son lit alors qu'il n'avait rien manigancé pour en arriver là, lui qui traînait une cinquantaine disgracieuse, un ventre dodu et une dentition chevaline, ça, oui, il avait aimé, beaucoup – sans songer qu'un filament logique entortillait ces trois aléas.

Bien sûr, l'enregistrement – capté un soir d'euphorique party il y a quelque cinq ans – avait été trafiqué par Gaby, les plaintes d'auditeurs concernant l'ivresse vraisemblable de Bob Mireau émanaient toutes de sa prolixe plume et de sa voix polyvalente, et la séduction de Henri, mon Dieu! n'était vraiment pour rien dans leur charnel rapprochement.

Sans se douter de rien, Henri-le-réalisateur avançait candidement les pièces fatales, échec au roi, tandis que Gaby manipulait, de loin. Car voilà que ce Bob Mireau faisait décidément problème et qu'inopinément cette petite Gaby apportait une exaltante idée d'émission nouvelle – jouant sur les déviances sexuelles, quel nectar pour l'auditeur voyeur… – et voilà qu'après tout cette petite Gaby avait une voix impeccable et de la diction et le sens des reparties et du leadership et une âme d'animatrice et des seins, il n'avait jamais remarqué à quel point. Échec et mat.

Si simples, les règles du jeu: décodables par n'importe quel esprit simplet. La difficulté ne provenait pas d'elles, mais du joueur lui-même, des intérieurs vertigineux du joueur dans lesquels se bringuebale parfois cette fibrille (femelle?) qui voudrait que les humains soient frères, que les baleines soient protégées, que les Noirs aient une âme et les Tiers-Mondiaux la moitié de notre pain, que la paix dégoulinante règneu sur la Terreu... Et avant de poser le premier geste viril, celui qui ménagerait un passage lisse aux autres, Gaby avait connu des angoisses, telle une parturiente à son inaugurale portée. Oscillant entre l'horreur et la fascination, sur l'arête qui la verrait débouler bientôt l'un ou l'autre versant, le manichéisme douloureusement à vif, elle ne mangeait plus, ne dormait pas du tout, périclitait dans cette bataille décisive qui la dressait contre elle-même. Elle avait tenté de s'en ouvrir à Luc, au moment où commençaient à s'agiter en elle les desseins sombres de perdre Bob Mireau et de s'agglutiner le réalisateur Henri, elle avait voulu, oui, de toutes ses forces, que celui au monde qui disait l'aimer intervienne comme un père dans ses déchirements inexprimés – écoute, avait-elle souhaité lui dire, je suis sur le point de commettre l'irréparable, s'il te plaît empêche-moi.

Luc ne l'attendait pas, ce soir-là, un lundi. Elle n'avait pas téléphoné avant, mais il la fit tout de suite entrer avec empressement et adoration, car il n'avait rien ni personne à cacher.

— Installe-toi, lui suggéra-t-il gentiment. Mets-toi de la musique, je te rejoins dans dix minutes.

Elle le suivit dans la cuisine parce qu'elle était venue, justement, pour ne plus être seule un instant avec le monstre en dedans d'elle.

Luc nettoyait la cuisinière. Chacun des feux avait été démonté et éconduit dans des liquides décapants où ils macéraient avec humilité ; le four, ouvert comme une huître, laissait échapper d'âcres relents de propreté anti-bactérienne ; le parquet sur lequel elle posa un pied hésitant avait un lustre d'eau dormante – et, effectivement, il était mouillé.

— GABY ! vociféra Luc aussitôt, je viens de cirer à cet endroit, tabarnak !

Elle recula, mais un peu tard.

— Merde, minou, soupira-t-il plus posé, je m'excuse mais tout de même, quand donc vas-tu regarder où tu marches ?

— Oui, bafouilla Gaby.

— C'est comme tes mains, tu les plaques toujours n'importe où sur les murs, regarde, ça fait des taches…

— Ah.

— Petite enfant, la taquina-t-il affectueusement. Tu es salope comme une petite enfant.

Il s'empoigna un moment avec l'émail de la cuisinière tandis que Gaby contemplait la courbure élastique de son dos.

— Au fait, se retourna-t-il, avais-tu quelque chose de particulier à me demander ?

— Mm…, amorça-t-elle.

— MERDE !

Il s'aplatit tout à coup sur le plancher en catastrophe, une coulée de javellisant venait de s'insinuer jusque-là et menaçait de gangrener la si belle cire, abomination.

Gaby sortit de chez lui, et d'une partie de sa vie en même temps, sans qu'il s'en aperçoive. La dernière image

qu'elle garda de lui fut celle d'un homme en génu-
flexion profonde sur le sol, fourbissant et grattelant
comme un dévot désespéré.

* * *

Maintenant, une femme se mordait les lèvres, à la télévision, et disait «Tout ça me rend folle» à un homme
qui refermait sur elle des bras compatissants mais qui
s'en fichait complètement, dans le fond, il fallait savoir
lire entre les lignes. Une demi-heure plus tard, la femme
aux lèvres mordues apprendrait sans doute – en même
temps que le téléspectateur idiot – que cet homme
qu'elle croyait sien entretenait trois maîtresses et n'était
plus capable de supporter son odeur. Mais Gaby, elle,
aurait prévu le coup, ah ah on ne la reprendrait plus
en flagrant délit de candeur.

Avant d'allumer la télévision, elle s'était accroché
au lobe gauche de l'oreille la boucle en forme d'oiseau
affectueusement soustraite à Marie-Pierre, et lorsqu'elle
la toucha, par inadvertance, elle crut voir flotter devant
elle le visage impénétrable et beau de la Transsexuelle.

— Alors?…, l'apostropha Gaby. Es-tu contente de
moi? Ma force motrice s'est-elle exprimée à ton
goût?…

Mais aux traits de Marie-Pierre, émoussés par
l'éloignement, se substituèrent ceux, joviaux et pétil-
lants, du Bob Mireau des vieilles années, et Gaby eut
un moment d'abattement, total, en songeant à l'amitié
et aux choses pures qui devaient exister quelque part.

Était-ce sa faute, elle n'avait fait que se défendre
après tout, était-ce sa faute si la vie était comme ça,

une lutte à finir dans laquelle le belligérant qui atermoie et pleure est un belligérant défait ?…

La nouvelle Gaby ne pleurerait pas, ne savait plus pleurer, elle contemplait l'œil sec le petit écran instructif tout en se remplissant de croustilles, son yang très fort debout à côté d'elle.

24.

L'été marchait aux côtés de Dominique Larue, dans la rue Sherbrooke allumée par des chaleurs minérales. Qui avait déjà prétendu que Montréal était laide et que l'âme baroque du béton n'exhalait pas de parfum ?… Dominique respirait complaisamment les fumigations citadines et allait d'une foulée dansante, comme on vaque dans la prairie vers sa bien-aimée.

Il transportait avec lui l'essentiel de ses possessions terrestres, les trois cent vingt-huit pages de son roman terminé. Terminé autant que quelque chose peut l'être jamais, terminé ainsi qu'un raisin, qu'un aéroplane.

Je voudrais te lire, avait dit Maurice, je n'haïrais pas comprendre un peu ce que tu fais. Le cœur de Dominique avait alors accompli dans sa poitrine une triple vrille arrière et un saut de l'ange carpé, en trente-huit années d'existence fastidieuse pas une fois n'avait-il perçu CELA dans la voix de son père, plus que de la curiosité cordiale, plus que de l'intérêt poli, comme une évanescente amorce, oui, d'affection. Il courait donc chez Maurice lui porter à lire ce rejeton que des zones obscures de son cerveau avaient enfanté, cet étrange petit-fils au gazouillis peut-être rocailleux, mais qu'importe. Leur relation s'en trouverait à tout jamais métamorphosée, Maurice parcourrait son manuscrit comme on reçoit une décharge car c'est pour lui, au fond, que Dominique l'avait écrit, comment ne pas s'en être rendu compte plus tôt – pour colmater ce qui était disjoint, pour que Maurice soit touché sous le silence trapu, pour que remuent en lui les tâtonnantes méditations que Marie-Pierre avait semées si dru en Dominique.

Le seul autre exemplaire avait été posté à Gaby, par mesure de protection, et celui-ci se retrouverait sous l'égide paternelle : ainsi Dominique répondait-il aux revanchardes exigences de Mado, jamais elle ne mettrait la main sur son œuvre, avait-il résolu énergiquement – d'ailleurs, il était temps qu'il pose à son endroit des gestes décisifs, ne restait qu'à déterminer lesquels.

Inespérément, il L'aperçut de l'autre côté de la rue Sherbrooke, avançant comme une lionne au milieu de la foule monolithique, un grand sac de gabardine rose se balançant, aérien, contre son épaule. C'était Elle, enfin, Marie-Pierre la questionnante, l'unique instigatrice de son destin, croyait-il en toute dévotion et il n'avait pas tort car c'est en traversant la rue pour La rejoindre que survint la Renault. Petite et plébéienne mais résistante aux éléments, la Renault l'emboutit fraternellement sans qu'il s'en étonne, il ne sentit rien de douloureux, à dire vrai, qu'une apesanteur soudaine qui le soulagea de son corps.

D'autres crièrent à sa place, des visages ésotériques se répandirent en émotions variées au-dessus de lui, « voilà que tu fuis encore ! » le morigéna sa mère, petit chignon discipliné et foulard perle autour du cou comme dans sa tombe il y a quinze ans, une chatte qu'il avait beaucoup aimée et que la leucémie avait fauchée vint lui lécher le menton, plusieurs couchers de soleil dessinèrent des orbes sveltes sur le mont Athos où il se trouva transporté, et il vit sortir de sa côte gauche un petit garçon timoré, un vieillard qui marchait droit et qui n'avait pas de visage, une jeune femme gracieuse qui lui ressemblait en tous points, une jument jaune au regard de vieille dame, et il songea que c'étaient toutes des parties de lui-même qui s'en allaient s'effritant une à une et qu'il avait maintenues prisonnières en dedans, et il regretta tout à coup la vie délétère et les espoirs même futiles et l'odeur du pain chaud et la voix des femmes qu'il ne connaîtrait jamais, mais une lumière l'enveloppa qui fit taire son angoisse et qui le convainquit qu'enfin il était libre et alors il ne regretta plus rien, car il était mort.

Le sac de gabardine rose disparut sur sa lancée, inattentif aux rumeurs métalliques derrière, et les trois cent vingt-huit pages de Dominique Larue s'en furent en tourbillonnant dans les airs, gagnées par une frénésie de voyage qui les déporta aux quatre coins de Montréal.

La page 256 vint lécher le talon de Bob Mireau, amarré à la terrasse du café Cherrier ; Lucky Poitras faillit piétiner la page 214, au parc Lafontaine qu'il arpentait d'un pas fébrile ; Michèle vit voltiger la page 46 par la fenêtre de son étude légale, rue Saint-Jacques, et songea que décidément la métropole devenait bien insalubre ; J. Boulet tança un étudiant qui avait fabriqué un avion avec la page 37 et l'avait expédié dans l'œil de Mme Trotta ; Luc mit immédiatement à la poubelle la page 173 qu'il découvrit sur le balcon de son appartement ; une femelle écureuil, sur le Mont-Royal, tapissa son nid de la page 318 et accoucha là d'une portée de cinq rejetons en excellente santé.

* * *

Tellement insignifiantes, la vie la mort humaines, méditait ce même soir-là Camille sous le ciel un peu blême du solstice d'été : acrobaties de microbes, pichenettes perdues dans le tonitruant espace. Deneb, par exemple, n'en aurait pas fini avec l'existence dans quinze millions d'années, alors que les petits hommes, qui vivotaient au mieux un demi-siècle, gaspillaient leur tour de piste minuscule à dormir, manger des choses empoisonnantes et s'acheter des chaussures.

Contempler Deneb et la croix du Cygne couchée en pleine Voie lactée donnait à Camille le sentiment de se trouver en clandestine communication avec son père. Car c'est cette même constellation qui apparaissait sur la chère carte postale qu'il lui avait fait parvenir trois mois auparavant, déjà, et qu'elle transportait partout avec elle, depuis, comme un talisman chiffonné.

Elle avait toujours aimé le Cygne qui, en si peu d'étoiles, recèle tant de splendeurs : à l'extrémité du bras principal, amorcé majestueusement par Deneb, il y avait entre autres Albiréo, très sobre en apparence, et que le télescope révélait magiquement double, moitié or, moitié saphir ; il y avait au pied d'Albiréo la mini-constellation de la Flèche, qui dessinait un cocasse hydravion invisible à l'œil nu ; il y avait bien sûr la nébuleuse America qui tentait de dissimuler, à gauche de Deneb, sa silhouette triangulaire ; et près d'Epsilon s'amenuisaient en beauté les dentelles du Cygne, ultimes résidus d'une grosse étoile explosée à l'aube de l'âge humain, surprise peut-être à l'état de supernova par quelque hominidé du Cro-Magnon, comment savoir jamais.

Et Camille, tout en réglant le foyer du télescope sur NGC 6960, s'étonnait que le temps signifie si peu de choses, la lumière de Deneb mettait des millénaires à lui parvenir, tandis que des poussières la séparaient de l'âge adulte, Dieu que ces poussières semblaient éternelles...

Quelque chose vint soudain lui obstruer la vue alors qu'elle s'appliquait l'œil au télescope – un satellite, sans doute, qui ne se décidait pas à filer et qui bientôt emplit toute la lunette de sa luminosité crayeuse. Elle recula la tête, submergée peu à peu par une excitation terrible, une fièvre qui lui ramollissait les jambes : ce n'était pas un satellite. C'était très gros et très brillant, ça débordait du télescope maintenant, ça mangeait une portion de ciel de plus en plus volumineuse et ça s'en venait tranquillement vers ici, vers moi, songea Camille en reculant, reculant, jusqu'à ce qu'un tronc d'arbre lui appose un veto rugueux dans le dos. Une supernova, bégaya-t-elle intérieurement tout en sachant du même coup qu'il n'en était rien, ni supernova ni objet connaissable, les mots étaient inutiles pour désigner cela qui s'approchait d'elle et qui n'était pas un astre puisque, lentement, la lumière s'en allait en déperdition, l'Objet prenait des contours définissables et allongés, telle une ogive renflée à une extrémité, puis s'immobilisa tout à coup à une centaine de mètres d'elle, couché quiètement sur la ligne d'horizon.

Il fallait fuir, ce qui survenait là n'était pas fait pour des yeux humains, mais Camille se minéralisait malgré elle contre l'écorce de l'arbre et n'aurait même plus su comment s'effondrer par terre. L'extrémité de l'Objet avait repris une clarté incandescente et c'est de là qu'émergea quelque chose qui s'avança vers elle, longiligne et phosphorescent, comme une colonne d'énergie mouvante, et Camille réalisa que c'était vivant. C'est à moi que cela arrive, cela m'arrive à MOI, se convainquit-elle dans une épouvante féerique, et la chose faiblement lumineuse était arrêtée devant elle, arrêtée dans un silence sacré, il fallait parler et demander la réponse aux mystères et savoir d'où cela venait et comment et pourquoi la mort la vie le commencement des étoiles – de quel, de quel sexe êtes-vous ? articula malingrement Camille, et la Chose tendit comme une lueur vers elle, qui sembla lui réchauffer le plexus, puis il n'y eut plus rien, brusquement, plus rien qu'une odeur d'herbe roussie et une flèche de lumière qui s'évanouissait dans le ciel.

Camille se laissa choir sur le sol. Elle pleurait et elle riait en même temps, et lorsqu'elle se toucha les cuisses, chatouillées par une moiteur subite, elle découvrit, interdite, que du sang s'échappait d'elle.

25.

Gaby apprit la mort de Dominique Larue au téléjournal. Le même jour, elle avait reçu par la poste son manuscrit, dactylographié à la diable, et sur la page frontispice duquel il avait simplement noté, prémonitoire clin d'œil : « Tout, heureusement, a une fin. »

Elle en parcourut les dernières lignes :

« ... Elle était déjà rendue plus loin, elle marchait seule et victorieuse en laissant derrière elle un parfum de créature aérienne, elle s'en allait ailleurs troubler les infaillibles bien-pensants... »

C'était donc vrai, il était parvenu à le terminer, ce pensum névralgique qui l'avait fait bourdonner, guêpe affolée, autour de Marie-Pierre... Et comme elle l'aimait bien, Dominique Larue, et qu'elle n'avait jamais eu le temps de le lui dire, Gaby éprouva l'irrésistible besoin de lui dérober quelque chose, cette unique trace de lui abandonnée derrière : elle signa le manuscrit de son nom, et le porta chez un éditeur en se croisant les doigts.

* * *

Elle deviendrait astrophysicienne. Plus tard, il y aurait cette tour magistrale érigée au sommet d'une montagne, et elle vivrait là avec son père redevenu célèbre et respecté, elles apprivoiseraient les aigles et s'abîmeraient chacune dans leur passion respective, papillonnant de découverte en découverte. Et les gens accourraient de partout pour les consulter et leur offrir des honneurs, mais elles s'en moqueraient profondément et dresseraient les aigles à leur becqueter les fesses.

Plus tard. Mais en attendant, il fallait cela, supporter les plates transitions, devenir une femme. Et Camille, sans tâtonnements préliminaires, installa dans son bas-ventre le premier tampax de sa vie adulte. Michèle, qui passait près de la porte entrebâillée, lâcha une exclamation effarée en la voyant.

— Oh, ma chérie, s'émut-elle lorsque Camille émergea de la salle de bains, tu ne me l'avais pas dit, te voilà grande fille, maintenant…

Elle tenta d'embrasser Camille, qui se dégagea fluidement d'entre ses bras.

— Veux-tu que l'on parle un peu ?… Veux-tu que l'on discute de… ça ?

— C'est inutile, la refroidit Camille. Je sais tout ce qu'il y a à savoir sur les femmes et les hommes.

Le visage de Michèle s'assombrit aussitôt ; elle continua de dévisager sa fille avec un sourire qui tentait de ne pas trembler.

— Un garçon a téléphoné tantôt pour toi, reprit-elle à voix basse. Lucky quelque chose…

— Ah ? ne s'étonna pas Camille, une lumière très fugace dans la pupille. Il rappellera, probablement…

Elle allait se diriger vers sa chambre, mais Michèle la retint par l'épaule.

— S'il te plaît, Camille, dit-elle humblement. S'il te plaît. – Son regard était usé comme celui d'une aïeule et Camille la vit tout à coup telle qu'elle était vraiment,

étaient doubles et essayaient si fort d'être inébranla-
blement uns. Un jour elle leur dirait, quelqu'un devait
leur dire.

Elle les traversa rapidement et cela créa une lézarde
dans la perfection rectiligne de la file d'attente, puis
tout redevint lisse et monochrome comme avant son
passage. Elle était déjà rendue plus loin, elle marchait
seule et victorieuse en laissant derrière elle un parfum
de créature aérienne, elle s'en allait ailleurs troubler
les infaillibles bien-pensants.

26.

Elle s'en allait. Un sac de gabardine rose oscillait contre son épaule, neuf et disposé à accueillir le monde, comme elle, elle s'en allait les mains vides pour que la légèreté ne lui fasse pas défaut dans cette vie hardie qui l'attendait, devant.

La plus jeune puissance de la terre s'était montrée émoustillée par son curriculum vitæ et son statut trouble de Transsexuelle Intelligente, de la Californie lui étaient parvenues concurremment trois offres d'emploi – un poste de chercheure au Science Institute, une chaire professorale à la UCLA, un job d'animatrice à la NBC-TV. Marie-Pierre avait tout accepté car l'énergie s'exhalait en trombe de ses intérieurs depuis qu'elle avait vaincu ses monstres, l'aile de la folie était partie tournoyer ailleurs, la laissant inédite et forte comme au premier jour de résurrection.

L'aéroport s'agitait dans sa climatisation nickelée, au milieu des grands oiseaux impavides. Marie-Pierre regardait les hommes et les femmes, hébétés par l'avenir, se presser aux guichets, et elle se disait qu'ils transportaient tous avec eux leur dualité clandestine, là, une femelle ricanait dans la voix de cet homme, là, un mâle méditait sous le maquillage de cette femme, ils

un être humain fragile s'efforçant de rescaper de l'existence des débris de bonheur : Je vais le laisser, dit Michèle. Je vais rompre avec J. Boulet.

Camille lui tapota le bras avec toute l'amitié dont elle était capable – comme cette peau paraissait étrangère.

— Mais non, fit-elle gentiment. Marie-toi. Marie-toi avec lui, je te jure. Je serai ta demoiselle d'honneur, si tu veux.

Médusée, Michèle chercha le sarcasme dans sa voix, mais il n'y en avait pas, elle regarda sa fille s'éloigner d'un pas de nymphe grandie et insaisissable, une sorte d'aura semblait la porter vers ailleurs, elle s'en allait et elle était hors d'atteinte, plus personne, jamais, ne pourrait lui faire de mal.